싱그리드

시야 로맨스 판타지 장편소설

ROMANCE FANTASY

fi
ret

시그리드 4(완결)

초판 1쇄 발행 2016년 12월 14일
초판 3쇄 발행 2018년 9월 21일

지은이 시야
발행인 오영배
기획 박성인
책임편집 편집부
표지·본문 디자인 공간42
제작 조하늬

펴낸곳 (주)삼양출판사 · 피오렛
주소 서울시 강북구 도봉로 173
대표 전화 02-980-2112 팩스 / 02-983-0660
편집부 전화 02-980-2116 팩스 / 02-983-8201
블로그 blog.naver.com/dan_gul
출판등록 1999년 3월 11일 제9-00046호.

ISBN 979-11-283-9013-5 (04810) / 979-11-283-9009-8 (세트)

fi⦁ret 은 (주)삼양출판사의 로맨스 판타지 문학 브랜드입니다.

4

싱그리드

시야 로맨스 판타지 장편소설
ROMANCE FANTASY

fio
ret

지크린드

Contents

1장
오러 코어

이제 익숙해진 편두통을 달고, 시그리드는 공원을 찾았다. 얼마 전에 베라무드와 데이트를 하러 왔던 곳이다.

'그때보다 날씨가 더 좋아졌어.'

시그리드는 주변을 둘러보았다. 질척거렸던 바닥도 이제는 단단해져 있었다. 베라무드와 함께 말을 탔던 생각이 나서 희미하게 웃다가 그녀는 곧 노란색 깃발을 발견했다. 윤기 나는 밝은 갈색의 마차에 노란 깃발이 달려 있었다. 편지에 적혀 있던 약속된 표식이다.

시그리드가 마차로 다가가자 마부가 그녀를 돌아보았다. 시그리드는 품에서 서찰을 꺼내 보였고 마부는 마부석에서 내려와 직접 문을 열어 주었다. 시그리드는 마차로 올라탔다. 마차 안은 넓었고 고급스럽게 꾸며져 있었다.

시그리드는 마차에 올라타 바닥에 무릎을 꿇었다. 마차가 넓으니 이 동작이 어려움 없이 가능했다.

"황후마마를 뵙습니다."

"일어나게."

황후는 베일을 쓰고 있었다. 그녀가 하얀 손을 내밀며 말해 시그리드는 그 손가락 인장 반지에 입 맞추고 자리에서 일어나 맞은편 의자에 앉았다.

"왜 자네를 불렀나 궁금하겠지."

"황자님의 일로 부르신 게 아닐까, 생각하고 있습니다."

시그리드가 고개를 숙이며 대답했다. 요즘 아웬의 입에서 어마마마의 이야기가 나오는 일이 현저하게 줄어들었다.

게다가 황후는 자신을 아웬과 떼어 놓으려고 했다. 황태자비 전하의 말에 따르면 그게 아웬을 보호하는 방법의 하나였지만 말이다.

"그래, 그게 주요한 이유 중 하나지. 아웬이 자넬 따르는 것 같더군."

"황공합니다."

"게다가 요즘은 공부도 하고 있다 하고."

"학업에 흥미를 느끼셨습니다."

"이 어미를 찾아오는 일도 줄어들었지."

"……."

시그리드는 뭐라 할 말이 없어 입을 다물었다.

황후가 낮게 웃었다.

"자네를 질책하고 싶은 마음이 한가득이네만."

시그리드는 뭐라고 변명을 해야 할까 말을 골랐다. 하지만 그녀가 입을 열기도 전에 황후가 이어 말했다.

"자네는 아웬을 좋아하는가?"

"네."

대답은 망설임 없이 빠르게 나왔다.

"그 애를 누구에게서라도 지켜 줄 수 있겠는가?"

시그리드는 그 '누구에게서라도'라는 것이 이 질문의 핵심이라는 것을 알았다. 그녀는 고개를 깊게 숙이며 다시 단호하게 답했다.

"네, 마마."

"난 달콤한 말을 하는 사람을 많이 알고, 그러니 그런 말을 하는 사람을 믿지도 않지만……. 자네를 쭉 지켜본 결과 믿을 만한 사람인 것 같더군."

"황공하옵니다."

"고개를 들게."

시그리드는 천천히 고개를 들었다. 황후는 얼굴을 가린 베일을 뒤로 젖혔다. 시그리드는 헉 소리를 내지 않기 위해 입술을 깨물었다.

황후의 눈가가 새파랗게 멍들어 있었다. 하지만 시그리드의 경악하는 표정은 빤히 보여 황후는 다시 웃었다.

"이게 내가 사교 활동을 못 하는 이유지. 그리고 아웬을 잘 만나지 못하는 이유이기도 하고."

그제야 시그리드는 황후가 '아프다' 하고 아웬과의 만남을 거절할 때는 진짜로 '아픈' 거라는 걸 알았다.

"대체 누가―"

저도 모르게 말했다가 시그리드는 입을 다물었다.

황후의 얼굴을 때릴 수 있을 만한 인물이 누가 있겠는가?

단 한 사람뿐이다.

황제 폐하.

시그리드의 얼굴에 경악이 지나가고 이제는 분노가 차올랐다. 시그리드 자신은 맞는 것에 익숙하다. 하지만 그건 당연한 일이다. 자신은 기사니까. 베고, 베이는 것이 일이라면 일이었다. 하지만 황후마마는― 보통의 여자들은 완전히 다르다. 그들은 보호해 줘야 하는 존재이다. 가끔 드레스 입는 여자들의 한 줌 거리인 가는 허리를 볼 때마다 감탄하고는 하는데, 그런 약한 사람을 때린다는 것 자체가 시그리드에게는 이해 불가였다.

시그리드의 표정을 보고 황후는 다시 웃었다. 그녀가 베일을 다시 쓰며 말했다.

"나도 처음에는 꿈을 꿨었지."

제국 황제의 정비 자리.

물론 상대는 자신의 아버지보다도 나이가 많은 남자였지만, 그래도 소녀였던 자신은 설렜었다. 흥분에 차 재잘거리는 시녀들의 목소리에 둘러싸여 결혼식을 준비하며 꿈을 꾸었다.

도착한 제국의 수도는 화려하고, 결혼식은 움츠러들 정도로 거대한 신전에서 열렸다. 하지만 꿈은 꿈일 뿐이었다.

"하지만 폐하께 여자란……. 글쎄. 욕구를 풀 상대, 그 이상도 그 이하도 아니었지. 난 아이를 낳으면 그래도 달라질 거라고 생각했네. 이미 장성한 아들이 있기는 하지만 그를 딱히 아끼는 것 같지 않았으니까."

시그리드는 아무 말 없이 이야기에 귀를 기울였다.

"아웬을 낳고서 난 뒤늦게야 깨달았지. 아들은 그에게 권력을 나눌 가능성이 있는 적에 불과하다는 걸. 내 아들을 지키기 위해서, 난 내 나름의 규칙을 지켰고, 그건 꽤 잘 먹히는 것 같았어. 자네가 나타나기 전까지는 말이지."

"송구스럽습니다."

"아니, 그 애가 어미에게 못 받는 애정을 준다면, 내가 감사할 일이지. 하지만 더는 이 방법은 쓰지 못할 것 같으니."

황후가 슥 베일을 들어 올려 시그리드를 똑바로 보며 물었다.

"황태자는 아웬의 목숨을 보장하는가?"

시그리드는 멈칫했다가 대답했다.

"그 점은 제가 확답할 수 없습니다만, 보장하지 않으시더라도 제가 보장할 것입니다."

그 말에 황후는 낮게 한숨 같은 웃음을 뱉었다.

"글쎄, 자네의 그 지푸라기 같은 말에 의지해야 한다니. 하지만 방도가 없군."

중얼거리는 말에 시그리드는 고개를 갸웃했다.

"마마?"

"남자는, 완전히 자기 지배하에 있다고 생각하는, 소유물인 여자 앞에서는 의외로 말이 많아지는 법이라네."

황후가 싱긋 웃었다.

"소유물에도 인격이 있고 생각이 있다는 걸 알지 못하는 듯 말일세."

뼈가 있는 웃음이었다. 시그리드는 황후의 웃음 아래 십여 년간의 분노가 도사리고 있는 것을 본 것 같았다.

"요즘 들어 내가 들은 재미있는 이야기를 자네에게도 해 주고 싶군."

"경청하겠습니다."

시그리드가 대답하자 황후는 다리를 꼬고 베일을 정리하며 말했다.

"멍청한 마법사들에 대한 이야기라네. 자네는 마법과 관련된 이야기를 좋아하는가?"

"즐겨 듣고 있습니다."

"그럼 잘되었군."

목소리에서 달콤함이 묻어 나왔다.

"그와 관련된 이야기거든."

*　　*　　*

아르카나는 바싹 붙어 앉은 비비가 불편했지만 내색하지 않았다. 그가 설계를 그려 나가다가 문득 물었다.

"그런데 이 방식으로 가려면 마법진을 움직이는 데 엄청난 마력이 필요할 텐데? 다들 서클이 높은 건가?"

비비가 키득거리며 속삭였다.

"서클이 없어도 괜찮아."

그 웃음과 말에 기분이 확 저조해졌으나 그는 싱긋 웃었다.

"어떻게 하려는 건데?"

사실은 알고 있다. 알고 있지만 이건 확인을 해야 할 문제였다. 비비가 그의 귀에 속삭였다.

"소드 주얼."

오러 코어를 다르게 표현하는 단어였다. 아르카나가 눈을 찌푸리고 물었다.

"그걸 어디서 구하는데?"

"그건 네가 알 바가 아니지."

어느새 들어왔는지 아돌프가 후드를 벗으며 말했다. 비비가 자리에서 폴짝 뛰듯 일어나 외쳤다.

"그런 게 어딨어? 아르카나에게도 알려 줘야지."

"비비."

아돌프가 눈을 찡그리며 화난 얼굴을 해 보였지만 입가는 온화하다. 그가 그녀를 아낀다는 것은 몇 번 보지 않아도 알 수 있었다. 이제 서른 초반? 아니면 이십 대 후반? 어느 쪽이든 아돌프는 젊었다.

길게 내려온 슬레이트 블루 빛깔의 머리카락을 하나로 단정하게 묶고 있었다. 겉모습만 본다면 리더보다는 학자 같은 느낌에 더 가깝다. 하지만 그가 이 낙오자—자신들은 선구자라고 말하는 집단의 리더임은 명확했다.

"폐하께서 구해 주실 거야."

아돌프가 대수롭지 않은 일인 양 대답했다. 그 말에 비비가 히죽 웃었다. 잔혹한 웃음이면서 더없이 요염한 웃음이었다. 그녀가 아돌프의 팔에 매달리며 말했다.

"그럼 언제쯤 구할 수 있을까? 최대한 빨리 시작하고 싶은데~"

"조금만 더 참아."

아돌프가 그녀의 머리를 쓰다듬으며 달랬다. 아르카나는 마법진 설계도 쪽으로 눈을 돌렸다. 슬슬 완성 단계에 접어들고 있었다.

'오러 코어를 사용한다는 건 알고 있었지만…….'

그는 시그리드가 걱정되기 시작했다. 친위대에 그녀를 비롯한 서너 명의 마스터가 더 있다는 걸 알고 있었다. 황제의 명령이라고 그들을 어디로 불러서 덮치거나 한다면?

'아니면 독을……?'

가능성을 계산하는데 아돌프가 한숨을 내쉬고 책상으로 다가와 설계도를 바라보며 말했다.

"소드 주얼은 산 채로 빼지 않으면 안 돼서, 그게 좀 까다로워."

"산 채로?"

"그래, 죽으면 그냥 흩어지거든."

아돌프가 연기를 쫓듯 손을 흔들었다.

"그러니까 희귀하고 구하기도 어렵지."

"그래서, 황제의 목숨을 연장해 주고 우리는 뭘 받는 거지?"

아르카나의 말에 아돌프는 잠시 그를 바라보다가 책상 서랍에서 기름종이를 꺼냈다. 그 기름종이 위에도 마법진이 그려져 있었다. 아돌프는 그걸 책상 위 설계도에 겹쳐 보였다. 아르카나는 겹쳐진 마법진을 바라보다가 흠칫하고 그를 올려다보았다.

아돌프가 우아하게 미소 지었다.

"황제의 자리지."

"그래서? 그걸로 뭘 하려고?"

"뭘 하다니? 제국의 황제야. 모든 부와 권력을 우리 손에 쥐는 거지. 그걸로 뭘 할 거냐고? 뻔하지 않아? 마법 제국을 건설하는 거지."

"과연."

꿈같은 소리.

아르카나는 희미하게 웃었다.

이자도, 저 여자도, 부모가 사냥당해서 죽은 일 같은 건 겪지 못했겠지. 배가 고파서 나무뿌리를 캐는 일, 여동생이 자라는 것이 걱정거리가 되는 일 따위 겪지 못했을 것이다.

복수도 마찬가지다.

추상적인 대상에 대한 추상적인 복수.

제국을 건설하느니, 세우느니 하는 듯한 허황된 말.

솔직히 말하자면 '나가서 사람도 만나고 좀 제대로 된 대화를 해 보지그래?' 하고 쏘아 주고 싶었다.

"그러면 우리 모두 숨어 살지 않아도 괜찮아. 마탑의 마법사들도 금방 깨닫게 될 거야. 우리가 옳았다는 걸."

"우리를 낙오자 취급한 벌은 주겠지만, 그들 역시 같은 마법사이니, 관대함을 베풀어야겠지."

비비와 아돌프가 번갈아 말했다.

"그게 좋겠지."

아르카나가 고개를 끄덕였다. 마법사 선민의식이라니, 우습지도 않다. 아돌프가 물었다.

"그 귀족 집은 나왔나?"

"그래."

"잘됐다~ 이제 마음이 놓여."

비비가 고개를 끄덕이며 손뼉을 쳤다.

"아르카나가 그런 여자에게 신세 지는 게 마음에 안 들었거든."

목소리가 얼음장처럼 차가웠다.

"마스터라고 했나? 그 여자 보석은 무슨 색일까? 궁금하네."

그녀가 붉은 입술을 뭉개듯 짓누르며 중얼거렸다. 비비가 까치발을 해 아돌프의 귓가에 속삭였다.

"꼭 그년도 포함시켜."

"노력은 해 보겠지만."

아돌프가 힐끗 아르카나를 보았다.

"은인인 거 아닌가?"

아르카나는 어깨를 으쓱했고 아돌프가 픽 웃으며 말했다.

"하긴 어차피 죽을 거긴 하지만."

아르카나는 자신의 손끝이 움찔하는 걸 느꼈다. 하지만 둘은 눈치채지 못한 것 같았다.

이건 자신을 떠보는 걸까? 아니면 그냥 내뱉은 걸까?

'멍청한 건지, 똑똑한 건지.'

아르카나는 뻔뻔하게 나가기로 했다. 그가 웃으며 말했다.

"왜? 오러 사용자들은 다 멸절하기로 계획이라도 세운 건가?"

"그것도 계획의 일부이기는 해. 마법사에게 대항할 놈들이 있다면 그 정도니까."

아돌프가 말하자 비비가 중얼거렸다.

"치사해."

"뭐?"

아르카나가 그녀에게로 시선을 돌렸다. 비비가 새빨갛게 물들인 손톱을 깨물었다.

"치사해, 치사하잖아. 마법사랑 다를 바도 없는데, 잘난 사람처럼, 칭송받고, 치사해, 치사해. 그런 거 구역질 나."

아돌프가 "그래, 그래." 하고 그녀의 머리를 다시 쓰다듬었다. 비비는 그 손길에 한숨을 내쉬었다. 아돌프가 다시 기름종이를 접어서 책상 안에 넣었다.

"그런 계획이니까, 협조를 부탁하지."

"언제는 안 하는 거 봤나."

"그거야 그렇지만."

아돌프는 의미심장한 미소를 지어 보이고 자리를 떴다. 비비는 문가까지 마치 강아지처럼 그를 배웅하고 나서 다시 자리로 돌아왔다.

아르카나가 물었다.

"언제부터 아는 사이야?"

"응?"

"너랑 아돌프."

"아— 오 년쯤?"

"오 년?"

생각보다도 길다면 길고 짧다면 짧다. 아르카나가 이어 물었다.

"어쩌다가 만난 거야?"

"뭐야, 질투해?"

비비가 바싹 붙어 앉으며 속삭였다. 아르카나는 입꼬리를 올리며 마주 속삭였다.

"어쩌면?"

"에이—"

비비는 까르륵 웃고는 말했다.

"나는 말이야, 고아야."

그 말에 아르카나는 책상에 턱을 괴었다. 이건 또 의외의 사실이다. 고생 같은 건 안 했을 거라고 생각했는데.

"다섯 살 때인가, 마탑에 들어가게 됐어. 그때부터 계속 마탑에 있었지. 난 머리도 좋고, 똑똑하니까 마법은 쉬웠고 다들 날

귀여워해 줬어."

'역시 고생한 건 아니었군.'

"그런데 알잖아? 정식 마법사 서임을 받으려면 봉인된 일 년을 보내야 하는 거. 그때 난 고작 열셋이었어. 굉장하지?"

비비가 자랑스럽게 미소 지었다가 얼굴을 일그러트렸다.

"그런데 말이 하나도 안 통하는 거야. 내가 하는 말을 이해하지 못하는 멍청이들만 가득해. 게다가 마법으로 단숨에 처리할 일을 수십 명이 공들여서 하고 있지 않나, 한심해서 못 보겠더군."

"과연."

나이 많은 마법사들 사이에서 마법 이론만 배우며 귀염 받고 살다가, 갑자기 현실로 내동댕이쳐지면 얼마나 당혹스러울지 이해가 갔다.

"게다가 날 쓸모없는 것처럼 대하는 거야."

그녀의 분홍빛 눈이 희미한 광기를 띠었다.

"말이 돼? 난 마법사라고. 하지만 내가 마법사라고 해도 비웃기만 할 뿐이고— 그러면서도 오러 사용자인 기사 영웅담이라니, 한심하기 짝이 없었어."

비비가 습관처럼 얼굴의 문신을 어루만졌다.

"그래서 내 대단함을 알게 해 주고 싶었을 뿐인데, 그냥 겁을 좀 주려고 했는데, 죽어 버리더라고."

"……."

비비가 후후 웃었다.

"그리고 어쩔 줄을 모르고 있는데, 아돌프가 나타났어. 운명처럼 우린 만난 거야. 인간 같은 거, 한둘 정도 죽어도 괜찮다고, 그가 말해 줬어. 마법이라는 힘을 다루는 우리에 비해 그들은 너무 하잘것없고…… 가엽지."

그녀가 눈을 내리깔고 연민 섞인 미소를 지었다가 다시 고개를 들며 활짝 웃었다.

"그래서 아르카나도 만나서 기뻐. 심지어 넌 봉인 기간도 버텼잖아. 그러면서 마법사 서임을 받지 않는, 구시대 틀을 깨는 마법사는 처음이라, 만나서 기뻤어."

아르카나는 그 웃는 얼굴을 보며 생각했다.

'천진난만.'

그건 멍청이의 자기 합리화라고 해도 상관없겠지.

어떤 과정으로 그녀가 아돌프를 그렇게 따르게 되었는지는 잘 알겠다. 살인으로 충격 받은 어린아이가 그건 네 잘못이 아니라, 어쩔 수 없는 거라고 말한 그 상대를 맹목으로 따르게 된 거겠지. 자신이 잘못했다고 믿고 싶지 않으니까.

'하지만 시리라면.'

글쎄, 열셋의 시그리드라면 어떻게 했을까?

일단 처음부터 마법을 쓰지 않았겠지. 만약에 사고로 사람을 죽였다면 처벌을 받으러 갔을 거고.

그 생각에 아르카나는 피식 웃었고 비비가 그 웃음을 보고 입을 내밀었다.

"농담이라고 생각하는 거지? 하지만 진심이야."

"그래. 하지만 궁금한 게 있어. 마법을 봉인하잖아? 어떻게 푼 거지?"

자신이 마법을 쓰지 못한 이유 역시, 마법을 봉인했기 때문이었다. 비비가 "아" 하고 말했다.

"난 봉인하지 않았었어."

"뭐?"

"아직 어리니까, 무슨 일이 있을지도 모른다고 하면서. 그냥 쓰지 않으면 되는 거니까."

"그랬군."

마법이란 어린아이라도 사람을 쉽게 죽일 수 있는 능력이라는 걸, 마탑 사람들은 몰랐을까?

아니면 이런 어린아이가 사람을 해칠 리가 없다고 생각했을까?

비비가 명랑하게 이어 말했다.

"그래서 네가 그 오러 사용자의 집에 있는 게 싫었어. 마스터라니, 웃기지도 않은 호칭이야. 다 죽어 버렸으면."

비비가 책상을 짚은 팔을 쭉 뻗어 의자에 푹 기대며 말했다.

"여동생 목숨을 구해 줬다고 그랬지?"

그 말에 아르카나는 고개를 끄덕였다. 비비가 "흥" 하고 코웃음을 쳤다.

"마법만 쓸 수 있으면 그까짓."

"그러네."

아르카나는 그렇게 대답하고 비비가 자신의 팔짱을 끼는 것을 놔두었다.

시그리드가 단순히 세리아의 목숨만 구했냐고?

아니.

단호하게 아니라고 그는 말할 것이다.

시그리드는 세리아를 구했다. 딱히 선의도 아니고 악의도 아닌, 약자이기 때문에 해야 할 일을 한 것이다. 그러므로 보수도 보상도 원하지 않는다.

성녀인 것도 아니다. 좋은 사람이 되고 싶어 하는 것도 아니고, 시그리드는 그냥 시그리드일 뿐. 그녀에게 사지로 함께 가자고 한다면 시그리드는 질문도 없이 검을 정비하고 "가자." 할 것이다.

아르카나는 그날 이후, 부모님이 그렇게 살해당하고 나서, 마탑에서 차별을 겪으면서 딱히 인간을 신뢰해 본 적이 없었다. 세리아는 보호해야 하는 존재이고 스승님은 고맙지만 결국은 타인이다.

하지만 시그리드는 달랐다.

'넌 그녀가 나에게 어떤 존재인지 몰라.'

친구가 되자고 필사적으로 말해 줘서 기뻤다. 그가 마법사인 걸 알면서도 어떤 이익을 취하려고 하지 않는 것도. 그녀에게는 당연한 일이라 일일이 기뻐하는 것이 오히려 우습겠지만.

시그리드가 원한다면 가족이든 친구든 연인이든 원하는 것은 다 되어 주었을 것이다.

'그리고 지금은 친구 이상 가족 미만인가?'

그녀를 생각하고 희미하게 웃었다가 다시 원점으로 돌아와 아르카나는 한숨을 삼켰다.

'계획도 대충 다 알겠는데, 그걸 어떻게 실행할지, 언제 실행할지, 어디서 실행할지는 알 수가 없군.'

아르카나는 슬쩍 비비를 내려다보았다.

'좀 더 구슬려 볼까?'

*　　　*　　　*

모리스는 퇴근 중 의외의 인물과 마주쳤다. 알케르토는 슬쩍 그를 보았다가 눈동자만 굴려 모리스를 돌아보았다.

모리스가 먼저 입을 열었다.

"근위대장이 여기는 무슨 일이십니까?"

"시그리드는?"

"애인이라고 하시면서 그것도 모르시나 보군요."

모리스의 목소리는 부드럽지만 날카로웠다.

"시그리드 성격을 알면서."

싱긋 웃으며 맞받아치자 모리스가 피식 웃었다.

"적어도 당신에게는 다를 줄 알았죠. 그것도 아닌 것 같지만요."

알케르토는 '어어?' 하고 둘 사이에 서서 침을 삼켰다. 뭔가 예전과는 다르다. 베라무드가 그를 보다가 말했다.

"그래서, 시그리드는?"

"궁금하시면 직접 알아보시는 게? 친구로서 당신은 시리에게 해만 끼치는 존재 같아서 말이죠."

"친구로서, 인가?"

"그 이상은 저와 시리와의 일이고 말입니다."

그가 가볍게 숨을 삼켰다가 날카롭게 말했다.

"그리고 한 번만 더 그녀를 울리면 가만 놔두지 않겠어."

베라무드는 "울어?" 하고 저도 모르게 되물었고 모리스가 고개를 끄덕였다.

"그래, 그 가면무도회에서 말이야."

아.

울 정도로 싫었나.

그는 이를 깨물었다가 모리스에게 말했다.

"그거야말로 네가 상관할 바가 아니지."

"아니, 상관할 바지."

말하고 모리스는 그를 지나쳐 걸어가며 작게 말했다.

"그녀의 인생에서 꺼져."

"—!"

베라무드가 휙 그를 돌아보았지만, 모리스는 차갑게 그를 보고 가 버렸다. 알케르토가 당황해 모리스를 몇 걸음 쫓아가다가 베라무드의 곁에 멈춰 섰다.

"오늘 휴가예요. 몸이 안 좋다고."

그 말에 퍼뜩 그를 보자 알케르토는 어깨를 으쓱해 보이고는 얼른 모리스의 뒤를 따라갔다. 물론 자신은 모리스의 친구고 그의 편을 들어야겠지만, 시그리드 역시 자신의 친구였다. 그녀와 애인 사이를 방해하고 싶지는 않았다.

모리스를 따라잡고 힐끗 돌아보니 베라무드가 그에게 가볍게 묵례를 해 왔다. 알케르토는 한숨을 내쉬고 모리스에게 말했다.

"왜 그렇게 까칠해?"

"저 자식이 시그리드를 두 번이나 울렸어."

"아."

우는 시그리드라니, 상상이 전혀 안 된다. 찔러도 피 한 방울 안 나올 것 같은데.

'아닌가? 요즘은 좀 다른가?'

표정이 다양해졌으니까, 울 수도 있겠지.

"그런 사람으로는 안 보이는데."

"넌 누구 편이야?"

"누구 편도 아니야."

알케르토가 재빨리 자신의 포지션을 정했다. 모리스가 그를 힐끔 보았다가 말했다.

"시그리드에게 고백했어."

"뭐?!"

알케르토가 놀라 목소리를 높였다.

"그래서? 어떻게 됐어?"

"베라무드가 좋다는데."

"아—"

"그래도 포기하지 않을 거야."

모리스가 굳은 옆모습으로 단호하게 말했다. 알케르토가 그 말에 히죽 웃었다.

"그래, 좋은 생각이다."

"그러니까 누구 편도 아니면 베라무드에게 도움도 주지 마."

"알았어."

알케르토가 양손을 들어 항복의 행동을 취해 보이며 고개를 끄덕였다. 모리스는 한숨을 푹 내쉬고 말했다.

"네가 부럽다."

"나? 내가 왜?"

모리스가 피식 웃으며 말했다.

"여자를 유혹하는 기술을 부러워해 본 적은 없었는데."

그 말에 알케르토가 웃으며 모리스의 목을 팔로 꽉 감쌌다.

"형님이 한 수 전수해 주랴?"

"됐어. 나는 나대로 할 테니까."

알케르토가 팔을 풀며 고개를 끄덕였다.

"하긴, 시그리드에게는 정공법이 아니면 안 통할 것 같네. 그런데 진짜로 몸이 안 좋다니, 걔가 무슨 일이야. 요즘 영 몸 상태가 안 좋아 보이기는 했는데."

"그러니까."

모리스는 어두운 얼굴로 말하며 목을 문질렀다.

시그리드는 문을 두들기는 소리에 눈을 떴다.

열 때문에 머릿속이 몽롱했다. 이렇게 병으로 아픈 것은 처

음이라 시그리드는 당혹스러웠다. 몸에 힘이 없을 수가 있다
니…….

"무슨 일이야?"

나름 힘을 줘서 말을 했는데도 목소리는 작게 나왔다. 메리가
문을 살짝 열며 말했다.

"손님이 오셨습니다만."

"손님?"

아까 모리스가 왔었지만 돌려보냈었다.

'또 누구지?'

메리가 낮게 말했다.

"네, 루나틸 경이 오셨습니다."

"아……."

들어오라고 해야 할까, 말아야 할까 망설이는데 멋대로 문이
열렸다. 메리는 놀라 물러섰다. 베라무드였다. 허락 없이 멋대로
방에 들어오는 무례에 그를 쫓아내야 할까 하고 메리가 소매를
걷다가 주인의 얼굴을 보고 그만뒀다.

"베라무드…….."

침대에 누워 있는 그녀를 보고 놀란 베라무드가 성큼성큼 침
대가로 걸어와서 장갑을 벗고 그녀의 이마에 손을 얹었다.

"어……. 손 차갑네요."

"안 차가워. 네가 너무 뜨거운 거야. 의사는?"

휙 메리를 돌아보며 묻자 메리는 고개를 저었다. 베라무드는
짜증이 치밀어 올랐지만, 화를 내지 않고 부드럽게 말했다.

"루나틸 공작가에 전령을 보내 주치의를 보내라고 말해."

"네."

메리는 허리를 숙여 보이고 얼른 방을 빠져나갔다. 문은 열어 둔 채였다. 베라무드는 열린 문을 힐끗 보았다가 다시 시그리드에게로 시선을 돌렸다.

"언제부터 이렇게 아팠어?"

"갑자기 오늘 이렇게 된 겁니다."

"목소리도 다 쉬어서."

베라무드는 옆에 놓인 대야와 물수건을 보았다. 그는 물수건을 짜서 시그리드의 이마에 얹었다.

'열이 너무 높은 거 아닌가? 이렇게 열이 높으면 큰일 난다고 들었는데.'

초조함이 밀려들었다.

"그런데……."

시그리드가 베라무드를 올려다보았다.

"무슨 일이십니까?"

"—!"

베라무드는 입술을 깨물었다가 한숨을 내쉬었다. 이런 일에 일일이 상처받으면 안 된다.

"용건이 없으면 오면 안 돼?"

"그건 아니지만……."

시그리드가 시트 밖으로 손을 꼬물꼬물 내밀며 말했다. 베라무드가 저도 모르게 그 손을 잡자 그녀가 방긋 웃었다.

"오셔서 기쁩니다."

'우와.'

열이 올라 붉게 상기된 얼굴이 너무 사랑스러웠다. 아니, 이런 거에 사랑스러움을 느끼면 안 되는 건가? 베라무드가 주변을 둘러보았다.

'어디 앉을 만한 게― 아, 저깄다.'

의자를 가지러 가야겠다, 하고 몸을 돌리는데 시그리드가 손을 놔주지 않았다.

"시리?"

"가지 말아요……."

윽―

두 번째 크리티컬 히트다. 베라무드는 숨을 고르며 말했다.

"안 가. 의자만 가지고 올게."

그 말에 시그리드는 손을 놓아주었다. 베라무드는 후다닥 의자를 가지고 돌아와 얼른 침대가에 앉았다. 그가 다시 시그리드의 손을 쥐었다. 손도 뜨겁다.

"뭐라도 먹었어?"

베라무드의 질문에 시그리드는 고개를 저었다. 베라무드는 혀를 찼다.

하필 딱, 아르카나와 세리아가 이사하고 나서 얼마 되지 않아 이런 일이다. 아르카나가 있었다면 그래도 좀 안심이 되었을 텐데.

'그가 날 취급하는 방식은 별개로 치고.'

시그리드는 열인지, 독인지, 아니면 둘 다인지 모를 것으로 지끈거리는 머리를 베개에 문질렀다. 베라무드가 그런 그녀의 뺨을 살짝 어루만지며 물었다.

"머리 아파?"

시그리드는 고개를 끄덕였다.

'어쩌지?'

그는 물수건을 짜서 그녀의 이마에 올리는 것밖에 해 줄 수 있는 게 없었다. 베라무드가 물수건을 시그리드의 이마에 올렸다. 눈까지 시원하게 해 주는 게 좋겠다는 생각이 들어서 그는 수건을 크게 접어 그녀의 눈까지 가렸다.

시야가 가려지자 시그리드가 그를 불렀다.

"베라무드."

"응?"

"키스해 줘요."

"……네?"

자신이 잘못 들었나 하고 베라무드가 되물었다. 시그리드가 반대쪽 팔을 뻗어 안아 달라는 듯 벌렸다. 아파서 그런 걸까? 아니면 유혹하자고 마음을 굳혔기 때문일까?

시그리드의 언행에는 거침이 없었다.

"그러면 아픈 거 잊어버릴 것 같은걸요."

베라무드는 멍하니 시그리드를 바라보았다. 이게 자신이 아는 그 시그리드가 맞는 건가? 베라무드는 마법사가 무슨 수작을 부린 건가 싶었다.

"베라무드······."

그녀가 칭얼거리듯 그의 이름을 다시 불렀다.

"하지만······."

시그리드, 넌 날 좋아하지 않잖아?

베라무드는 뒷말을 꿀꺽 삼켰다. 그래, 시작은 몸부터라도 상관없잖아?

그가 침대 위로 몸을 숙였다. 무거운 무게가 올라오자 침대가 삐걱하는 소리를 냈다. 매트리스가 움직여 시그리드는 그가 침대 위로 올라왔다는 걸 알 수 있었다. 기척도 훨씬 가깝다.

'아, 눈을 가린 걸 올려야 하나?'

물수건은 기분 좋았지만, 눈까지 가리고 있으니ㅡ 하는데 입술이 겹쳐 왔다. 시그리드는 그에게 매달렸다. 처음에는 혀가 차갑다고 생각했는데 곧 딱 좋을 만큼 뜨거워져서ㅡ

생각이 물살에 휩쓸려 사라져 버렸다.

질척한 소리가 난다.

"응······. 웃······."

작게 소리를 내자 베라무드는 키스를 멈췄다. 시그리드는 작게 숨을 헐떡였다. 쿡쿡 웃는 목소리가 바로 귀 옆에서 들려 그가 자신과 몸을 거의 겹치고 있다는 걸 알 수 있었다.

"키스할 때 코로 숨 쉬어도 괜찮아."

그의 말에 그런가, 했지만 잘할 수가 없었다.

베라무드는 그녀를 내려다보며 욕망이 온몸을 내달리는 걸 느꼈다. 키스한 입속이 너무 뜨거워서 놀랐다.

열 때문에 그런 거겠지.

첫 번째는 자극 때문이고, 두 번째는 좀 덜할까? 했는데 오히려 처음보다 더 기분 좋았다. 아픈 사람을 상대로 이렇게 발정이 나면 파렴치한 걸까?

하복부가 묵직해지는 걸 느끼며 베라무드는 사양하지 않고 두 번째 키스를 이어 했다. 뜨거운 혀가 제법 반응해 오는 것이 소름 돋게 좋았다.

그녀의 목구멍 안쪽에서 올라오는 신음을 들으면 척추를 따라 욕망이 휙 치밀어 올라왔다. 자신의 등에 손톱을 세우는 것도 사랑스러웠다.

연약한 점막을 훑고 입술 안쪽을 부드럽게 쓸고 혀를 겹친다. 베라무드의 손이 그녀의 뺨을, 목을, 어깨를, 팔을 타고 내려왔다.

간지러워 시그리드는 어깨를 움츠렸고 거기에 즉각적으로 반응해 베라무드는 키스를 멈췄다. 시그리드는 숨을 몰아쉬었다. 베라무드가 허리를 펴고 물수건을 갈았다.

그 모습이 태연해 보여 시그리드는 심통이 났다.

그래, 그에게는 아무것도 아니지. 거짓 연애에, 키스 같은 건 분명 아무것도 아닐 테지. 자신은 키스 하나에 이렇게 두근거리는데, 당신은 태연하고.

시그리드가 옆자리를 두들겼다.

"여기 같이 누워요."

"어—?"

베라무드는 목이 졸린 것 같은 소리를 냈다. 그걸 보니 그제 야 마음이 좀 풀리는 것 같아 시그리드가 다시 팡팡 자리를 두들 겼다.

"시리……."

곤란한 듯한 얼굴을 보고 시그리드가 말했다.

"베라무드는…… 이런 거……. 콜록……. 익숙하잖아요."

그 말에 베라무드는 눈을 찡그렸다. 대꾸 없이 잠시 서 있다가 그는 재킷을 벗어서 의자에 휙 걸치고 침대 안으로 미끄러져 들 어왔다. 이불이 걷어지자 바깥 공기에 시그리드는 부르르 몸을 떨었다.

열이 오른 몸에 바깥 공기는 너무 차가웠다. 재빨리 자리를 잡은 베라무드가 베개를 이리저리 부풀려서 자신의 상체를 받치 고 시그리드에게 팔베개를 하며 자신의 가슴에 기대게 하였다. 그리고 그가 짧게 말했다.

"안 해."

"……네……?"

"이런 거 익숙하지도 않고, 다른 여자에게 하지도 않아. 너뿐 이야."

그 말에 시그리드는 눈을 휘둥그레 떴다. 그를 올려다보니 베 라무드가 희미하게 웃으며 말했다.

"정말로."

시그리드는 푹 그의 가슴에 얼굴을 묻었다.

'아, 심장 소리.'

크고, 빠르다. 자신의 것은 아니고 베라무드의 것일 텐데.

겉으로는 태연해 보이는데 심장 소리는 빠르구나, 하니 왜인지 웃음이 나왔다. 머리에 열이 오른다.

어질어질, 빙글빙글 세상이 돌았다.

팔을 뻗어 그녀는 그를 끌어안았다. 헛 하고 숨 빠지는 소리가 났다. 시그리드는 왜인지 안도했다. 그리고 잠들었다.

"……시리……? 시리……? 진짜로 자?"

베라무드는 몇 번 시그리드를 불렀다. 그는 천장을 올려다보며 끙 신음을 토해 냈다.

'미치겠네.'

절대적인 신뢰는 기쁘다고 해야 할까? 슬프다고 해야 할까? 시그리드는 잠옷을 입고 있었고, 잠옷은 얇았고, 체온은 물론이요, 부드러운 팔다리의 감촉이 고스란히 전해져 왔다.

'이건 무슨 시련인가?'

내가 이런 일을 당할 정도로 인생을 잘못 살았던가, 하고 베라무드는 반성했다. 힐끗 내려다본 시그리드의 표정은 이 이상 편안할 수가 없다.

'아프지 않고 잠들었다니, 다행이지. 다행인데.'

자신에게는 전혀 다행이 아니었다. 그는 허리를 슬쩍 뒤로 뺐다.

"으응―"

그러자 그걸 눈치챈 듯 그녀가 몸을 더 밀착시켰다.

'아니, 아니, 붙지 말고.'

이대로 시그리드가 눈을 뜨지 않기를 빌면서 베라무드는 불편하게 다시 허리를 뺐다. 누가 보면 우스울 자세다 하고 있는데 문이 열렸다.

"의사분을 모시고— 크흠."

메리가 크게 헛기침을 했다. 베라무드는 퉁기듯 후다닥 자리에서 일어났다. 들어온 의사는 자신도 잘 아는 루나틸 가문의 주치의다.

"도련님."

수염이 하얀 나이 많은 주치의는 베라무드를 나무라는 목소리를 냈다. 베라무드는 신음을 내뱉고 얼른 옆의 의자에 앉으며 다리를 꼬았다. 그 서슬에 시그리드가 잠에서 깨어났다.

"으응—"

시그리드가 눈을 비비자 베라무드가 어쩔 수 없었다는 듯 양손 손바닥을 뒤집어 보여 주며 말했다.

"의사 왔어."

베라무드의 말에 의사는 다가와 수염을 쓰다듬으며 말했다.

"문이 열려 있다고 해도, 여자분과 단둘이 이러시면 안 된다는 걸 방탕한 도련님이라도 잘 아시겠지요."

"카론, 제발."

베라무드가 신음과 함께 말하자 카론은 왕진 가방을 내려놓으며 피식 웃었다. 카론이 청진기를 꺼내며 정중하게 시그리드에게 인사했다.

"만나 뵙게 되어서 반갑습니다. 아가씨. 카론이라고 합니다."

"아……."

의사. 시그리드는 힐끗 베라무드를 보았다.

"실력은 내가 보증하지."

베라무드의 말에 시그리드는 고개를 끄덕였다. 카론이 그녀
의 이마에 손을 대고 베라무드를 돌아보았다.

"그리고 이렇게 아프신 여성분의 틈을 타시는 것도 역시 옳지
않은 짓입니다."

안 탔어!

속으로 외치며 베라무드는 억울한 표정을 지어 보였지만 카
론은 무시했다. 그가 청진기를 자신의 손으로 쥐어 따뜻하게 한
뒤에 말했다.

"차가우실 겁니다."

진찰하며 카론이 물었다.

"요즘 무리하시거나 잠을 적게 주무시거나 하셨습니까?"

"아뇨……. 그다지……."

"하루에 세 시간도 안 주무실 때가 많았어요."

옆에서 메리가 주인을 대신해서 얼른 입을 열었다. 그 말에 베
라무드는 팔짱을 꼈고 카론은 허허 웃었다.

"그렇게 적게 주무시면 몸이 축납니다. 무엇 때문인지 몸이 허
약해지신 듯한데……."

그 말에 시그리드는 뜨끔했다.

"하여간 열이 심하시니 열을 내리는 약을 처방해 드리겠습니
다. 꼭 식사하시고 약을 드십시오."

카론이 약병을 몇 개 꺼내서 메리에게 설명했다. 나흘분의 약봉지를 만들어서 시녀에게 건네고 카론은 왕진 가방을 챙겼다. 그리고 나가기 전에 베라무드에게 눈짓했다. 그가 자리에서 일어났다.

문가로 가자 카론의 얼굴이 심각하게 변했다. 그 얼굴을 보고 베라무드가 한숨과 함께 속삭였다.

"독?"

"알고 계셨습니까?"

카론이 미심쩍은 얼굴로 베라무드를 보았다.

"혹여 직접 먹이시는 건—"

말하다 카론은 시선을 돌렸다. 이 나이에 저런 살기를 감당하기는 어렵다.

"제가 실언했습니다. 죄송합니다."

"알면 됐고."

차가운 목소리에 카론은 헛기침한 뒤 이어 물었다.

"독의 종류를 알고 계십니까?"

"아니, 몰라."

"그렇군요. 일단은 해독에 효과가 있는 약초들을 배합해 보겠지만, 그래도 어떤 독이지 모르면 해독도 불가능합니다."

베라무드는 고개를 까닥했다. 카론이 정중하게 그에게 인사를 하고 물러났다. 베라무드가 침대 앞으로 돌아가 메리에게 말했다.

"마실 걸 가져와. 가볍게 먹을 거면 더 좋고. 약 먹고 자야 하니까."

메리는 고개를 숙여 보이고 물러났다. 베라무드는 손을 뻗어 시그리드의 앞머리를 넘겼다. 땀에 젖어 축축했다.

"뭐라도 가져오면 먹고 나서 약 먹어. 그리고 자."

시그리드가 그의 옷소매를 잡자 베라무드가 웃으며 말했다.

"잘 때까지는 옆에 있을게."

"네."

그 말에 시그리드가 얌전히 대답했다. 잠시 후 메리가 수프와 과일 주스를 가지고 올라왔다. 베라무드가 들고 온 과일로 만든 것이었다. 베라무드는 시그리드를 일으켜서 수프를 다 먹게 하고, 이어서 약과 함께 과일 주스를 먹였다.

남기고 싶어서 힐끗힐끗 자신의 눈치를 보는 게 느껴졌지만 억지로 다 먹게 했다. 시그리드가 자리에 누워 옆자리를 두들겼다.

"안 돼."

베라무드가 이번에는 단호하게 거절했다. 두 번째도 참을 수 있다는 보장은 희박했다. 하지만 시그리드는 굴하지 않고 다시 팡팡 자리를 두들겼다.

"안 돼."

다시 거절하지만, 목소리는 처음보다 약해져 있었다.

팡팡팡.

입을 내밀며 시그리드가 다시 강하게 옆자리를 두들겼다.

'토끼냐.'

갑자기 안 하던 어리광을 부리는 게 당황스럽기도 하고, 귀여워서 팔짝 뛰고 싶기도 하고. 이번에는 안 돼, 라는 말이 목구멍에 걸린 듯 나오지 않았다. 그가 몸을 숙이며 속삭였다.

"시리, 나는 무해하지 않아."

"?"

그 말에 그녀의 얼굴에 의아함이 돈다. 베라무드가 손을 뻗어 그녀의 뺨을 어루만지며 말했다.

"좋아하는 여자 옆에 누워 있으면서 아무렇지도 않을 남자가 아니라고."

그 말에 시그리드가 눈을 동그랗게 떴다.

"하지만⋯⋯. 베라무드는⋯⋯."

저 안 좋아하시잖습니까? 하는 말이 올라왔다가 멈췄다. 그러고 보니, 좋아한다고 말해 줬었다. 그건 무슨 뜻이었을까? 친구로서? 아니면 사람으로서?

"아니, 아니. 지금 쓸데없는 생각하고 있지."

베라무드가 그녀의 코를 가볍게 쥐었다가 놓았다. 그는 한숨을 내쉬고 슬쩍 열린 방문을 바라보았다가 다가가 문고리를 잡았다. 문밖에 대기하고 있던 메리가 눈을 동그랗게 뜨는 게 보여 베라무드는 웃으며 집게손가락을 입가에 대며 문을 닫았다.

문이 닫히는 소리가 크게 들렸다.

"책임 안 진다?"

베라무드는 그렇게 말하고 침대 안으로 들어왔다. 아까와는 느낌이 달라 시그리드는 머뭇거리며 그를 올려다보았다. 베라무드가 그녀의 이마에 손을 올렸다.

"뜨거워."

베라무드가 작게 중얼거리고 한숨을 내쉬었다. 역시 환자 상대로는 파렴치지.

"자."

그가 그녀의 어깨를 안으며 이마에 가볍게 입술을 눌렀다. 온도를 재어 보는 듯한 상냥한 동작이었다.

'이거 자는 게 아니라, 밤새워서 간호해야 할 것 같은데.'

시그리드가 몸을 뒤척여서 베라무드가 "왜? 불편해?" 하고 자세를 바꿔 주려는데 그녀가 가볍게 그의 뺨에 키스했다.

"—!"

"감사합니다."

뭐가?

되묻기도 전에 시그리드는 미소를 지으며 눈을 감았다. 시그리드는 다시 곧 잠들었고 베라무드는 자신이 왜 이 역할을 자처했는지 도무지 모르겠다고 생각하며 중간중간 손을 뻗어 물수건을 갈았다. 덕분에 그의 옷도 다 젖었지만, 신경 쓰지 않았다.

늦은 새벽쯤 되자 약 덕분인지, 아니면 원래 체력이 좋아서인지, 다행히 열이 떨어졌다. 숨소리도 한결 더 편해져서 베라무드는 안도했다.

'아니, 날 생각하면 안도할 수 없지만.'

그는 힐끗 시그리드를 내려다보았다. 초 하나 없는 방은 깜깜했지만, 눈이 좋은 그에게는 어렴풋한 윤곽이 보였다. 베라무드는 시그리드의 어깨를 안았던 팔을 천천히 아래로 내려 등을 쓰다듬었다. 얇은 잠옷 아래로 뜨겁고 매끄러운 등 윤곽이 그대로 손끝에 어루만져졌다.

부드러운 옆구리의 온기에 입 안이 바싹 말라 왔다. 아래로 내려갔던 손이 이제 다시 위로, 잠옷 안쪽으로 들어왔다. 손끝에 맨살이 닿아 베라무드는 숨을 삼켰다. 조금씩 그는 손을 올리다가 그녀가 잠옷 외에는 아무것도 입지 않고 있다는 걸 쉽게 알 수 있었다.

베라무드는 좀 더 손을 밀어 넣을까, 말까, 잠시 양심의 고민을 하다가 좀 더 손을 밀어 올렸다. 실크처럼 부드러운 피부 감촉에 저절로 한숨이 흘러나왔다. 매끄러운 등허리를 베라무드는 부드럽게 쓸어내렸다.

"음—"

시그리드가 작게 소리를 내며 그의 품 안으로 파고들어 왔다. 베라무드는 묵직한 한숨을 내쉬고 손을 뺐다. 시그리드의 가슴이 눌리는 감촉이 생생했다. 베라무드는 뜬눈으로 밤을 새웠다.

다음 날 아침 느지막이 일어난 시그리드는 옆자리가 비어 있는 것을 보고 폭 한숨을 내쉬었다.

'갔구나.'

당연한 일인데 왜인지 서운하다.

'하지만 열은 떨어졌어.'

몸도 나아졌다. 머릿속이 명료하고 두통도 없었다.

'몸이 독에 적응한 걸까?'

독을 조금씩 먹으면 내성이 생긴다고 하더니 그런 건가?

시그리드는 고개를 갸웃하며 자리에서 일어났다.

"어라, 깼어?"

"베라무드?!"

쟁반을 들고 문을 연 베라무드가 시그리드를 보고 픽 웃었다.

"괜찮아 보이네."

"네, 괜찮습니다."

"그럼 아침 먹고, 약 먹어."

성큼 다가와 그가 그녀의 이마에 손을 얹고 고개를 끄덕였다.

"좋아. 열은 진짜 다 떨어졌네. 오늘까지는 쉬고."

"안 가셨네요?"

시그리드의 물음에 베라무드가 멈칫하더니 고개를 기웃했다.

"가야 했어?"

"네? 아뇨, 그건 아니지만……."

"남의 옷에 침까지 흘리며 잘 잤으면서."

"—!"

얼굴이 빨개졌다.

이게 다른 사람이라면 '자다가 침도 흘리고 그러는 겁니다.' 하겠지만, 베라무드는 다르다. 시그리드는 어쩔 줄 모르며 말했다.

"그게, 그, 옷은 빨아서 돌려 드리겠습니다."

"됐어. 그러면 셔츠 벗고 재킷만 입고 집에 가야 하니까."

아무렇지도 않게 말하며 베라무드는 쟁반을 침대 옆 테이블에 올려놓고, 의자에 걸어 둔 자신의 겉옷을 걸쳤다.

"그럼 난 이만."

"네? 같이 식사하고 가시죠."

"오후 근무라도 가 봐야 하니까. 다음에 보자."

베라무드가 싱긋 웃으며 말했다. 그가 문가로 걸어가자 시그리드가 후다닥 그의 뒤를 따라가며 말했다.

"와 주셔서 감사합니다."

"좋아하니까 괜찮아."

"네에─"

어색한 대답에 베라무드가 한마디 하려고 입을 여는데 시그리드가 그를 보며 싱긋 웃었다.

"저도 좋아합니다."

"……어……. 그래, 나오지 말고 들어가는 게 좋겠다. 응, 먹고 쉬어. 안녕."

눈앞에서 방문이 쿵 닫혀 시그리드는 눈을 깜박였다. 문 너머에서 베라무드는 양손으로 얼굴을 가리고 있었다.

'아, 진짜. 아, 정말. 시그리드 앙케르트나. 이 마성의 여자 같으니.'

귀까지 화끈거리는 것 같다. 양손 사이로 숨을 몰아쉬는데 옆에서 차가운 눈으로 메리가 그를 바라보며 말했다.

"가시는 겁니까?"

앞에 '드디어'라는 말이 생략된 듯한 어조였다. 베라무드가 고개를 끄덕였다.

그가 눈가를 문지르는 척 표정을 가리며 말했다.

"난 이만 가 보도록 하지."

"안녕히 가십시오."

베라무드는 재빠르게 아래층으로 내려가 현관을 빠져나갔다. 오후 출근을 한다고 시그리드에게는 말했지만, 지금 필요한 건 수면이다.

'가서 자야겠군.'

베라무드는 그렇게 생각하며 한숨을 내쉬었다.

＊　　＊　　＊

시그리드는 반지를 바라보았다. 수정으로 만들어진 맑았던 반지가 분홍빛으로 물들어 있었다.

'이 근처인가.'

황후마마께 들은 이야기로는 분명히 이 부근이었다. 게다가 반지가 근처에 마법 반응이 있다고 뚜렷하게 알리고 있다.

'비밀 통로를 사용해야 하나.'

시그리드는 몇 개의 비밀 통로와 비밀 방을 알고 있었다. 그녀의 생각에는 이 일이 일어나고 있는 곳도 그중에 하나일 듯했다.

'일단 베라무드에게 알려야겠군.'

확실하게 확인이 되면 알릴 생각이었는데, 아픈 바람에 제대로 이야기할 시간이 없었다. 그를 생각하니 다시 심장이 두근거렸다.

'키스, 진짜 잘하지.'

열 때문에 몽롱해서 그랬던 건지도 모르겠지만, 하여간 키스는 기분 좋았다. 좀 더 오래 해 달라고 조르고 싶을 정도로.

게다가 옆에 있어 달라는 둥 말도 안 되는 소리를 했는데도 베라무드는 남아 주었다.

'어떻게 그런 말을 한 건지 모르겠어.'

열이 나면 이성적인 판단을 하기가 어렵다는 걸 시그리드는 마음속에 적어 넣었다.

"여기서 뭘 하고 있지?"

익숙한 목소리에 시그리드는 휙 뒤로 돌아섰다. 후드를 쓴 남자의 실루엣도, 걸음걸이도 익숙하다.

"아돌프……."

시그리드가 작게 그의 이름을 부르자 아돌프가 혀를 찼다.

"님을 붙여야겠지."

"아돌프 님."

시그리드는 반항하지 않고 순순히 고개를 숙이며 대답했다. 아돌프가 눈을 가늘게 뜨고 그녀를 바라보며 물었다.

"여기서 뭘 하고 있느냐고 물었다."

"수상한 자를 본 것 같아 쫓는 중이었습니다."

"수상한 자?"

"네. 이 근처에서 못 보던 옷차림의 인물이 보여서—"

"네가 신경 쓸 게 아니다."

"하지만—"

다음 순간 시그리드는 뭔가에 걸어차인 듯한 충격을 받으며 벽으로 날아가 부딪쳤다.

"컥―"

숨을 들이마셨지만, 몸이 바닥으로 떨어지지 않는다. 벽으로 밀어붙이는 압력은 계속 존재하고 있었다. 아돌프가 손을 들어 올리자 시그리드는 바닥으로 툭 떨어졌다.

"신경 쓰지 마라."

"네."

시그리드는 숨을 헐떡이며 대답했다. 아돌프는 그 자리에서 사라졌고 시그리드는 "으―" 하고 자리에서 일어나 앉았다.

'마법 공격?'

몸을 오러로 보호하고 있어서 그렇게 타격은 크지 않았지만, 깜짝 놀란 것은 사실이었다. 게다가 몸이 공중으로 계속 떠 있을 때…….

'마력이 느껴졌어. 그거라면 오러로 간섭할 수 있을 법도 한데.'

시그리드는 고개를 갸웃하며 잠시 생각에 잠겼다가 자리를 털고 일어났다. 서너 번 더 상대한다면 감이 잡힐 듯했다.

'그러고 보니 요즘 아르카나를 통 보지 못했는걸.'

무슨 일이 생긴 게 아닐까 하고 시그리드는 덜컥 걱정이 들었다. 자신이 잠입해 있는 건 상관없지만, 아르카나가 잠입해 있는 건 걱정이 되는 그녀였다.

'하지만 저 반응을 보니 이 근처에 뭔가가 있는 건 확실하군.'

오히려 확신을 얻어 시그리드는 망설임 없이 자리에서 물러났다.

"어디 다녀와?"

친위대실로 돌아가니 모리스가 물었다. 시그리드가 "그냥 좀." 하고 얼버무렸다. 모리스가 눈을 찌푸렸다가 그녀의 등을 가볍게 털며 말했다.

"그래서, 누가 밀친 건데?"

"어? 아냐, 기대고 있었더니 묻었나 봐."

모리스는 사람이 벽에 기댈 때는 등 위쪽만 기대기 때문에 이렇게 등 전체에 돌가루가 묻지 않는다고 말하려다가 참았다.

시그리드가 말하지 않겠다고 결정했다면 말하지 않을 것이다. 하지만 그렇다고 해서 자신도 그냥 지켜만 볼 생각은 없었다.

다음에는 그녀를 몰래 쫓아갈 예정이었다.

'시리는 위험한 곳에 물불 가리지 않으니까.'

걱정이다.

자신보다 강한 여자를 걱정한다고 비웃을지도 모르지만, 그래도 걱정되는 건 걱정되는 것이었다. 혼자 어디서 뭘 하면서 돌아다니는 건지.

'다음에는 따라가 볼까.'

모른 채로 일이 터지게 놔두는 것보다는 그게 더 나아 보였다.

"조심해서 다녀."

모리스가 조용히 하는 말에 시그리드는 얌전히 고개를 끄덕였다. 친위대실 문을 열고 알케르토가 들어오며 말했다.

"오늘 시리는 호위 안 가지?"

"어? 아아, 응."

몸이 나은 지 얼마 되지 않았으니, 병을 옮길 가능성을 생각해 당분간 호위는 금지였다. 알케르토가 '이런' 하고 웃으며 말했다.

"황자님이 서운해하시겠는걸."

"곧 뵈러 갈 거라고 말씀드려 줘."

"그래."

알케르토가 고개를 끄덕이고 모리스에게 나오라고 손짓했다. 모리스는 시그리드의 손을 한 번 잡았다가 놓아주었다.

"아프고 난 후니까 오늘은 좀 쉬어."

그의 말에 시그리드는 다시 고개를 끄덕였다. 모리스와 알케르토, 두 사람이 친위대실을 나가자 시그리드는 가볍게 한숨을 내쉬었다.

'검술 연습이나 할까? 아냐, 그러면 무리한다고 혼나려나?'

쉬는 동안 뭘 해야 할지 몰라 시그리드는 안절부절못했다.

'로웬그린에게 책이나 좀 빌려 볼까?'

고민하는데 친위대장인 알리타가 문을 열고 들어오며 물었다.

"조장들 다 있나?"

그 말에 조장들 몇몇이 자리에서 일어났다. 시그리드까지 해서 다섯 명 정도 되었다. 전원은 아니었지만 그래도 삼분의 이 정도 되는 숫자였다. 알리타가 말했다.

"폐하께서 부르신다. 이쪽으로."

그 말에 조장들은 질서 정연하게 줄을 서서 알리타의 뒤를 따랐다. 향한 곳은 평소의 알현실이 아니라 좀 더 개인적인 공간이었다.

황궁 안쪽의 넓은 방은 편안한 분위기로 채워져 있었다. 비싼 채광창들에서는 햇빛이 반짝이며 흘러들어 왔다.

거기에 테이블과 함께 다과가 준비된 것이 보였다.

"오오― 어서들 오게나."

인자한 목소리에 기사들은 일사불란하게 무릎을 꿇었다.

"폐하를 뵙습니다."

알리타가 가장 먼저 선창하자 나머지 사람들이 고개를 조아리며 말했다.

"폐하를 뵙습니다."

"아니, 너무 딱딱하게 그러지 말고 일어들 나게. 내 아흐트슈비에츠의 얼굴을 보여 주게나. 내 훌륭한 검이 될 사람들을 가까이서 보고 싶군."

그 말에 조장들은 고개를 들었다. 유리 황제는 언제나처럼 인자한 미소를 띠고 말했다.

"모두 자리에 앉게. 내 자네들의 노고를 치하하기 위해, 조촐한 상을 준비했다네."

"아닙니다. 폐하를 따르는 것이 저희의 기쁨입니다."

알리타가 낮게 대답했다. 그 말에 유리 황제는 싱긋 웃으며 "앉게나." 하고 명령했다. 조장들 모두가 온 것이 아니지만, 자리 대부분은 채워졌다. 모두가 앉고, 마지막으로 가장 상석에 유리 황제가 앉았다.

황제가 짝짝 두 번 손뼉을 치자 시종들이 샴페인을 내왔다.

"요즘 아흐트슈비에츠가 불안정하다는 건 알고 있네. 자네들의 마음고생도 많겠지. 하지만 귀족원 역시 곧 고집을 꺾을 거라네. 자아, 제국의 번영을 위해—!"

"제국의 번영을 위해—!"

샴페인 잔을 들어 모두가 건배를 외치고 잔을 비웠다. 이어서 시종은 차를 내왔다. 황제는 친근하게 조장 한 사람, 한 사람 이름을 부르며 이야기를 건넸고, 다들 상기된 얼굴로 황공해했다. 순서는 마지막으로 시그리드에게까지 돌아왔다.

"앙케르트나 경은 요즘 어떤가?"

"덕분에 잘 지내고 있습니다."

"그거 다행이로군. 자네에게는 기대가 크다네."

"분에 넘치는 말씀, 황공합니다."

"아아— 그리고 이제 아웬의 호위는 그만두게. 곧 자네들에게 맡길 큰일이 생길 테니 말일세."

"큰일, 말입니까?"

시그리드가 고개를 들어 그를 바라보자 황제는 의미심장한 미소를 지었다.

"그래. 자네들에게 꼭 맡기고 싶은 일이 있다네."

"어떤 일이든, 폐하의 일이 저희의 일이지요."

시그리드가 고개를 숙이며 대답했다. 알리타가 얼른 이어 말했다.

"어떤 일이든 기쁨으로 일할 것입니다."

"아흐트슈비에츠. 제국의 영광의 부활이니만큼, 나 역시도 많은 기대를 걸고 있네."

황제가 고개를 끄덕였다.

시그리드는 찻잔을 내려다보며 생각에 잠겼다.

'이걸 마셔도 되는 걸까?'

샴페인은 어쩔 수 없이 비웠지만, 차는 그다지 마시고 싶지 않았다. 시그리드는 입은 댔지만, 차는 줄지 않는 묘기를 부려 보였다.

황제 역시 식사 자리를 함께했다. 다과라 해도 대단히 영광인 일이라 황제가 중간에 퇴석하고 나서도 흥분감은 가라앉지 않았다. 그 사이에서 시그리드 혼자 냉정했다.

'큰일이라고? 무슨 일을 맡기려는 거지? 역시 빈민가의 일인가……. 그렇다면 준비가 끝났다는 이야기인데.'

시그리드는 초조함을 느끼며 입술을 깨물었다.

자신들이 늦은 게 아니기를 바랐다. 시그리드는 자리에서 일어났다. 슬그머니 방을 빠져나와 시그리드는 한숨을 내쉬었다.

'아르카나랑 베라무드를 만나야 하는데…….'

어떻게 만나지? 하고 고민하던 시그리드는 그날 저녁 고민할 필요가 없었다는 걸 알았다.

베라무드가 한 번 더, 의사인 카론을 그녀에게 보냈던 것이다.

시그리드는 그를 통해서 베라무드에게 연락을 넣었고, 베라무드는 루나틸 저택에서 일하는 세리아를 통해서 아르카나에게 연락했다.

그렇게 되어 새벽 두 시. 가장 조용한 시간에 세 사람은 시그리드의 집에서 만나게 되었다.

커튼을 전부 다 친 방에는 작은 초 하나만 흔들리고 있었다.

'어떻게 오려나?'

하는데 다음 순간 아르카나가 베라무드를 붙잡고 등장했다. 시그리드는 저도 모르게 움찔했다. 베라무드가 한숨을 내쉬며 말했다.

"이거 너무 편리해서 익숙해지면 큰일 나겠는데."

"익숙해질 만큼 이동하지도 않을 겁니다. 안녕, 시리."

아르카나가 다정하게 인사를 해 와 시그리드는 웃으며 그의 손을 잡았다.

"잘 지냈어? 잠입은? 괜찮았어?"

"응, 괜찮았어."

아르카나가 고개를 끄덕였다. 베라무드가 둘을 번갈아 보았다가 물었다.

"몸은 이제 괜찮아?"

"네, 쌩쌩합니다."

시그리드가 고개를 끄덕였다. 아르카나가 그녀의 뺨과 턱 라인을 손등으로 가볍게 쓸며 물었다.

"어디 아팠어?"

"조금."

그 말에 아르카나가 베라무드를 바라보았고, 베라무드는 어깨를 으쓱했다. 아르카나가 시선을 다시 시그리드에게 돌렸다.

"분명히 또 무리했겠지. 자기 몸을 아껴야지."

"응……."

시그리드는 고개를 작게 끄덕였다. 그리고 그녀가 불안한 표정으로 물었다.

"그런데 이렇게 모여도 괜찮은 거야? 마법사들이 염탐하거나, 그러지 않을까?"

"응? 아니, 여기는 괜찮아. 이 집은 내가 처음 돌아왔을 때부터 보호 마법을 걸어 놨으니까. 그래서 일부러 오늘도 여기로 고른 걸."

"그런 거야?"

"그런 거야."

아르카나가 싱긋 웃었다. 베라무드가 은근히 두 사람 사이로 들어서며 말했다.

"그래서, 시리, 무슨 일이야?"

"아, 그게 말이죠. 황후마마와 만났습니다."

"황후마마와?"

베라무드가 놀라 되물었고 시그리드는 고개를 끄덕였다. 베라무드가 살짝 한쪽 눈을 찡그리며 '어디서 접점이…….' 하고 중얼거리다가 '아.' 하고 소리를 냈다.

"삼 황자님 문제로?"

"네, 비슷합니다만……."

황후마마의 개인적인 일까지 이야기를 할 수는 없어서, 시그리드는 대충 얼버무렸다.

"삼 황자님의 안전을 보증할 수 있겠느냐고 하셨고, 제가 목숨 걸고 지켜드리겠다고 했습니다. 황후마마의 말로는, 폐하께서 요즘 마법사들을 불러 뭔가를 분주히 만들고 계시다고 하더군요."

그 말에 두 남자의 눈이 가늘어졌다. 베라무드는 팔짱을 끼며 비딱하게 섰고 아르카나는 양손을 가지런히 앞으로 모아 손끝을 맞부딪쳤다. 둘 다 '계속 얘기해 봐.' 하는 제스처라 시그리드는 이야기를 계속했다.

"황후마마는 그게 완성되면, 아웬 님의 안전도 보장할 수 없을 거라고 확신하셨습니다. 그래서 저에게 이야기하신 겁니다. 그리고 마법사들이 드나드는 황궁의 비밀 방의 위치도 알려 주셨습니다."

"—!"

아르카나와 베라무드가 흠칫했다. 시그리드가 두 사람을 번갈아 보며 말했다.

"뭔가 짚이는 게 있으십니까?"

아르카나가 베라무드를 바라봤다.

"시리에게 이야기 안 하셨나 보네요."

"그래."

"그런 걸 어설픈 보호라고 하는 겁니다."

"그건 내가 반성하지."

순순한 발언에 아르카나는 베라무드를 보고 갸웃했다가 웃었다.

그래, 시그리드가 고른 사람은 다르지.

시그리드가 "무슨 말입니까?" 하고 힘주어 되물었고 아르카나가 설명을 시작했다.

"마법사들이 폐하에게 쓸 마법은 불사 마법이 아냐. 수명을 연장하는 마법이지. 수명을 연장하려면 수많은 사람의 목숨이 필요해."

"응, 그게 빈민굴 사람들일 거라고 생각했잖아?"

시그리드의 말에 아르카나가 고개를 끄덕였다.

"일단 빈민굴에서 사람을 죽이면, 그 마법이 발동하겠지. 하지만 추출된 힘을 받을 곳도 필요하잖아? 연동된 마법진이 있는 거야. 그 마법진이 어디에 있을까, 하는 게 핵심이었거든. 하지만 시리 네 말을 들으니 그 장소에 그 마법진이 있는 것 같네."

"그러면 그것만 파괴하면 되는 건가?"

시그리드가 재빨리 묻자 베라무드가 고개를 저었다.

"아니, 파괴하면 안 돼. 대중에게 공개해서 폐하를 폐위시킬 거야."

폐위.

반역과 마찬가지인 무거운 단어였다. 시그리드는 자신이 그

단어를 이렇게 아무렇지도 않게 듣고 있다는 것이 놀라웠다.

사람은 정말로 변할 수 있는 거라고, 그녀는 새삼 생각했다.

아르카나가 그 말에 고개를 갸웃했다가 이어 말했다.

"그렇다면 확인을 해 두는 게 좋겠군요. 그리고 이건 이번에 알아낸 사실입니다만, 마법사들은 그 마법진을 통해서 폐하를 세뇌하려고 하고 있습니다. 자신들의 말을 듣는 꼭두각시로요."

"아."

그 말에 시그리드가 작게 소리를 냈다. 아르카나가 "왜?" 하고 되묻자 시그리드가 묘한 표정으로 말했다.

"마마의 말씀으로는, 폐하도 비슷한 계획을 세우고 있다던데. 일이 끝나면 마법사들을 대부분 죽이고, 한두 명은 독을 먹여서 살려 둘 예정이신 것 같았어."

아르카나는 그 말에 싱긋 웃었고 베라무드는 한쪽 입꼬리만 올렸다.

"양쪽 다 생각하는 게 비슷하군."

"악당이란 꽤 진부하군요."

이어 아르카나가 시그리드의 어깨를 살짝 잡으며 말했다.

"그리고 또 한 가지. 마법진을 작동시키려면 상당한 마력이 필요해. 그걸 그들은 오러 코어로 보충하려고 하고 있어."

"—!"

시그리드의 어깨가 흠칫 떨렸다. 베라무드가 손을 뻗어 그녀의 손을 잡았다. 익숙한 온기에 시그리드의 어깨에서 힘이 빠져나갔다. 그걸 느끼며 아르카나는 쓴웃음을 삼키고 손을 내렸다.

아르카나의 말에 베라무드는 의아해졌다.

"하지만 마스터를 제압하거나 이기는 게 쉬운 일은 아냐. 어떻게 하려는 거지?"

시그리드가 그 말에 오늘 낮에 있었던 일이 생각나서 말했다.

"독을 먹여서 죽인다거나? 오늘 폐하께서 다과회를 베푸셨거든요. 모두가 먹고 마셨죠."

"너도—?!"

베라무드가 놀라 되물었고 시그리드는 고개를 저었다가, 끄덕였다.

"그게, 처음 나온 샴페인은 먹었습니다만, 이어 나온 차는 마시지 않았습니다."

"만약에 독을 쓴다면 죽이지는 않을 거야. 오러 코어는 죽은 후에는 추출할 수 없다고 하던데?"

아르카나의 말에 베라무드가 고개를 끄덕였다. 만약 사후에도 코어가 존재한다면, 아마 마스터를 배출한 가문은 그 코어를 소중하게 모시고 있겠지.

하지만 마스터가 죽으면 코어는 연기처럼, 다시 자연으로 돌아간다.

'산 채로 그걸 빼낸다니.'

속이 뒤집힐 것 같았다. 베라무드는 자신의 오른 손등을 힐끗 보았다. 확실히 이대로 손이 썩둑 잘리는 사태는 기쁘지 않다. 그리고 시그리드의 코어는……

베라무드가 낮게 말했다.

"시리는 이제 이 일에서 빠지는 게 좋을 것 같다."

"그게 이제 와서 무슨 말씀이십니까?"

"충분히 잘해 줬어. 이만큼 정보를 알 수 있었던 건 시리 덕분이고. 하지만 이 이상은 위험하니까, 병가라도 길게 내고 쉬어."

"싫습니다."

"명령이야."

"항명합니다."

시그리드가 으르렁거리듯 말했다. 그녀의 주홍색 눈이 어둠 속에서도 알 수 있을 만큼 강렬하게 타오르고 있었다.

"이건 제 임무입니다. 아무리 루나틸 경이라고 해도 절 임무에서 배제할 수는 없습니다."

루나틸 경.

완전히 자신을 멀리 밀어 놓는 듯한 단어에 베라무드는 숨을 짧게 들이마시고 무감각하게 말했다.

"난 네 상관인데?"

"현재 이 작전의 최종 승인자는 황태자 전하시죠. 그분은 제가 이 작전을 수행하는 것에 찬성해 주실 것 같습니다만."

"앙케르트나 경은 이미 충분히 이 작전에 공헌했네. 몸도 안 좋은데 그냥 쉬지 그러나."

베라무드의 말에 시그리드는 숨을 삼켰다. 희게 질린 얼굴로 그를 보다가 시그리드는 바닥으로 시선을 내리며 말했다.

"전 쓸모가 없습니까?"

'아니! 왜 이야기가 거기로 튀는데?!'

베라무드는 혀라도 깨물고 싶어졌다.

그녀를 여기에 참가하지 못하게 말리기 위해서는, 지금 '그래, 아픈 사람은 쓸모없지.'라고 대답해야 하나?

하지만 그렇고 싶지 않았다. 진짜로 시그리드를 상처 입히고 싶은 건 아니다.

베라무스는 숨을 길게 내쉬며 말했다.

"아니, 넌 훌륭한 기사야."

팟, 시그리드가 고개를 들었다. 베라무드는 씁쓸하게 웃었다.

"능력도 있고, 마스터잖아? 어째서 자신이 없는 거야? 시리, 누구에게 등을 맡겨야 한다면 난 주저 없이 널 고를 거야."

그 말에 시그리드의 눈이 반짝거렸다. 그러나 곧 의아한 얼굴이 된다.

"그럼 왜―?"

"내가 걱정돼서 그래."

베라무드가 시그리드의 손에 천천히 깍지를 끼며 다시 한숨을 내쉬었다.

"소중한 사람이 위험한 곳에 가는 건 싫어. 당연하잖아?"

"그……렇지만……."

시그리드는 혼란스러워졌다.

베라무드가 자신을 좋아하는 건 안다. 소중한 사람이라고 말하는 것도 안다. 그리고 그게 자신이 뜻하는 것과는 다른 말이라는 것도 안다.

아는데, 자꾸만 착각하게 될 것 같다.

시그리드는 손을 잡아 빼며 말했다.

"이런 건 그만두십시오."

역시 자신에게는 이런 돌려 말하기나 유혹하는 건 맞지 않는다.

마리쉐즈가 옳았다.

정면으로 나가는 게 맞다.

그녀의 행동에 베라무드는 당혹스러웠다. 거절당한 손이 허공을 쥐었다가 놓았다.

"시리?"

"가짜로 사귀는 것도, 장난으로 연애하는 것도 전 싫습니다."

그녀가 단호하게 말했고 베라무드는 덜컹 심장이 어딘가로 빠져나가는 기분이었다. 그가 당황해 말했다.

"그, 기분 나빴어―?"

"네."

당신의 스킨십 하나에 일희일비하는데, 당신은 아무렇지도 않게, 다른 여자들에게 하는 것처럼 날 대하는 게 싫다.

이런 행동을 다른 여자에게도 했고, 또 하겠지 하고 생각하면 기분 나빴다.

베라무드는 "아, 그래." 하고 씁쓸하게 웃고 주머니에 손을 넣으며 어깨를 으쓱했다.

그는 입을 열었다가 다물었다, 다시 열었다. 말이 느릿하게 흘러나왔다.

"그러면 계약 연애도 끝난 건가?"

그 모리스 놈 때문인가?

하는 질문이 목구멍까지 올라왔지만 눌렀다.

"네."

시그리드가 고개를 끄덕였다. 계약 연애가 아니라, 제대로 된 연애를 하고 싶다. 그냥 좋은 사람이 아니라, 특별한 한 사람이 되고 싶다.

"저는…… 기뻤습니다."

시그리드의 말에 베라무드는 입술을 깨물어 표정을 가린 후 곧, 웃으며 물었다.

"뭐가?"

"아무에게도 안 해 준다고 하셔서요. 그, 간호해 주실 때……."

"아."

베라무드는 작게 소리를 냈다. 아르카나는 '대체 뭔 짓을 했기에?' 하고 두 사람을 보다가 손뼉을 크게 한 번 짝! 쳤다.

남녀는 화들짝 놀라 아르카나를 돌아보았다.

"그 이야기는 저희 이야기가 끝나면 하죠?"

"아, 응, 응."

시그리드는 여러 번 고개를 끄덕이며 대답했고 베라무드도 헛기침하며 고개를 끄덕였다. 아르카나가 베라무드에게 말했다.

"시그리드를 작전에서 배제하는 건 좋지 않은 것 같습니다. 그녀 외에 친위대에 잠입해 있는 사람이 없으니까요."

"아르카나!"

"아르카나!"

베라무드가 그를 날카롭게 불렀고 시그리드는 기쁘게 불렀다. 아르카나가 손을 뻗어 시그리드의 머리를 쓰다듬으며 말했다.

"대신 제가 그녀에게 보호 마법을 걸겠습니다."

"마법이 만능이 아니라고 한 건 너야."

"그렇죠. 하지만 차라리 눈에 보이는 곳에 두는 편이 나으니까요."

아르카나의 말에 베라무드는 그제야 "아." 하고 시그리드를 한 번 보았다. 시그리드가 '왜요?' 하는 눈으로 바라보자 그는 한숨과 함께 앞머리를 쓸어 올리며 말했다.

"알았어."

"뭔가 순순히 기뻐할 수만은 없는 것 같은데요."

시그리드가 뚱해져서 말하자 베라무드가 "그럼 쉴래?" 하고 물었고 그녀는 얼른 자세를 바로잡았다.

"아뇨. 괜찮습니다."

베라무드가 물었다.

"그래서 정확한 위치는?"

"외궁에 위치한 비밀 방입니다. 정확하게 말하자면―"

시그리드가 위치를 설명하자 베라무드가 갸웃하며 물었다.

"비밀 방은 또 어떻게 알았어?"

"이것저것, 가르침을 받았지요."

시그리드가 묘한 얼굴로 웃으며 말해 베라무드도, 아르카나도 그것이 돌아오기 이전 일이라는 걸 알았다. 베라무드가 손을 뻗어 그녀를 만지려다가 멈추고 손을 내렸다. 대신 그는 한숨을 다시 내쉬며 말했다.

"괜찮아. 이제 그런 일이 일어나게 두지 않으니까."

"네."

시그리드는 고개를 끄덕였다. 아르카나가 소매에서 두루마리를 꺼냈다. 그가 그걸 펼쳐 보이자 거기에는 마법진이 그려져 있었다.

"마탑에서 보내 준 자료인데, 이런 비슷한 게 바닥에 그려져 있을 거야."

복잡한 그림은 한눈에 보기에도 마법 관련이라는 것을 알 수 있었다. 아르카나가 말했다.

"혹시 모르니까 발견하더라도 건들지는 마. 어떤 식으로 작동시킬지는 알 수 없으니까. 게다가 오러 사용자가 만질 경우에는 어떻게 될지 몰라."

"알았어."

시그리드가 고개를 끄덕였다. 베라무드가 잠시 그걸 보다가 말했다.

"혼자서 가지 말고, 같이 가."

"네?"

"혼자서 가지 말라고."

"하지만 둘이 동시에 다니면……. 게다가 베라무드는……."

눈에 띈다.

기사 제복을 입고 서 있기만 해도 확 눈에 들어오는 사람이다. 아무리 사람이 없는 외궁이라고 해도 십중팔구는 눈에 띌 것이다.

"하여간 혼자 보낼 생각은 없어. 적진에 들어가는 거니 무조건 이인 일조야."

베라무드가 단호하게 말했다. 아르카나가 거기에 동의해 고개를 끄덕였다. 시그리드는 결국 항복해 고개를 끄덕였다.

"알겠습니다. 그렇게 하죠."

아르카나가 시그리드의 손을 양손으로 붙잡았다. 시그리드는 의아한 얼굴로 그를 보았고 아르카나가 희미하게 웃었다.

"보호 마법."

"아."

마치 샌드위치처럼, 가운데에 시그리드의 손을 두고 앞뒤로 아르카나는 손을 겹쳤다. 그가 작게 주문을 중얼거렸다. 그건 한 번도 들어 보지 못한 언어였고, 흉내도 낼 수 없는 언어였다. 시냇물이 흐르는 소리, 나뭇가지를 스치는 바람 소리, 눈이 쌓이는 소리.

그런 비슷한 소리였다. 아니, 그것과 전혀 비슷하지 않은 것도 같다.

다음 순간, 빛이 겹친 손 사이로 흘러나오더니 곧 밝은 빛의 가지가 팔뚝을 타고 단숨에 팟 하고 번져 올라갔다가 서서히 사라졌다. 빛 먼지들만이 남아 주변에서 반짝였다.

시그리드는 눈을 깜박였다. 어둠 속에서 갑자기 빛을 보았다가 다시 어두워지니 눈이 적응하는 데 시간이 좀 걸렸다. 아르카나가 손을 떼며 말했다.

"뭐든 한 번은 치명상을 막아 주는 주문이야."

말하는데 그가 매우 지친 것이 느껴져서, 쉽지 않은 마법이라는 걸 알 수 있었다. 시그리드는 아무런 흔적도 남지 않은 자신의 오른팔을 이리저리 움직여 보다 물었다.

"괜찮아?"

어조에 걱정이 가득해 아르카나는 고개를 끄덕였다. 베라무드는 시그리드의 팔을 신기하게 바라보았다. 약간의 안도가 가슴속에 고였다.

"그럼 일단 내가 세리오스에게 말하지. 그리고 그와 연계해서 그 방을 확인하자마자 급습하는 게 좋겠어."

베라무드의 말에 시그리드는 고개를 끄덕였다. 아르카나 역시, 이런 일은 빨리 움직이는 게 낫다는 생각에 동의했다.

공격하기로 했으면, 최대한 신속하게 움직이는 것이다.

"그럼 이야기는 끝난 거군요."

아르카나가 상황을 정리하듯 말했다. 베라무드가 고개를 끄덕였다.

"지금— 아니면 아침에 세리오스에게 말하지. 그러면 오후에 나랑 만나."

베라무드의 말에 시그리드는 고개를 끄덕였다. 아르카나가 "좋습니다." 하고 고개를 끄덕하고 이어 말했다.

"그럼 두 사람은 대화를 좀 하지?"

"어?"

시그리드가 놀라 아르카나를 바라보았다. 아르카나가 그녀에게 다정하게 웃어 보였다.

"대화가 필요한 것 같은데, 아니야?"

"어, 응. 필요해."

시그리드가 고개를 끄덕였다. 아르카나가 고개를 돌려 차가운 얼굴로 베라무드를 보고 날 선 목소리로 말했다.

"당신도 적당히 작작하시고요."

"뭐?"

"그럼 이만."

베라무드를 일별한 후 아르카나가 시그리드의 어깨를 붙잡고 가볍게 눈가에 키스했다.

"나중에 보자."

"응."

간지러움에 웃으며 대답하자 아르카나는 마주 웃더니, 사라져 버렸다.

'아.'

시그리드는 이제 조금 알 것 같았다. 아르카나가 마법으로 이동하고 나면, 주변의 오러가 살짝 흔들린다. 아주 미세하지만.

'오러랑은 다르지만, 결국 근원은 같은 걸까?'

마력이나 오러나 부르는 말은 다르지만, 그 뿌리에 자연의 흐름이 있다는 건 동일하니까.

생각하는데 촛불이 바람이라도 분 것처럼 크게 일렁거렸다.

어둠이 훅 길어졌다가 제자리로 돌아와 시그리드는 생각에서 깨어나 맞은편에 있는 상대를 보았다.

'베라무드.'

음영 때문일까? 아니면 단둘이 있어서?

베라무드는 아까보다도 더 커 보였다. 아까까지의 미소를 찾기가 힘들었다. 시그리드와 눈이 마주치자 그는 그제야 희미하게 웃어 보였다.

"왜? 하고 싶은 말이 있어?"

"네? 네에—"

시그리드는 고개를 끄덕였다. 베라무드는 슬쩍 눈을 아래로 내리깔았다가 말했다.

"그거 찬 사람에게 해야 하는 말이야?"

"네?"

놀라 그녀가 고개를 들었다. 베라무드가 하하 하고 웃으며 말했다.

"잘은 모르지만, 연애 관련 이야기 아냐?"

그 말에 시그리드는 흠칫했고, 베라무드는 '역시' 하고 입을 다물었다. 그래, 정직하고 솔직한 시그리드니 나에게 '모리스와 사귑니다.' 하는 고백이라도 하는 걸까?

그거라면 유치하지만 듣고 싶지 않았다.

"미안하지만 그건 못 들어 줄 것 같은데."

그 말에 시그리드는 어깨를 움츠렸다. 그걸 보자 베라무드는 뱃속 깊이 속이 뒤틀려 오는 걸 느꼈다.

"그런데 그 사람도 알아?"

"네?"

"너랑 나랑 키스한 거."

속삭이며 베라무드가 바싹 붙어 섰다. 시그리드는 그가 무슨 말을 하는지 알 수 없어져서 눈을 깜박였다.

지금 자신이 고백하려는 걸 막은 거 아닌가? 그 이야기는 듣기 싫다고?

그런데 '그 사람'은 또 뭐람?

얼떨떨한 눈으로 자신을 올려다보는 시그리드를 보고 베라무드는 웃었다. 그가 다시 말했다.

"역시 그만둘래."

"네?"

"계약 파기."

"네? 흐앗—?"

베라무드가 그녀의 목덜미에 키스해 와서 시그리드는 펄쩍 뛰었다. 베라무드는 그녀가 도망치지 못하게 완벽하게 그녀를 끌어안고 속삭였다.

"싫다고 해도, 삼 개월은 내 거야. 억지라고 해도 좋고, 화를 내도 좋아. 하지만 놔주지는 않을 거야."

"베, 베라, 웃—?"

입술이 기듯 목덜미를 타고 올라왔다. 시그리드는 몸을 피해 보려고 했지만 옴짝달싹도 할 수 없었다.

오러를 쓴다고 해도, 그 역시 오러 사용자니, 이 상황에서 완력으로 이기는 건 무리였다.

"좋아해, 사랑해, 시그리드. 시리, 내 시리."

귓바퀴를 가볍게 깨물고 속삭이는 말에 시그리드는 넋이 나갔다.

지금? 뭐라고—?

갑자기 뱃속이 뜨거워지는 것 같았다. 그녀 역시 목소리를 냈다.

"저, 저도 좋아합니다."

"으응— 그런 거 말고. 그게 아니라, 이렇게 할 정도로, 이렇게 될 정도로 사랑해."

베라무드가 하체를 꾹 밀어붙여 와서, 시그리드는 단숨에 그게 무슨 말인지 알아들었다. 그녀의 얼굴이 새빨갛게 변했다.

베라무드가 작게 웃었다.

"시그리드, 피부가 뜨거워졌어."

"그런 거 일일이—!"

외치다가 시그리드는 팔을 빼내서 베라무드를 끌어안았다. 그는 그녀가 그럴 줄 몰랐다는 듯, 놀라 흠칫했다.

"저, 저도 베라무드 좋아한다고요."

"아, 육체뿐인 관계라면 흥미 있어?"

시그리드는 그 말에 눈을 동그랗게 떴다. 그, 그러고 보니 그런 대화도 했나?

'아르카나가 왜 대화가 필요하다고 했는지 알겠어.'

시그리드는 숨을 크게 들이마시고 말했다. 크게 말한다고 했는데, 어째 목소리는 작게 나왔다.

"베라무드 루나틸, 저, 저랑 정식으로 교제해 주세요. 계약은 싫어요. 삼 개월도 싫고요."

뚝, 그의 동작이 멈췄다. 시그리드는 등을 어루만지고 키스하던 그의 동작이 멈춰서 다행인지 아닌지 알 수가 없었다.

머릿속이 빙글빙글 돌았다.

천천히 베라무드가 몸을 뗐다. 그가 자신의 얼굴을 보려는 게 느껴져 시그리드는 푹 고개를 숙였다.

"시리?"

그가 작게 그녀를 불렀다. 시그리드는 입술을 깨물고 고개를 반대로 돌렸다. 이리저리 그녀의 얼굴을 보려고 하던 베라무드는 절대로 시그리드가 얼굴을 보이지 않으려 하자 웃음을 터트렸다.

"시그리드, 시그, 시리, 얼굴 보여 줘 봐. 응?"

그러더니 양손으로 그녀의 얼굴을 잡아 돌렸다. 시그리드는 필사적으로 시선을 그와 마주치지 않게 옆으로 돌리며 말했다.

"그, 그만하시죠."

"사랑해."

그 말에 시그리드는 천천히 시선을 돌려 그를 바라보았다.

'아.'

안 봤다면, 후회할 뻔했다.

베라무드는 다정하고, 부드럽고, 상냥하고, 그리고 뭐라고 해야 할까?

빛이 났다.

그렇게 그는 웃고 있었다.

"사랑해."

그가 다시 한 번 더 속삭였다.

사랑해, 사랑해, 사랑해, 사랑해, 사랑해.

마치 그동안 하지 못했던 말을 몰아서 하듯, 그는 거듭 속삭였다. 그의 말은 마치 꽃잎처럼 흩날렸다.

봄에 늘어선 꽃나무에서, 바람이 불 때 새하얀 꽃잎 폭풍이 날리면, 그 가운데 서서 아무 말도 못 하고 그 아름다움에 압도당하는 것처럼. 그 작은 말들은 꽃잎처럼 가볍게, 그러나 압도적으로 그녀를 감쌌다.

"저, 저도요."

시그리드는 헐떡이며 작게 말했다. 베라무드가 허리를 숙여 키스해 왔다. 지금까지와 같은 키스인데도 지금까지와는 전혀 달랐다.

'머릿속에서 폭죽이 터지는 것 같아.'

밀어붙여 오는 열기와 무게가 조금도 무섭지 않았다. 녹아내리는 듯한 쾌락도 편안했다. 두 개의 살이 맞부딪치고 미끄러져 순식간에 시그리드는 정점까지 올라갔다.

베라무드는 키스를 멈췄다. 시그리드는 입을 벌리고 헐떡이고 있었다. 붉어진 얼굴과 풀린 동공, 입 사이로 보이는 새빨간 혀까지.

그는 가볍게 그녀의 입술을 핥고 신음을 내뱉었다. 아랫도리

가 꽉 끼어서 아프다. 하지만 그렇다고 이대로 끝까지 갈 생각은
없었다.

아니, 그뿐 아니라 키스만으로도 너무 기분이 좋아서…….

'그 이상을 하면 내가 이성을 유지할 수 있을까 하는 의문
이…….'

시그리드가 푹 그의 가슴에 얼굴을 묻었다. 어깨가 위아래로
가파르게 오르락내리락하는 게 보였다. 베라무드는 천천히 그
녀의 등을 쓸어내렸다.

지금 상황이 믿어지지가 않았다.

방금까지만 해도 완전히 끝났다고 생각했다. 시그리드를 놓
쳤다고.

그런데 단숨에 바닥에서 천장까지 끌어올려졌다.

시그리드가?

자신을 좋아한다고?

믿어지지 않는 일이었다. 하지만 시그리드의 얼굴이, 몸짓이
그게 사실이라고 말하고 있었다.

자신이 지금 꿈을 꾸고 있는 게 아니라면 말이다.

'꿈? 설마 이거 꿈인가?'

자신이 너무 바라고 바라서 환상을 보는 건가?

아니면 교제합시다, 라는 게 '베스트 프렌드로 교제합시다.'라
는 건가?

그때 시그리드가 고개를 빼꼼 들고 물었다.

"언제부터인가요?"

"응?"

"언제부터 절 좋아하신 겁니까?"

시그리드의 물음에 베라무드는 그제야 실감이 나서 갸웃하며 대답했다.

"꽤 됐지? 좋아하지도 않는 여자에게 사귀자고 하지 않아. 그게 계약이라고 해도."

"그, 그럼 왜 장난이라고―?"

베라무드는 묘한 얼굴을 했다가 그녀의 뺨을 쿡 찔러 주며 말했다.

"네가 나랑 억지로 사귄다고 생각해서, 마음을 좀 가볍게 해 주려고 했죠, 아가씨."

"억지로요?"

"독, 마셨지."

그의 추궁은 확신이 담긴 것이었다. 시그리드는 움찔하며 변명하려고 했다가 그의 표정을 보고 입을 다물었다.

"네⋯⋯."

그녀의 대답에 그는 신음 같은 한숨을 내쉬었다. 그녀를 안은 팔에 힘이 들어갔다가 간신히 빠졌다.

알고 있었지만, 확인받는 건 또 다르다.

"내 정보가 새 나가고 있었으니까. 새어 나간다면 너인데, 네가 그렇게 했다는 건 네 목숨뿐 아니라, 다른 사람 목숨도 분명히 위협했다는 거겠지."

베라무드의 목소리는 담담했다. 불안해진 시그리드가 그에게 매달리며 말했다.

"배신하려는 건 아니었습니다. 그럴 생각도 없었어요. 저는
—"

"알아."

그가 미소 지으며 짧게 대답했다. 어깨에서 힘이 쭉 빠지며 그
녀는 안도했다.

"그래서 내 정보를 빼내려고, 원하지도 않는데 사귀는 척하는
거라고 생각했어."

"아닙니다!"

시그리드가 큰 소리로 말했다. 그녀가 더듬거리며 이어 말했
다.

"저, 저야말로, 장난이신 줄 알았습니다. 확실히 전 재미없는
상대니까⋯⋯. 그리고 베라무드는 능숙하고, 얼마든지 저보다
더 좋은 여자랑 사귈 수도 있고, 그래서, 그래서, 그래서 장난이
라도 사귀고 싶다고 생각했지만⋯⋯. 역시, 그건 무리라서⋯⋯."

"내가 거짓말했어. 미안, 사과할게."

베라무드는 순순히 사과했다. 시그리드가 불만스럽게 이어
말했다.

"저 그때 정말, 놀라서⋯⋯."

"응, 그러는 게 아니었어."

자신도 그런 일은 두 번 겪고 싶지 않다. 베라무드가 조용히
말하자 시그리드는 고개를 끄덕였다. 그가 물었다.

"그래서 시리는 언제부터야?"

"네?"

"언제부터 좋아한다고 생각했어?"

"그게, 그, 본격적인 건…… 그 비 오는 날 데이트 때……."

"아, 나 그날 미움받았거나 경멸당한 줄 알았는데."

"아뇨! 그냥 너무 놀라서, 심장이 너무 빠르게 뛰고, 제가 제가 아니게 되어 버리는 것 같아서."

말을 멈추고 시그리드는 억울해져서 그를 바라보았다.

"저만 혼자 이상해져요."

"응?"

"자꾸, 저만, 베라무드를 생각하면 이상해지고, 제대로 생각도 못 하겠고, 베라무드는 항상 태연한데─"

시그리드가 양손으로 자신의 뺨을 감싸며 불만을 토해 내자 베라무드가 허리를 숙여 시선을 낮춰 그녀를 올려다보듯 바라보며 말했다.

"하나도 태연하지 않은데."

"……하지만……."

"정말로. 자신 있게 말해도 돼. '난 베라무드 루나틸을 웃음 한 번으로 무릎 꿇릴 수 있다.' 하고."

"베라무드!"

"진짜인데."

그렇게 말하며 베라무드가 한쪽 무릎을 꿇고 그녀의 손을 잡아 키스했다.

"이렇게, 무릎 꿇고 애원하게 하는 건 너뿐인데? 전혀 태연하지 않아. 그런 척하는 거지."

시그리드는 어쩔 줄 모르며 그를 내려다보았다. 베라무드는 웃으며 자리에서 일어났다.

"그럼 돌아가서 자는 게 좋겠다."

'내가 더 여기 있으면 무슨 짓을 할지 모르겠으니까.'

속으로 중얼거리고 베라무드가 시그리드의 이마에 가볍게 키스했다.

"어떻게 나가시려고요?"

"기척을 죽이는 법 정도는 알아. 담장도 넘을 수 있고."

베라무드가 손가락으로 걷는 시늉을 해 보이고 말했다.

"잘 자."

"네, 네."

시그리드가 고개를 끄덕였다. 베라무드는 문이 아니라 그녀의 방 창문을 열고 그쪽으로 휙 빠져나갔다. 시그리드는 잠시 멍하니 바람이 들어오는 창문을 바라보았다. 레이스 커튼이 나부끼며 봄꽃 향기가 희미하게 올라왔다.

한참 서 있다가 시그리드는 천천히 창문을 닫고 걸쇠를 걸었다.

'실감이 안 나.'

그럼 이제 나와 베라무드는 연인인 건가?

"와……."

자신도 모르게 시그리드는 소리를 냈다. 나랑 베라무드가? 연인?

우와.

시그리드는 침대로 들어가서 이불을 덮으며 다시 생각했다.

우와.

우와.

우와.

그녀는 이불을 끝까지 덮고 웃음이 터져 나오는 것을 막기 위해서 입술을 깨물었다.

빨리 로웬그린이랑 마리쉐즈에게 알려 줘야지.

두 사람은 뭐라고 할까?

마리쉐즈는 '거봐, 내가 뭐랬어?'라고 말하겠지.

생각하니 다시 웃음이 나왔다.

시그리드는 베개를 꽉 끌어안고 이리저리 침대 위를 구르다가 푹 베개에 얼굴을 묻었다.

애인.

애인.

베라무드 루나틸의 애인.

그 단어를 입 안에서, 혀 위에서 굴려 보다가 시그리드는 잠이 들었다.

*　　*　　*

세리오스는 동트기가 무섭게 쳐들어온 베라무드를 보고 말했다.

"나, 이제 막 침대에서 일어났거든?"

"중요한 이야기야."

"말해."

세리오스의 말에 베라무드가 주변을 둘러보았다. 세리오스가 손을 들어 하인들을 물러가게 하고 말했다.

"무슨 이야기인데?"

"불사 마법의 증거를 찾아낸 것 같아."

"—!"

세리오스는 잠이 확 달아났다. 그가 눈을 들어 베라무드를 보았다. 베라무드는 시그리드가 발견한 것에 관해서 설명했다. 세리오스가 미심쩍은 얼굴을 하며 되물었다.

"함정인 거 아냐? 그 여자는 정말로 믿을 만한 건가?"

"어."

베라무드의 즉답에 세리오스는 흐으음— 하고 길게 소리를 내뱉으며 침대에 앉아 다리를 꼬았다.

"그렇다면, 일단 귀족들에게 전갈을 보내 놓지. 서부 귀족 연합에게도. 확인하면 바로 알려 줘. 최대한 빨리 움직일 테니까."

"알았어."

베라무드가 고개를 끄덕였다.

"오늘 확인한다고?"

"어. 오후에 시리랑 만나기로 했어."

"……."

"왜 그런 얼굴이야?"

"너, 그 여자랑 교제하냐?"

"어…… 비슷한가?"

단순히 교제가 아니라 더 깊은 관계라고 정의하고 싶은데, 하고 베라무드가 생각하고 있을 때 세리오스가 물었다.

"그거 미인계인 거 아냐? 진짜로 괜찮겠어? 괜히 적진으로 널 들여보내서 잃고 싶지 않아. 루디날도 그런데 너마저 잃으면 난 ―"

"괜찮아, 세리오스."

베라무드가 어깨를 으쓱하고 웃었다.

"걱정 안 해도 돼."

세리오스는 길게 한숨을 내쉬었다.

"만약 그 증거를 잡게 되면, 루디날에게도 증언을 하게 시킬 예정이야. 그 죽음에 대해서도 제대로 처벌을 받아야겠지. 황족이니까, 사형만은 면하게 되겠지만."

우울하게 세리오스가 이어 말했다.

"신전에 유폐하거나 귀양을 보내게 되겠지."

그가 한숨을 내쉬며 고개를 들었다.

"뭐, 내 손으로 동생을 죽이지 않아도 된다는 것 자체로 안도해야 할지도 모르지만."

그렇게 말하며 세리오스가 자리에서 일어났다.

"그럼 바로 움직여야겠군. 따로 중앙궁에 움직임은 없었으니, 아직 우리가 안다는 걸 모르고 있을 가능성이 커."

병력을 황궁으로 끌어들여서 선수를 칠 것이다. 그러니 이것은 일종의 하극상이요, 쿠데타였다. 항상 계획하고 있던 일이지만, 막상 일이 진행되니 초조함이 밀려들어 왔다. 세리오스는 크게 숨을 들이켜 그것을 밀어내고 말했다.

"가라, 베라무드. 네가 할 일을 해."

"네, 전하."

베라무드는 정중히 인사하고 황태자궁을 빠져나왔다. 근위대로 돌아가 대원들을 대기시켜 놓고, 후에 시그리드를 만날 예정이었다.

'이 일이 끝나고 나면 천천히…….'

천천히 그녀와 사귈 수 있겠지.

느긋하게 손을 잡고 데이트도 하고……. 이번에는 제대로 보트를 타야지. 시그리드를 잔뜩 즐겁게 해 주고 싶었다.

베라무드는 희미하게 미소 지었다.

시그리드는 조용히 친위대실을 빠져나왔다. 베라무드와 만나기 전에, 다시 한 번 확인해 볼 요량이었다. 그사이에 뭔가 바뀌었을 수도 있지 않은가?

그렇다면 바로 작전 중지시키는 것이 옳았다.

그녀는 조심스럽게 외궁으로 향했다. 그리고 그런 그녀의 뒤를 몰래 밟는 사람이 있었다.

모리스였다.

'어디로 가는 거지?'

모리스는 상당한 거리를 두고 그녀를 쫓았다.

황성의 제2구역.

귀족이라면 누구나 다닐 수 있는 곳으로 그녀는 빠져나왔다. 그리고 지금은 거의 사용되지 않은 외궁으로 향하고 있었다.

모리스는 그녀에게 들킬까 조마조마하면서 신중하게 시그리드를 따라갔다. 잠시 후 외궁에 도착한 시그리드는 벽을 어루만지기 시작했다. 모리스는 정원에 납작 엎드려 그 모습을 관찰했다. 시그리드는 자신의 손등을 들여다보며 벽을 돌았다.

'손등? 아니, 손가락인가? 반지?'

반지를 확인하고 있는 건가?

어느 한 지점에서 그녀는 딱 멈춰 섰다. 그러다가 뭔가 눈치챈 듯 빠르게, 하지만 조용히, 마치 그림자 속으로 스며드는 것처럼 궁 안쪽으로 사라졌다.

'엇—!'

놓쳤나.

당황한 모리스는 잠시 기다리다가 한숨과 함께 고개를 들었다. 자신의 실력으로 시그리드를 쫓는 게 무리였던 것인지도 모른다. 그때,

"이게 무슨 쥐새끼일까?"

갑자기 뒤에서 목소리가 들려와 모리스는 검 손잡이를 잡으며 몸을 돌렸다. 아니 돌리려고 했다. 하지만 그보다 먼저 충격이 찾아왔다.

눈앞이 깜깜해지면서 모리스는 정신을 잃었다.

'모리스!'

숨어서 지켜보던 시그리드는 저도 모르게 제 손으로 입을 막았다. 아니면 목소리가 나올 것 같았다.

'모리스가 왜 여기에? 어째서?'

당혹한 그녀의 눈동자가 흔들렸다. 잠시 후 드르륵 하는 돌벽이 움직이는 소리가 나더니 덩치 큰 남자가 나왔다.

아돌프가 툭 정신을 잃고 쓰러진 모리스를 걷어차며 말했다.

"데리고 가."

"어떻게 하실 생각입니까?"

"숨어서 우리를 엿보고 있던데……. 어떻게 된 일인지 심문해 봐야지."

"알겠습니다."

남자는 모리스의 다리를 잡고 끌고 가기 시작했다. 텔레포트를 할 수 있는 능력이 없었던 것이다. 그가 질질 모리스를 끌고 들어가는 것을 시그리드는 바라보고 있었다.

아돌프는 주변을 둘러보았다.

'친위대복을 입고 있었지. 황제가 보낸 건가?'

그가 자신을 완전히 믿을 거라고는 생각하지 않았지만, 감시까지 하고 있을 거라고는 생각하지 못했다.

'아냐, 그가 이 근처를 감시해서 어디다가 쓴단 말야?'

아돌프는 여러 가지 생각에 머릿속이 복잡해졌다.

"심문해 보면 알겠지."

사람은 고통을 견디는 한계점이 있는 법이다. 아돌프는 희미하게 웃었다.

다른 사람에게 고통을 주는 것을 즐기지 않는다고 말한다면 거짓말이리라.

잠시 후 덩치 큰 남자가 다시 나와 말했다.

"안에다가 묶어 두었습니다만, 직접 심문하실 겁니까?"

"그래. 하지만 그전에 기세를 좀 꺾어 놔."

아돌프가 말하며 고개를 돌렸다.

"난 잠시 비비를 만나고 오도록 하지."

"알겠습니다."

아돌프는 팍하고 사라졌다. 시그리드는 익숙한 오러의 흔들림을 느꼈다. 남자는 주변을 한 번 둘러보더니 안으로 들어갔다.

'어떻게 하지……?'

시그리드는 기둥 뒤에 기대어 눈을 꼭 감았다.

모리스를 구하러 가야 한다. 하지만 만약 그렇게 되면 함께 움직이겠다는 베라무드와의 약속을 어기게 된다. 그뿐만 아니라 이 계획이 완전히 어그러질 수도 있었다.

'모리스를 바로 죽이지는 않을 거야. 심문한다고 했으니까.'

하지만 심문을 해서 모리스에게 무엇을 알아낼 수 있겠는가?

아무것도 없다.

심문을 끝낸 후 저들이 그를 멀쩡하게 내보낼 것인지도 미지수였다. 아니, 절대로 그렇게 하지 않을 것이라는 걸 시그리드는 알았다.

게다가 심문.

아마 심문을 빙자한 고문이겠지.

그걸 당해 본 시그리드로서는 자신의 친구가 그 꼴을 당하게 하고 싶지 않았다. 하물며 모리스가……!

고민은 짧고 깊었다.

'미안해요, 베라무드. 황태자 전하.'

하지만 자신은 친구를 구하러 가야 했다. 아돌프가 돌아오기 전에 모리스를 구한 후, 빠르게 베라무드에게 알리면 어떻게 될지도 모른다.

'그래, 차라리 그게 나을지도 몰라.'

최대한 빠르게 움직이자.

시그리드는 몸을 낮췄다. 그녀는 재빨리 아까 덩치 큰 남자가 들어갔던 벽 근처를 더듬었다. 그리고 익숙하게 벽돌을 누르고 뺐다. 황후가 이미 들어가는 법까지 그녀에게 알려 준 덕분이었다.

우르르릉.

작은, 하지만 시그리드에게는 요란하게 들리는 소리와 함께 비밀 문이 열렸다. 문이라기보다는 자그마한 틈이지만 말이다. 그녀는 작은 틈으로 몸을 집어넣고, 도로 안에서 문을 닫았다. 그리고 깜깜한 복도 계단을 따라 아래로 내려가기 시작했다.

부츠를 신고 돌계단을 내려가는데도 발소리는 전혀 나지 않았다. 누군가가 계단 끝에 서 있다 해도 그녀가 내려오는 것을 몰랐을 것이다.

비밀 방은 작지도 크지도 않았지만, 그 좁은 통로를 내려온 사람이라면 생각보다 넓은 방에 놀랄 정도였다.

마법사인 듯한, 아까 그 덩치 큰 남자가 모리스를 의자에 묶고 있었다. 시그리드는 방 안을 살폈다.

'마법진.'

아르카나가 보여 줬던 것과 비슷했다. 바닥 중앙에 지름 1m 정도의 크기로 그려져 있었다. 모리스는 아직 정신을 차리지 못하고 있었다. 시그리드는 남자가 뒤돌아서지 않기를 바라며 손끝으로 검집까지 통째로 검대와 분리했다.

'피를 남기면 안 돼.'

흔적을 남기면 안 된다.

달칵하는 소리와 함께 끈이 떨어지며 검집째로 손에 들어왔다. 이어 시그리드는 바닥을 박차며 인정사정없이 그의 뒤통수를 쳤다. 픽! 하는 상당히 아픈 소리를 내며 마법사는 바닥으로 풀썩 쓰러졌다.

시그리드는 후— 하고 검을 다시 검대에 고정했다.

그녀가 모리스의 끈을 풀어 주려고 허리를 숙였다.

그때 뒤에서 오러가 일렁였다.

"젠, 나 아까 여기 장갑 두고—"

"—!!"

시그리드는 휙 돌아섰다. 아돌프의 얼굴이 일그러졌다.

"너—"

시그리드의 손이 검 손잡이로 향하지 않고 바로 그의 팔을 잡았다. 이어 단숨에 오러를 불어넣었다.

"큭?!"

순간이동을 하려던 아돌프는 마력의 흔들림에 당황했다. 시그리드가 히죽 웃었다.

'그래, 통할 거라고 생각했어!'

그녀가 그의 팔을 꺾자 아돌프가 시그리드를 향해 반대쪽 팔을 뻗었다. 강한 힘에 시그리드는 저쪽으로 날아가 낙법으로 한 바퀴 구른 후 일어났다.

아돌프는 쯧 하고 혀를 차며 복잡한 주문을 외웠다. 시그리드가 달려들기 직전, 마법이 그녀를 강타했다.

하지만 각오했던 통증도, 충격도 없었다.

대신 시그리드는 당혹에 빠졌다.

"어—?"

"설마 우리가 오러 사용자들을 상대할 대비책도 없었다고 생각하는 건— 큭!"

아돌프는 시그리드의 검을 피해 바닥을 굴렀다. 시그리드는 눈을 찌푸렸다. 오러가 나오지 않는다. 어디서 막힌 것처럼? 아니면 길이 혼란스러워진 것처럼?

시그리드는 초조해졌다.

저 자식을 여기서 도망치게 두면 안 된다. 폐하에게 이 일이 새어 나가면 지금의 작전이 엉망이 될뿐더러, 반격을 당하게 될 것이다.

"시리……?!"

뒤에서 당혹한 목소리가 들려왔다. 모리스는 깨어나 자신이 의자에 묶인 것을 보고 당황했다. 게다가 눈앞에서는 시그리드가 검을 빼 들고 모르는 사람과 대치하고 있다.

"이게 무슨……."

모리스는 주변을 둘러보았다. 복잡한 바닥의 문양과 벽에 걸린 지도들……. 한눈에 보기에도 수상쩍었다. 덜컹덜컹 그는 어떻게든 묶인 것을 풀려고 애썼다.

아돌프가 아하, 하고 웃으며 시그리드를 보았다.

"거기 가만히 서 있어. 아니면 저 남자 머리가 날아갈 테니까."

그 말에 시그리드는 움찔했다.

"시리, 그 자식 말 듣지 마!"

뒤에서 모리스가 소리 지르자 아돌프가 손을 가로로 휙 그었다. 그러자 모리스의 허벅지에서 피가 팍 솟구쳤다.

"모리스!"

시그리드가 그를 돌아보았다가 다시 아돌프를 노려보았다. 그녀가 자신과 그의 사이를 가로막듯 서는 것을 아돌프가 놓칠 리가 없었다.

"어떻게 할 건가?"

시그리드는 검 손잡이를 꽉 쥐었다. 눈을 감았다가 뜨며 그녀는 검을 바닥에 떨어뜨렸다. '베라무드가 선물해 준 검인데.' 하는 생각이 잠시 스쳤다.

"그래서, 여기는 어떻게 알았지?"

아돌프의 질문에 시그리드는 고개를 들어 그를 보았다.

'얼마나 파악하고 있는 거지? 아니면 전혀 모르는 건가?'

그녀는 마른 입술을 혀로 축이며 입을 열었다.

"폐하께서 널 감시하라고 명령하셨다."

"유리 황제가?"

"감히 폐하의 이름을!"

시그리드는 예전의 자신처럼, 충견처럼 짖었고 아돌프는 그녀에게 손을 뻗었다. 눈앞이 번쩍했다.

"아윽—!"

입술을 깨물어 비명을 삼키며 시그리드는 무릎을 꿇었다. 전기 충격으로 근육들이 멋대로 경련했다. 살이 타는 냄새가 났다.

"시그리드!!"

모리스가 뒤에서 비명처럼 그녀의 이름을 불렀다.

"그렇군. 그 영감탱이가……."

아돌프는 생각에 잠긴 채 시그리드를 내려다보았다. 하지만 아직 의심은 남아 있었다.

"정말로 그런가 확인해 보도록 하지."

아돌프는 몸을 굽혀 쓰러진 마법사— 젠을 흔들었다.

"죽이지 않았네."

아돌프는 꿈틀거리는 시그리드를 바라보았다. 상당히 지져 줬으니, 아마 반죽음 상태일 것이다. 분명 즉사할 정도의 충격이 었는데도 살아 있다니, 오러 사용자의 끈질긴 생명력에 그는 혀를 내둘렀다.

"해치지 말라고 명령이라도 한 건가?"

스스로 말하고도 그럴듯해 아돌프는 눈을 가늘게 떴다. 정신을 차린 젠이 신음을 내뱉으며 눈을 떴다.

"뭐야?"

"저 여자가 네 뒤통수를 쳐서 기절시켰어. 황제의 명으로 우리를 감시했다는군."

"뭐라고?!"

젠은 분노해 자리에서 벌떡 일어나다가 어지러움에 머리를 쥐었다. 그리고 씩씩거리며 시그리드를 걷어찼다. 정신을 잃은 시그리드는 미동도 하지 않았다.

"이 미친 여자가!"

"그만해. 오러 사용자야. 코어를 빼기 전에 죽이면 안 돼."

아돌프의 말에 젠은 투덜거렸다. 아돌프가 이어 말했다.

"오러는 봉인했으니까, 묶어서 나란히 놔둬. 난 황제에게 가서 확인하고 올 테니까."

"뭘 확인해?"

"정말로 저 둘이 그의 끄나풀인지, 아닌지."

"황제가 아니면?"

젠의 뚱한 말에 아돌프가 피식 웃고 말했다.

"글쎄~ 그건 그때 가서 물어보지."

그리고 그는 바로 순간이동으로 사라졌다. 젠은 시그리드를 우악스럽게 붙잡아 밧줄로 묶었다. 아니, 묶으려고 했다.

정신을 잃은 척하고 있던 시그리드는 그의 무릎을 걷어찼고, 관절이 반대로 꺾이며 젠은 처절한 비명을 질렀다. 앞으로 쓰러지는 그의 턱을 시그리드는 무릎으로 올려쳤다. 젠은 꿈틀거리며 바닥에 쓰러졌다.

"시리!"

모리스가 물기 젖은 목소리로 외쳤다. 시그리드가 바닥에 떨어진 검을 주워 들어 모리스의 끈을 잘랐다.

"어떻게 된 거야?"

모리스의 말에 시그리드가 말했다.

"미안, 상황 설명은 나중에 할게. 일단 지금은 베라무드를 만나야 해."

시그리드는 검을 들어 쓰러진 마법사의 숨통을 끊었다.

아까는 행적을 들키지 않기 위해서— 피를 남기지 않기 위해 죽이지 않는 방법을 택했지만, 지금은 그럴 필요가 없다. 모리스의 상처는 꽤 깊어서 시그리드는 자신의 허리띠를 풀어 그의 상처를 지혈했다.

"업어 주고 싶지만, 지금 나도 오러를 쓸 수가 없어서……. 부축해 줄게."

시그리드의 말에 모리스가 자리에서 일어나며 그쪽 다리를 짚었다가 신음을 내며 고개를 끄덕였다.

'죽는 줄 알았어.'

전신을 타고 올라온 고통을 생각하며 시그리드는 한숨을 삼켰다.

지금 자신이 살아 있는 이유는 딱 하나겠지.

아르카나의 보호 마법에 감사하며 시그리드는 비밀 방을 빠져나갔다. 치명상을 피했다고 해도 아픈 것은 아픈 것이었다. 살

갖은 익은 듯 따끔거렸고, 머리카락에서도 탄내가 났다.

"시그, 너야말로 괜찮은 거야?"

모리스의 물음에 시그리드는 고개를 끄덕였다. 내려올 때는 길지 않았던 것 같은 계단이, 모리스를 부축하고 올라가려니 너무 길게 느껴졌다. 간신히 밖으로 빠져나오자 모리스가 말했다.

"난 괜찮으니까, 너 먼저 가."

"하지만……."

"잘은 모르겠지만, 시간이 중요한 거 아닌가? 어차피 여기는 외궁이니까 조금 더 가면 시종을 찾을 수 있을 거야. 가, 시그리드. 또 너의 짐이 되고 싶지는 않아."

자괴감을 느끼며 모리스는 뒷말을 덧붙였다. 시그리드가 자신 때문에 겁을 떨어뜨릴 때 그는 죽고 싶은 기분이었다.

만약에 그대로 시그리드가 죽었다면?

그런데 또 그런 기분을 느끼고 싶지는 않다. 차라리 자신이 죽는 쪽이 더 나았다.

시그리드는 고개를 끄덕였다. 그녀가 부축을 그만두자, 모리스는 제대로 서서 "자, 봤지?" 하고 싱긋 웃어 보였다.

"모리스, 최대한 빨리 여기를 벗어나."

"알았어."

모리스는 고개를 끄덕였고 시그리드는 망설이다가 뒤로 돌아 달리기 시작했다. 움직이자, 전신이 고통을 호소하기 시작했다.

'게다가 오러가…….'

무슨 마법을 건 건지, 오러가 잘 움직이지 않았다. 시그리드는 어떻게든 엉킨 매듭을 풀려고 하는 사람처럼 오러를 다시 움직이려고 애쓰며 계속 달렸다.

아돌프는 약간의 초조함을 느끼며 기다렸다.

아무리 그라도 황제를 아무 때나 만날 수 있는 건 아니다. 갑자기 그 옆에 순간이동으로 나타난다면 난리가 날 것이다. 그러니 약속된 장소에서 측근을 통해 소식을 알려, 황제가 오기를 기다리는 것이었다.

아주 중요한 일이라고 했으니, 황제는 금방 올 것이다.

기다리며 아돌프는 속으로 가능성을 정리했다.

첫째는 정말로, 황제가 자신들을 감시했을 경우.

그 역시도 황제를 완전히 믿지 않으니, 황제가 자신들을 믿지 못하는 것도 이해할 수 있다. 하지만 그렇다고 해서 이런 간섭을 받아들일 필요는 없었다.

의심을 받아서 마음 아프다는 식으로 이야기하며, 조금이라도 유리한 협상을 하는 것이 좋을 것이다.

'그래 봐야 얼마 안 있으면 우리의 꼭두각시가 되겠지만.'

둘째는 제2의 세력이 자신들을 감시했을 경우.

하지만 그 시그리드라는 여기사는 자신도 잘 알고 있었다. 황제의 꼭두각시인 여자였다. 그러니 이 가능성은 얼마 되지 않았다.

잠시 후 황제가 불쾌한 얼굴로 들어왔다.

"중요한 일이라니? 무슨 일인가?"

"폐하를 뵙습니다."

아돌프가 고개 숙여 인사한 후 말했다.

"저를 의심하고 계십니까?"

"의심?"

"네."

"갑자기 찾아와서 중요한 이야기라더니, 고작 그런 이야기인가?"

황제의 목소리에 짜증이 묻어났다. 아돌프가 이어 말했다.

"의심하시는 게 아니라면 어째서 감시를 붙이셨습니까?"

"감시라니?"

황제는 정말로 의아한 듯 물었다. 아돌프는 고개를 들어 그를 보며 또박또박 말했다.

"아흐트슈비에츠에게 저를 감시하라 명하셨다고 들었습니다만?"

"그런 적 없네."

단호하게 말하자, 아돌프가 웃으며 대꾸했다.

"앙케르트나 양의 이야기는 다르던데요?"

그 말에 황제의 눈썹이 꿈틀했다.

"앙케르트나 경이? 무슨 이야기를?"

"오늘 준비 중인 비밀 방 근처에서 그녀를 잡았습니다. 그녀의 말에 의하면, 폐하께서 감시하라 시키셨다고 하더군요."

"앙케르트나가……."

잠시 생각하던 황제의 얼굴이 일그러졌다. 곧, 그가 말했다.

"당장 돌아가서 그 여자를 죽이게!"

"네?"

"내가 보낸 게 아니니, 분명히 황태자가 보낸 것이 틀림없어."

"하지만 그녀는 독을……."

"그래, 먹었지. 하지만 그렇다고 모두가 복종하는 건 아니니까. 제길, 난 아흐트슈비에츠를 소집하겠네!"

"진정하십시오, 폐하. 그녀는 지금 붙잡혀 있는 상황입니다."

그 말에 유리 황제는 멈칫했다. 그렇다고 해도 불안감이 가시지는 않았다. 그 방까지 들어왔다고 하면 어디까지 제 일이 알려진 것일까?

아직 황태자에게 보고가 들어가지 않았다면, 시간은 있다.

"일단 어디까지 아는지 알아봐야겠군."

"심문하죠."

"그래, 그리고 일단 난 아흐트슈비에츠를 소집하겠네."

비상 경계령을 내릴 작정이었다. 이러니저러니 해도, 일단 준비는 해 두는 것이 옳다. 황제가 방을 나가기가 무섭게 아돌프는 다시 비밀 방으로 돌아왔다.

방은 텅 비어 있었다.

아니, 젠의 시체가 바닥에 놓여 있었다. 다리가 꺾이고 목이 베인 시체가 쓰러져 있고 피비린내가 방 안을 가득 메우고 있어서 아돌프는 얼굴을 일그러트렸다. 그는 마법진을 바라보았다. 파기하기에는 그동안 노력해 온 것들이 아까웠다.

어떻게든 이걸 지켜야 한다.

아돌프는 그렇게 생각하며 다시 본궁으로 돌아왔다. 이번에는 기다리지 않고, 무례하게 황제를 따라잡았다. 호위들은 갑자기 나타난 그를 보고 검을 붙잡았지만, 아돌프는 아랑곳하지 않고 말했다.

"폐하, 그들이 도주했습니다."

유리 황제의 눈에서 순간 불이 뿜어져 나오는 듯했지만, 그는 곧 침착함을 되찾았다. 그가 옆의 호위에게 말했다.

"황궁 제1구역을 전부 폐쇄해라. 비상 경계령을 내리고, 황태자와 태자비를 불러라!"

"네, 폐하."

호위가 재빠르게 옷자락을 날리며 사라졌다. 그리고 황제가 알현실에 도착하기도 전에 차례로 전령이 달려왔다.

"폐하, 서부 귀족 연합의 병사들이 수도로 들어왔다고 합니다!"

"루나틸 공작가와 블랑슈 백작가에서도 병사를 보냈다고—!"

"태자궁과 달빛궁이 비었다고 합니다!"

유리 황제가 으르렁거렸다.

"성문을 다 닫아라! 절대로 1구역으로 병사들을 들이지 마라! 그리고 너!"

유리 황제가 아돌프를 돌아보며 말했다.

"당장 돌아가서 모든 걸 다 지우고 없애라."

"하지만 폐하, 다시 준비하려면 너무 많은 시간이 걸립니다."

"그러면 가서 태자의 목이라도 가져오든가!"

침을 튀기며 소리를 지르는 그를 보고 아돌프는 고개를 숙여 보이고는 사라졌다. 주변의 시종이 놀라 숨을 삼키는 소리가 났지만, 그걸 일일이 들어 줄 여유는 없었다. 황제는 이제 달리듯 걸으며 말했다.

　"귀족들에게 연락해라! 태자가 반란을 일으켰다고!"

2 장
전투

세리오스는 최고 지휘관답게, 화려한 갑옷과 망토를 걸치고 있었다. 그가 성벽을 올려다보며 한숨을 내쉬었다.

"결국, 이렇게 가는군. 하지만 우리에게는 시간이 없어."

"알고 있습니다."

피엔샤 후작이 옆에서 대답했다.

"비밀 방도, 증거도 확보했습니다만, 그래도 황제가 모함을 받았다고 하면 소용없으니까요."

베라무드가 느릿하게 말했다. 그 역시도 완전 무장을 한 상태였다.

피엔샤 후작이 힐끗 그를 돌아보며 물었다.

"앙케르트나 경은?"

"괜찮다고 우기는 중입니다."

"오러를 막는 마법이라니, 골치 아프군."

그가 턱을 문지르며 말했다.

현재 황태자군은 황제군과 대치 중이었다.

황궁은 3개의 구역으로 나뉘는데, 누구나 드나드는 3구역, 귀족만이 드나드는 2구역, 그리고 허락을 받지 않으면 들어갈 수 없는 1구역. 이렇게 셋이었다.

그중에서도 1구역은 봉쇄 시에 하나의 훌륭한 요새가 되는 성이었다. 안의 물자도 풍부해서 농성도 가능했다.

하지만 그보다 더 큰 문제점은, 만약 바깥에서 다른 군대가 들어온다면 지금 황태자 군은 양쪽에서 공격을 받게 된다는 것이었다.

그러니까 황제가 이런저런 수를 쓰기 전에 먼저 황성을 함락시켜야 했다.

"저쪽의 오러 사용자는 몇이지?"

베라무드가 답했다.

"넷입니다."

"우리는?"

"다섯이죠."

"유리하군."

"하지만 저쪽에는 마법사가 있으니까요."

모두의 앞이니만큼, 베라무드는 공손했다. 세리오스가 잠시 성벽을 보았다가 속삭여 물었다.

"우리 쪽 마법사는?"

"아르카나는 아직 연락이 없습니다."

"무슨 일이 생긴 건가?"

"그렇지 않기를 바라는 중입니다."

천천히 해가 지는 성벽을 바라보며 피엔샤 후작이 말했다.

"최대 삼 일 안에는 결판이 나야 합니다. 중립인 귀족들이 참아 주는 것도 그 정도겠지요."

"다행히도 중립파의 수장인 알세키드나 후작도, 일리생 후작도 딱히 아무런 말이 없지만 말야."

세리오스가 한숨을 내쉬었다.

그때 한쪽이 소란스러워졌다. 치료사들을 밀어내며 시그리드가 성큼성큼 걸어왔다.

"태자 전하를 뵙습니다."

시그리드가 가볍게 가슴에 손을 대며 인사했다. 전쟁터에서는 기동 문제로 무릎을 꿇지 않는 법이다. 세리오스가 불만스러운 얼굴의 치료사들에게 물러나라고 손짓하고 시그리드를 가까이 오게 했다.

"몸은 괜찮은가?"

"완전히 괜찮습니다."

"안 괜찮거든?!"

옆에서 베라무드가 울컥해서 소리쳤다. 시그리드는 그를 향해서 "괜찮거든요?" 하고 작게 항의했다. 이어 그녀가 세리오스를 향해 고개를 돌려 말했다.

"공략에 곤란을 겪고 계시다고 들었습니다."

"그래. 자네처럼 우리 쪽 오러 사용자가 오러를 사용하지 못하게 되면 곤란하니까."

"그건 해결했습니다."

시그리드가 한숨을 내쉬며 손을 내밀었다. 그녀의 손 위에서 오러가 반짝였다가 사라졌다.

세리오스가 반색하며 물었다.

"어떻게 푼 건가?"

"오러의 흐름을 마력으로 막고 있었던 것이었습니다. 그래서 체내 오러의 흐름을 조절해서, 마력을 제 오러 안으로 합류시켰습니다."

그 말에 세리오스가 "그렇군." 하고 고개를 끄덕였는데 우툴루와 베라무드는 입을 딱 벌렸다. 베라무드가 휙 세리오스를 돌아보며 말했다.

"그렇군이 아니거든? 아니, 아닙니다. 저거 다른 애들은 흉내 못 냅니다."

"저도 루나틸 경의 말에 동감입니다."

우툴루가 낮지만, 신뢰감을 주는 목소리로 그에게 동의했다. 베라무드가 시그리드를 노려보았다.

"전부터 생각했지만, 너 오러를 다루는 섬세함이 그냥 섬세함을 넘어서 변태적인 것 같―"

말하다가 베라무드는 주변 사람들의 매서운 시선에 헛기침했다. 사람들은 '지금 태자 전하 앞에서 무슨 언행인가?' 하는 눈을 하고 있었다.

베라무드가 다시 공손하게 말했다.

"하여간 주군, 저 방식은 그녀가 아니면 쓸 수 없을 것입니다."

"그런가? 그건 아쉽군."

세리오스가 고개를 끄덕였다. 시그리드가 이어 말했다.

"안으로 들어가서 성문을 연다면 어떻습니까?"

"!"

모두의 시선이 그녀에게 향했다. 시그리드가 고개를 살짝 숙여 보이며 말했다.

"1구역으로 들어가는 비밀 통로를 하나 알고 있습니다."

사실 그녀는 당연히 황태자가 그 통로로 군사를 밀어 넣을 거라고 생각했다. 하지만 해가 지고 있는데도 계속 대치 상태이며, 아무런 움직임도 보이지 않는다.

'그렇다면, 태자 전하도 모르신다는 건가?'

시그리드는 그렇게 생각해서 세리오스에게 발언했던 것이고, 실제로 세리오스는 비밀 통로에 대해 듣곤 신음을 뱉었다.

"나도 모르는 통로인데."

"폐하께서 절 신임하셔서, 알려 주셨습니다."

"그렇군."

세리오스는 고개를 끄덕였다.

시그리드는 작게 숨을 삼켰다. 해독약의 기운이 서서히 떨어지고 있었다. 비상용으로 만들어 둔 약은 오래되어서 그런 건지 약효가 더 빨리 떨어졌다.

그녀로서는 전혀 달갑지 않은 현상이지만 말이다.

만약 이곳을 함락시킨다고 해도, 해독제를 찾지 못한다면, 아마 자신은 죽겠지.

"저를 비롯한 두세 사람만이 조용히 성안으로 들어가 성문을 여는 겁니다."

"마스터를 다 보낼 수는 없어. 이쪽은 호위 문제도 있으니까."

세리오스가 말하며 팔짱을 꼈다.

"둘은 남기지."

"저는 당연히 가는 거고요."

시그리드가 손을 들며 말했다. 베라무드가 반대했다.

"아니, 넌 길만 안내해 줘. 그다음은, 나랑 우툴루 경, 그리고 알 경이 함께 가지."

"길이 복잡하니 제가 함께 가는 게 나을 겁니다."

시그리드가 눈을 찌푸리며 말했다.

"미로 같은 길이니까요."

"안 돼."

베라무드가 반대했다. 시그리드는 잠시 하늘을 보았다가 세리오스에게 정중하게 말했다.

"잠시 루나틸 경과 이야기를 나눠도 되겠습니까?"

"그래."

세리오스가 고개를 끄덕였다. 시그리드가 베라무드에게 눈짓했고 둘은 일행과 좀 떨어져서 멈춰 섰다.

"지금 뭐하시는 겁니까?"

"뭐하긴? 너 죽지 않게 하려는 거지."

"베라무드, 어차피 전 삼 일을 못 버팁니다. 해독제가 내일 분량까지밖에 없습니다."

시그리드의 말에 베라무드의 얼굴이 굳었다. 시그리드가 한숨을 내쉬고 웃었다.

"그러니까, 저보다 절박한 사람은 없을 겁니다. 오러도 돌아왔고, 제대로 싸울 수 있습니다. 그리고 아시잖습니까? 당신과 합이 가장 잘 맞는 건 저일 겁니다."

에헴, 하고 말하며 시그리드는 웃어 보였고 베라무드는 마주 웃으려 하다 얼굴을 일그러트렸다. 그가 손으로 눈가를 덮어 가리며 말했다.

"너 진짜 잔인해."

그의 입술이 떨렸다.

"베라무드……?"

당황한 시그리드가 그의 옷자락을 잡았다.

"그렇게 말하면 난—"

그는 이를 악물었다. 그런 식으로 말하면, 널 보호하고 싶어 하는 난 뭐가 될까?

얼간이? 멍청이?

베라무드는 숨을 골랐다. 그가 손을 내리자 완벽하게 그는 무표정해져 있었다.

"내 옆에서 떨어지지 마."

그의 명령은 간결했지만, 뜻은 확실했다. 시그리드는 고개를 끄덕였다.

"가자."

돌아서는 그를 시그리드가 붙잡았다.

의아해하며 그가 돌아서자 시그리드는 에잇 하고 발끝으로 서며 그의 어깨를 잡고 가볍게 그의 입에 키스했다. 예상외의 키스에 베라무드는 한 방 맞은 얼굴을 했다. 시그리드가 고개를 돌리고 손끝을 꼬물거리며 말했다.

"그래도 죽을 생각 없습니다. 절대로 안 죽을 거라고요. 베라무드랑 두 번째 데, 데이트할 거니까요."

어쩜 자신이 이런 말을 술술(?) 할 수 있는지 시그리드는 스스로가 놀라웠다.

하지만 사흘 후에 죽을지도 모르잖아? 어쩌면 작전 중에 죽을지도 모른다. 앞일은 어떻게 될지 알 수 없다.

지금 하고 싶은 이야기는, 지금 하는 게 옳았다.

미뤄 둔다거나 묵혀 둔다고 해서 더 반짝이는 말 같은 건 없었다. 모든 말은 제때에 해야 한다. 특히 그게 좋은 말이라면, 솔직한 말이라면, 더욱더.

"……그래."

대답하고 베라무드는 웃었다. 그가 허리를 숙여 다시 그녀의 입술에 키스하고 눈을 찡긋했다.

"다음은 나중을 위해서 아껴 두자고."

그가 돌아서서 걸으며 손등으로 입가를 가리고 생각했다.

'아, 진짜 뽀뽀 한 번에 흐늘흐늘해져서. 베라무드 루나틸, 진

짜, 네 앞날이 훤하다, 훤해.'

하지만 전혀 싫지 않았다.

그래서 회의를 거친 결과 시그리드, 베라무드, 우툴루. 이렇게 셋이 잠입조가 되었다.

셋이 비밀 통로를 통해 성안으로 들어가서, 성문을 열면 준비하고 있던 병사들이 단숨에 쳐들어가는 작전이었다.

작전이랄 것도 없었지만, 사활이 달린 문제였다. 시그리드는 모습을 보이지 않는 아르카나가 걱정스러웠지만, 일단은 눈앞에 집중하기로 했다.

＊　　　＊　　　＊

비밀 통로는 황가의 탈출구다. 반란을 대비한 것이므로 한쪽은 황궁 안에, 한쪽은 바깥에 위치했다. 그렇다고 아무런 바깥이어도 안 된다. 다음 탈출이 쉬워야 한다. 그러므로 통로는 황성의 바깥, 마구간 근처와 이어져 있었다. 2구역 외궁에 있는 마장 근처의 마른 우물 안에 통로가 존재했다.

좁은 통로로 들어가자 우툴루는 신음을 흘렸다. 베라무드 역시 허리를 엉거주춤하게 굽혀야 했다.

"끼는군."

우툴루에게는 위아래만이 아니라 좌우도 문제였다. 그는 갑옷이 긁히는 소리가 나지 않게 하려고 망토로 갑옷을 감쌌다.

베라무드가 물었다.

"불 켤까?"

불빛 하나 없는 지하는 당연히 깜깜했다. 이렇게 빛이 없으면, 베라무드의 좋은 눈도 소용없었다. 시그리드가 고민하다가 고개를 끄덕였다.

베라무드가 주머니에서 수정 같은 것을 꺼내서 가볍게 벽에다 두들기자, 희미하게 수정이 빛나기 시작했다. 우툴루가 그걸 힐끗 보고 물었다.

"요정의 돌?"

"북부의 명물이지."

베라무드가 싱긋 웃고 그 보석을 시그리드에게 건네주었다. 은은하게 은색으로 빛나는 보석을 신기하게 바라보던 시그리드가 다시 걷기 시작했다.

"이야기는 들었지만 실제로 본 건 처음입니다."

"북부 눈밭에서 구할 수 있다고 하더군. 희귀하고, 비싸지."

우툴루의 말에 베라무드가 히죽 웃으며 말했다.

"눈밭에서 몇 개 주운 거야."

"주웠다고?"

"눈이 좋으니까."

베라무드의 말에 우툴루는 코웃음을 쳤다. 희미한 빛에 의지해서 셋은 통로를 걸었다. 확실히 시그리드의 말대로 좁은 데다가, 개미굴처럼 통로가 엉켜 있었다. 중간에는 작은 구멍으로 기어들어 가는 곳도 있어서, 우툴루는 결국 갑옷을 포기했다.

이런 지하에서, 구멍에 낀 채로 옴짝달싹하지 못하게 되는 건 싫지 않은가?

그렇게 이십여 분을 나가자 베라무드가 중얼거렸다.

"폐소공포증이 생길 것 같군."

우툴루는 말없이 거기에 동의했다. 시그리드가 수정을 이리 저리 만지다가 물었다.

"이건 어떻게 끄는 거죠?"

"다시 벽에 두들기면 돼."

베라무드의 말에 시그리드가 조심스럽게 톡 하고 벽에 요정 의 돌을 부딪쳤고 그러자 빛이 서서히 사그라들었다.

시그리드가 말했다.

"지금 저희는 본궁 폐하의 침실 중 하나 아래에 와 있습니다."

그 말에 두 사람 다 기세가 혹 변했다. 시그리드가 말했다.

"여기서 성문까지는 거리가 상당하니, 계획한 대로 최대한 조 용히 가는 걸 목표로 하죠."

"만약 들키게 되면, 내가 미끼가 되지."

우툴루가 말했다. 그의 덩치가 가장 크니, 눈에도 팍 띈다. 만 약 자신들의 침입이 알려진다면 자신이 표적이 되는 것이 옳았 다.

침묵으로 동의하고 시그리드는 머리 위로 손을 뻗어 바닥을 밀어 올리려고 했지만, 눈치챈 우툴루가 먼저 바닥을 들어 올렸 다. 키가 큰 그에게는 쉬운 동작이었다. 시그리드는 오러를 쓰지 않고 쉽게 한 손으로 비밀 문을 들어 올리는 그를 부럽게 바라보 았다. 방 안에는 아무도 없었으므로 셋은 차례로 비밀 통로를 빠져나와 원래대로 바닥을 닫고, 깔개를 깔았다.

"조용하군."

베라무드가 낮게 중얼거렸다.

시그리드가 속삭였다.

"비상사태에 비어 있는 침실까지 경계할 여력은 없을 테니까요."

"그렇지. 아마도 성벽 쪽에 잔뜩 몰려 있겠지."

"그것도 그것 나름대로 골치로군."

우툴루가 전혀 골치가 아니라는 어조로 중얼거렸다. 베라무드가 그런 그를 슥 보고 말했다.

"싸울 기세가 만만한데, 일단은 성문이 먼저라는 걸 알아 둬."

"알지. 하지만 성문까지 간다 해도 들키지 않고 문을 여는 건 무리야."

"여기 문은 도르래 형식이죠?"

시그리드의 질문에 베라무드가 고개를 끄덕였다.

"남자 서너 명이 달라붙어서 돌려야 할 만큼 크지. 물론 우리야 누가 가도 혼자 하겠지만."

"도르래를 올리는 동안 엄호가 필요하군요."

"그렇지."

"그럼 누가 도르래를 올리죠?"

갸웃하는 시그리드의 말에 두 남자의 시선이 그녀에게 꽂혔다. 시그리드가 눈을 굴리고 말했다.

"좋아요, 다수결 결정이니까요."

뭘 해도 자신은 여기서 과반수의 표를 얻지 못할 것 같지만 말이다. 세 사람은 생쥐처럼 날렵하게 방을 빠져나가 어둠을 틈타 나아갔다.

물론 덩치가 큰 생쥐 둘이 있지만, 둘 다 몸을 숨기는 기술이 탁월했기 때문에 큰 문제는 없었다.

성벽 근처로 오기 전까진 말이다.

"드글드글하군."

"게다가 너무 밝아."

"어쩌지?"

시그리드가 갸웃하자 우툴루가 그녀를 보고 말했다.

"역시 내가 시선을 끄는 게 어떨까?"

"그것도 방법이기는 하겠지만, 전력을 분산시키는 건 아까워. 최대한 뭉쳐서 가는 게 좋다고 생각해."

셋밖에 없으니, 한 명의 손실이 전력의 삼분지 일의 손실이 돼 버린다. 게다가 한 사람이 도르래를 맡으면 전력은 또 반감된다.

시그리드가 천천히 성벽 위를 쭉 살폈다. 그녀가 검을 잡으며 말했다.

"차례로 오른쪽 성벽 끝의 화로를 잘라 내겠어요. 운이 좋으면, 한두 명 부상을 입히거나, 죽일 수 있겠죠."

"시선을 끈다고 해도 전부가 그쪽으로 움직이지는 않을 거야."

베라무드가 지적했다.

"왼쪽도 똑같이 해 주죠, 뭐."

시그리드가 어깨를 으쓱했다. 우툴루가 물었다.

"오러는 충분한가? 부족하면 내 걸 가져다 써도 좋아."

그 말에 시그리드가 작게 웃었다.

베라무드가 눈을 가늘게 뜨며 '어디에 손을 대려고, 이 새끼가.' 하고 생각하는데 시그리드가 대답했다.

"충분해."

그녀가 검 손잡이를 잡자, 두 사람은 긴장했다. 피슛 하고 빠른 발검이 이루어졌다.

우당탕! 요란한 소리를 내며 화로가 무너졌다.

숯과 불꽃이 바닥에 흩뿌려졌고, 쇠로 된 화로대가 넘어지며 요란한 소리를 냈다.

"뭐야!"

"누구냐!"

단숨에 성벽 위가 소란스러워졌다. 시그리드는 차례차례 화로를 부서트렸다. 하나씩 조명이 꺼지며 성벽 오른쪽이 어둠에 휩싸였다.

"횃불을 가져와!"

"아아악!"

"당했나!"

"적이다! 적이 성벽으로 올라왔다!"

"어떻게?!"

이번에는 반대쪽.

왼쪽도 똑같이 하기 시작하니 친위대와 병사들은 당황해서 우왕좌왕하기 시작했다.

그때 친위대장인 알리타가 소리 질렀다.

"모두 조용히 해라! 주변을 샅샅이 살펴! 횃불을 가져와! 밝게 만들어라!"

"시리."

베라무드가 그녀의 귓가에 속삭였다.

"네."

이름을 부른 것뿐이지만, 시그리드는 베라무드가 무슨 말을 하고 싶은지 알아들었다. 그녀는 미안한 얼굴을 했다가 오러를 날렸다. 밝은 곳에 서 있던 알리타는 좋은 표적이었다.

"컥―!"

단말마와 함께 그가 앞으로 쓰러지자 사람들은 경악했다. 대장이 일격에 쓰러진 것이다.

"어디서?!"

"화살인가!"

"히이익―!"

우왕좌왕하며 사람들은 횃불을 높이 들고 주변을 살폈다. 베라무드가 두 사람에게 앞으로 가자는 손짓을 하고는 앞서 달려나갔다.

그가 검을 뽑아 들었다.

"어?"

갑자기 튀어나온 베라무드에 당황한 병사를 그가 베어 넘겼다. 검에는 오러도 두르지 않은 채였다. 횃불에 붉은 피가 팍 튀는 것과 칼날의 번득임이 비춰 보였다.

"적습이다!"

"적이다!"

"어디냐! 성벽 위를 조심해!"

"여기 아래쪽에도 있다!"

세 명의 마스터들 앞에서 혼란에 빠진 병사들은 좋은 먹잇감이었다. 셋은 일직선으로 도르래를 향해 전진하며 사람들을 베어 넘겼다.

다리로 걷어차고, 목을 베어 넘기고, 곧이어 배를 찌르고, 숙였다가, 검을 피하며 깊게 옆구리를 벤다.

일방적인 학살과 다름없었다.

우툴루에게 걷어차인 사람은 피를 토하며 날아갔고, 베라무드의 검은 사람을 거의 토막째 베어 냈다. 시그리드는 정확하게 목을 칼로 내려쳤다. 극히 효율적인 동작이었다.

"시리!!"

베라무드의 외침에 시그리드는 도르래가 멀리 있지 않음을 확인하고 공격을 그만둔 채 직선으로 달렸다. 그녀에게 달라붙는 병사들은 좌우에서 베라무드와 우툴루가 쳐냈다.

그녀가 도르래를 수비하는 병사의 목을 찔러 그대로 검째 벽에 박아 넣었다. 시그리드는 검을 빼지 않고 그대로 둔 후 도르래를 붙잡아 돌리기 시작했다.

우르릉하는 소리가 났다.

곧 검은 옷을 입은 친위대 중, 오러 사용자 세 명이 앞으로 걸어 나왔다.

"이런 식으로 만나게 돼서 유감입니다."

"지금이라도 항복을 하면 서로 좋지 않을까?"

싱긋 웃으며 베라무드가 대꾸하자 그들은 대꾸하지 않고 달려들었다. 도르래를 돌리던 시그리드는 목덜미가 쭈뼛했다.

익숙한 마력의 파동.

그녀는 뒤를 돌아보며 외쳤다.

"베라무드, 마법!"

베라무드가 그 말에 자신과 검을 맞댄 남자에게 간격을 내어주며 그의 멱살을 잡았다.

그리고 옆구리가 슬쩍 베임과 동시에 작열하는 빛 쪽으로 그를 방패처럼 내밀었다.

펑―!!

눈이 시릴 정도로 강렬한 불덩이가 날아와 떨어졌다. 베라무드는 고개를 돌리며 눈을 가늘게 떴다.

"으아아악!"

"베라무드!"

시그리드가 다시 외치자 베라무드가 마주 소리쳤다.

"멀쩡해!"

비명을 지른 것은 베라무드가 아니라, 그가 방패로 삼은 남자였다. 베라무드는 그를 바닥으로 내던지고 마법사를 향해 달렸다.

"여자?"

베라무드가 의아한 얼굴을 하자 비비가 미소를 지으며 말했다.

"왜? 여자가 마법사인 건 이상한가?"

그녀가 양손으로 둥글게 원을 그렸다. 그녀의 양손 가운데에 붉은 불꽃이 타오르며 긴 마법사 로브의 옷소매가 흔들렸다. 날아오는 마법을 피한 베라무드의 검은 순식간에 검은색 오러에 덮였다.

비비가 이어 다시 마법을 날렸다.

퍼엉—!

마법과 오러가 서로 맞부딪치면서 귀가 먹먹해지는 소리가 났다. 비비는 놀라 눈을 크게 떴다. 베라무드가 싱긋 웃었다.

"마법사 대비책이라면 조금은 마련되어 있거든."

훈련 상대가 되어 준 아르카나에게 마음속으로 감사를 보내며 베라무드는 검을 내리그었다. 팟 하고 그녀의 모습이 사라졌지만, 그는 당황하지 않고 그대로 오른발을 축으로 삼아 몸을 뒤로 돌리며 검을 휘둘렀다.

그의 뒤에서 나타나 허를 찌를 생각이었던 비비는 당황해 손을 뻗어 결계를 만들었다. 베라무드의 오러가 결계를 베자 유리창이 깨어지는 듯한 날카롭고 선연한 소리가 났다.

"꺅—!"

비비는 놀라 소리를 질렀다.

마법사인 그녀는 항상 압도적으로 상대를 이겨 왔다. 그녀는 마스터를 상대한 적이 단 한 번도 없었다.

인간이란 그녀에게 약하디약한, 가지고 노는 존재일 뿐이었다. 검을 다룬다는 기사 역시 원거리에서 자신이 날리는 마법에 픽픽 쓰러지고는 했다.

여기에 나와서 마법을 날릴 때만 해도 비비는 자신만만했다. 아돌프는 황제의 곁을 지키느라 함께 올 수 없었지만, 자신에게 맡겨 두라고 호언장담하며 나왔다.

"아—"

아르카나, 어디에 있는 거야? 다른 마법사들은?

그녀가 마지막으로 한 생각은 그것이었다. 베라무드의 검이 가차 없이 그녀를 베었다. 놀란 얼굴 그대로 목이 땅으로 굴러떨어졌다. 사람은 흔히 착각한다. 자신만은 전쟁에서 죽지 않을 것이고, 항상 승리할 것이라 말이다.

쓰러지는 비비를 돌아보지도 않고 베라무드는 성문으로 시선을 돌렸다.

성문이 반쯤 열려 있었다.

"세리오스—!"

베라무드가 있는 힘껏 소리 지르자, 그게 신호라도 된 듯이 검을 든 기사들이 성문 밖에서 파도처럼 안으로 쏟아져 들어오기 시작했다.

"우와아아아아!"

베라무드는 도르래 쪽을 보았다. 우툴루가 불쌍한 그의 희생자를 두 토막 내는 것이 보였다. 나머지 한 명은 검을 떨구며 항복했다.

시그리드는 도르래를 고정하고 나서 벽에 박힌 자신의 검을 빼 들었다. 시체가 힘없이 앞으로 고꾸라졌다.

피를 머금은 검날은 빛이 바래기는커녕, 생기가 넘치는 것처럼 반짝거리고 있었다.

"휘익—!"

긴 휘파람 소리에 베라무드는 퍼뜩 고개를 들었다. 세리오스가 자신을 바라보고 있었다. 베라무드는 지체 없이 그의 옆에 따라붙었다. 그걸 본 시그리드 역시 얼른 그 옆에 붙어 섰다. 베라무드가 세리오스에게 말했다.

"너 완전히 표적 되기 좋게 옷 입은 거 알아? 내가 여기 지휘자입네, 하고 쓰여 있어."

"그러니까 널 부른 거지. 바로 알현실로 간다."

세리오스의 말에 베라무드는 고개를 끄덕였다. 루나틸 공작이 그걸 보고 얼른 손짓해 가신 몇 명을 호위로 붙였다.

벽이 무너지자 항복은 순식간이었다.

아흐트슈비에츠의 반항 역시 곧 사그라졌다. 일행은 별다른 저항 없이 옥좌 앞까지 나아갔다.

붉은 카펫이 길게 깔린, 대리석 홀은 피비린내로 가득 차 있었다. 시그리드는 계단에 쓰러져 있는 여자를 보고 눈을 내리깔았다. 동요가 그녀의 마음을 스쳤다.

'황후마마.'

그녀의 피가 카펫을 적시며 흰 대리석 계단으로 번져 아래로 뚝뚝 흘러내리고 있었다. 옥좌에는 황제가 다리를 꼰 채로 앉아 있었다. 그 옆에는 그의 측근 호위 기사가 나란히 서 있었고, 그 옆에는 창백한 얼굴의 아웬이 서 있었다. 그리고─

'알케르토─!'

아웬의 뒤에 알케르토가 서 있었다. 계속 아웬을 호위하고 있던 모양이었다. 안도가 그녀의 가슴속을 채웠다.

시그리드와 시선이 마주친 알케르토는 모른 척 다시 시선을 내렸다. 그의 손이 아웬의 어깨 위에 올라가 있었다.

"이게 무슨 무도한 짓인가, 황태자."

유리 황제의 목소리가 위엄 있게 홀을 울렸다. 세리오스가 계단 앞에서 멈춰 섰다. 그가 어깨를 으쓱하며 말했다.

"정신이 이상한 아바마마를 대신하려고 하고 있습니다."

"내 정신은 멀쩡해!"

"사람들을 죽여서 불사신이 되려고 하신다는 것부터가 멀쩡하지 않은 것 같은데요."

"네놈─!"

유리 황제가 자리에서 벌떡 일어나자 그게 신호라도 된 듯 호위 기사들이 검을 휘둘렀다. 하지만 둘 다 너무 쉽게, 베라무드와 시그리드의 손에 무너졌다.

세리오스가 쓰러진 기사를 보며 한숨을 내쉬었다.

"마스터 상대로 일반 기사라니. 하긴, 이제는 당신을 섬길 마스터가 없겠죠."

고개를 흔들며 세리오스가 계단 위로 한 발 내딛는데 허공에서 아돌프가 나타났다.

"─!"

시그리드가 놀라 앞으로 한 걸음 나서는데 먼저 번개가 쳤다. 얼마 전에 겪었던 고통을 각오했건만 통증은 없었다.

아돌프가 으르렁거렸다.

"네놈!"

"미안, 늦었네."

아르카나가 결계를 치기 위해 내민 손을 흔들며 싱긋 웃었다. 시그리드는 안도와 기쁨의 소리를 질렀다.

"아르카나!"

"미안, 나머지 놈들을 처리하고 오느라고. 그런데 비비는 안 보이더라."

"여자 마법사라면 내가 처리했어."

"오."

베라무드의 말에 아르카나는 가볍게 감탄했다. 아돌프의 눈이 분노로 타오르듯 이글거렸다. 베라무드가 세리오스에게 말했다.

"패는 전부 갖춰졌습니다, 전하."

"그래. 새어머니만 가엾군."

그가 시체를 바라보며 애석한 얼굴을 했다. 세리오스가 검을 천천히 빼 들었다. 유리 황제의 얼굴이 창백해졌다.

"날 죽일 작정이냐! 패륜아가 될 생각인 거냐!"

"당신이 내 형과 내 어머니. 그리고 황후마마를 죽일 때는 무슨 생각을 했는지 모르겠는데. 부모가 자식을 죽이는 건 패륜이 아니고, 자식이 부모를 죽이면 패륜인가?"

인생을 참 자기중심적으로 쉽게 사는군, 하고 중얼거리고 세리오스가 다시 계단으로 한 걸음 올라섰다.

"히익—!"

자신의 마지막 패— 마법사까지 막혀 버리자 유리 황제는 뒤로 물러나기 시작했다. 아돌프가 순간이동으로 달아나려고 했으나 마법이 먹히지 않았다.

아르카나가 조용히 말했다.

"방금 마법 무효화 장을 펼쳤어. 이제 여기서는 아무도 마법을 쓸 수 없지."

아돌프의 얼굴이 일그러졌다.

황제가 손가락으로 시그리드를 가리키며 소리쳤다.

"거기 너! 그대로 죽을 작정이냐! 내가 가지고 있는 해독제가 없으면 넌 곧 죽는다! 빨리 날 탈출시켜!"

베라무드의 눈썹이 꿈틀했다. 세리오스가 고개를 돌려 그녀를 보며 물었다.

"사실이야?"

시그리드는 팔을 살짝 벌려 보였다가 한숨과 함께 고개를 끄덕였다.

"네, 사실입니다."

"그럼 해독제를 찾아야겠군."

세리오스는 의외로 쉽게 대답하고 자신의 아버지를 보았다.

"해독제는 어디에 있습니까?"

"날 풀어 주면 알려 주지."

그 말에 세리오스가 피식 웃었다.

"고문을 당한 후 죽고 싶으시다면, 그렇게 해 드리겠습니다만."

"……."

유리 황제는 아무 말도 없이 그를 노려보았다. 설마 그렇게까지 하겠느냐는 태도였다. 세리오스가 손을 뻗어 황제의 머리에서 보관을 빼 들어 자신의 머리에 얹고 싱긋 웃었다.

"폐하를 탑에 유폐해라. 황후마마의 시신을 정중하게 다루어라. 그리고ㅡ"

세리오스의 시선이 아웬에게 가서 닿았다. 아웬은 부들부들 떨며 그를 바라보았다. 시그리드가 한 발 앞으로 나섰다.

"전하."

"삼 황자는 너에게 맡기지, 앙케르트나 경."

"네가 그러고도 무사할 줄 아느냐!"

유리 황제가 병사들에게 끌려 나가며 소리를 질렀다. 아르카나는 아돌프에게 수갑을 채웠다. 마법 봉인구였다. 시그리드는 얼른 가서 아웬을 끌어안았다. 그녀가 아웬을 안고 일어나자 아웬이 그녀의 팔을 붙잡으며 어깨에 고개를 묻었다.

"시그……. 어…… 어…… 어마마마…… 아……."

시그리드는 세리오스에게 인사하고 빠르게 홀에서 물러났다. 그녀가 홀에서 빠져나갈 때가 되어서야 아웬은 참았던 울음을 터트렸다.

눈앞에서 어머니의 시신을 보고도 울지 못했던 것이 단숨에 흘러넘쳤다.

"어어어엉―!"

아웬은 작은 짐승처럼 울부짖으며 그녀의 품에서 흐느꼈다. 그녀의 뒤를 재빨리 따라 나온 알케르토가 착잡한 표정을 했다.

목이 쉴 때까지 울다가 아웬은 기절하듯 잠들었다. 그의 등을 쓰다듬으며 시그리드가 입만 벙긋해서 물었다.

'눈앞에서?'

'그래. 황자님 앞에서 살해당하셨어.'

'미친 새끼.'

시그리드가 이를 갈았다. 그녀가 한숨을 내쉬고 말했다.

"계속 곁에 있어 줬구나. 고마워, 알케르토."

"그게 내가 할 일이었는걸. 하지만 황후마마가 그렇게 되셨으니, 별 쓸모가 없었던 거 같아."

"아냐, 네가 곁에 있었던 것만으로도 위로가 되셨을 거야."

시그리드의 말에 알케르토는 희미하게 웃었다.

"그렇다면 좋겠지만."

이어 그의 얼굴이 날카로워졌다.

"그보다 독이라니 그건 또 무슨 말이야?"

한숨을 삼키고 시그리드는 그간 있었던 일을 그에게 털어놓기 시작했다.

*　　*　　*

다음 날 동이 트자마자 열린 회의에서, 모두가 만장일치로 '섭정 황태자'를 받아들였다. 중립파였던 귀족들은 바로 돌아섰고, 황제파였던 귀족들도 들이밀어진 증거에는 손을 쓸 수가 없었다.

빈민굴을 불태우려고 했던 것, 불사 마법, 낙오 마법사와의 결탁, 황후 살해 등등 밝혀진 사실로 귀족들은 시끌거렸다. 이 황자인 루디날이 나와서, 증언한 것도 주효했다. 모두가 황제가 미친놈이라는 걸 확신하게 되었고, 심신상실 상태인 황제는 간호─라고 부르는 감시를 붙이는 것으로 일단락이 났다.

세리오스는 먼저 태후의 죽음에 슬픔을 나타냈다.

온 나라에 조기가 걸리고, 황궁에도 역시 조기가 걸렸다.

먼 나라에서 시집와서, 미친 황제에게 시해당한 젊고 아름다운 황후는 금방 국민의 동정을 샀다. 당연히 황제를 끌어내린 세리오스에 대한 평가도 높아졌다.

다들 이 젊고 아름다운 황제 부부를 환영했다. 섭정 황태자라고 하지만, 그 위치가 황제와 같다는 것을 모르는 사람은 없었다.

새로 황태자가 신하들을 재정비하는 동안 당연히 논공행상도 오갔다. 서부 귀족 연합은 만족스러운 자리를 얻었고, 세리오스에게 협조한 신흥 귀족 세력도 그러했다.

하지만 가장 높은 공을 세운 사람 중 하나인 시그리드는 작위식에 나오지 못했다. 베라무드 역시 보이지 않는 것은 마찬가지였다.

빛이 있으면 어둠도 있는 법.

시그리드의 저택은 침묵에 휩싸여 있었다. 황후를 기리기 위해 늘어진 조기가 징조처럼 보일 정도였다.

마리쉐즈는 창백한 얼굴로 물었다.

"아직도?"

모리스는 고개를 끄덕였다. 마리쉐즈는 닫혀 있는 방문을 한 번 보았다가 양손으로 얼굴을 가렸다.

"어, 어떻게 하지? 시리 죽으면 어떻게 해?"

양손 사이로 방울방울 눈물이 흘러내렸다. 모리스는 그녀와 같이 울고 싶다고 생각했다. 그는 목발을 짚고 있었다. 허벅지의 상처가 깊어 다 낫지 않은 상태였다.

로웬그린이 마리쉐즈의 어깨를 감싸며 나지막이 말했다.

"괜찮을 거야. 오늘은 돌아가자. 울지 마, 마리. 아직 시리 안 죽었어."

"으, 으응—"

코를 훌쩍이며 마리쉐즈가 고개를 끄덕였다. 로웬그린이 모리스를 보고 물었다.

"넌?"

"난 좀 더 있다가."

"알았어. 혹시라도 소식이 생기면 바로 알려 줘."

로웬그린은 물기가 묻어나는 먹먹한 목소리로 말했다. 모리스는 고개를 끄덕였다. 마리쉐즈와 로웬그린이 사라지자 복도는 조용했다.

모리스는 방문 앞에서 노크할까, 손을 들었다가 그냥 조용히 문을 열고 안으로 들어갔다. 방 안은 모든 커튼이 쳐져 있어서 어두웠다. 조도가 낮은 초 몇 개가 흔들리고 있었다.

침대에는 시그리드가 누워 있었다.

시그리드의 얼굴은 창백했다. 그녀의 얼굴은 창백한데, 손을 대면 놀라울 정도로 피부는 뜨거웠다. 낮게 숨을 헐떡이며 시그리드는 눈을 감고 있었다. 그런 그녀의 손을 베라무드가 꽉 잡고 있었다.

문소리에 베라무드는 고개를 들었다.

"로웬그린과 마리쉐즈가 돌아갔습니다."

원하는 소식은 아니었다. 베라무드는 대답 없이 고개를 다시 시그리드에게 돌렸다. 모리스가 목발을 짚고 다가오며 말했다.

"바꾸죠. 이대로 계속 있으면 당신이 먼저 쓰러질 겁니다."

"그러든가."

베라무드가 낮게 말했다.

모리스는 한숨을 내쉬고 다가가 그의 어깨를 짚었다.

"무슨 이상이 생기면 바로 깨우도록 하죠. 옆의 소파에서라도 잠깐 눈 붙이시죠. 시리가 깨어났을 때 당신이 과로사했다고 하고 싶지는 않으니까요."

모리스답지 않은 신랄한 말이었지만, 베라무드는 그걸 느끼지도 못했다. 그는 미동도 하지 않고 시그리드를 바라보다가 자리에서 일어나 그녀의 이마에 키스하고 허리를 폈다.

베라무드는 벽에 걸어 두었던 검대를 허리에 차고, 검을 찼다. 그리고 망토를 집어 들었다. 모리스가 놀라 물었다.

"어디 가려는 겁니까?"

"모르는 편이 나을 거야."

베라무드는 무표정한 얼굴로 대답했다.

삼 일.

자신은 기다릴 만큼 기다렸다. 방을 빠져나가며 베라무드는 망토를 걸쳤다. 시그리드의 저택은 고요했다.

"아르카나."

베라무드는 마법사의 이름을 불렀다. 그러자 거짓말처럼 아르카나가 나타났다. 그 역시 피곤한 얼굴이었다.

"시리에게 이상이라도 생겼습니까?"

"아니."

베라무드의 대답에 아르카나는 피곤한 눈가를 문지르며 물었다.

"그럼 왜 부르셨죠?"

"북쪽 탑으로."

그 말에 아르카나는 휙 고개를 들어 그를 보았다. 베라무드가 입꼬리를 삐뚜름하게 올리며 말했다.

"기다릴 만큼 기다렸거든."

"확실히, 기다렸죠."

"그래."

"도구는 가지고 있습니까?"

아르카나의 물음에 베라무드는 자신의 검을 툭 쳐 보였다. 아르카나는 말없이 양손을 가볍게 모았다가 폈다. 바닥에 마법진이 복잡하게 그려졌다. 신중한 이동이었다.

약간의 흔들림이 느껴지고 베라무드와 아르카나는 고급스러운 방 안에 서 있었다.

"누, 누구냐!"

책상 의자에 앉아 있던 유리 선황제가 놀라며 자리에서 일어났다. 베라무드가 아르카나를 힐끗 보자 아르카나가 손가락을 퉁겼다.

"이제 조용할 겁니다."

안의 소리가 바깥으로 나가지 않을 거라는 말이었다. 베라무드는 "고마워." 하고 자신의 검을 빼 들다가 아르카나를 보고 손가락을 빙글빙글 돌렸다. 돌아서 있으라는 뜻이다. 아르카나는 "소리만 들리는 게 더 안 좋을 것 같지만." 하면서도 순순히 돌아섰다.

"해독약의 위치를 들으러 왔습니다, 폐하."

베라무드는 정중하게 말했다. 유리 선황제의 눈이 번득였다.

"날 여기서 나가게 해 준다면, 알려 주지."

"아―"

베라무드가 피식 웃었다.

"'알려 줄 테니, 이제 날 죽여 줘.'라고 하시게 될 텐데요."

"무, 무슨, 기사라는 자가―!"

"삼 일간 지옥에 있으면 사람이 변하기 마련이죠."

그렇게 말하며 베라무드는 검을 뽑았다.

아르카나는 뒤에서 들려오는 비명에 고개를 갸웃했다가 하품을 했다.

'진작에 이럴 걸 그랬나.'

아무리 유폐되었다고 해도, 황제는 황제다. 세리오스는 '고문'이라고 쉽게 말했지만, 귀족들이 그걸 허락할 리가 없었다.

시그리드는 자신의 남은 임시 해독제를 내놓았고, 내로라하는 의사와 약사들이 달라붙어 해독제를 분석해서 새로운 해독제를 만들려고 노력했다.

그게 오늘로 삼 일째였다.

해독제를 먹지 못한 시그리드는 매우 아팠다.

아니, 단순히 아프다는 단어로 그 고통을 설명할 수 있을까? 그나마 약에 내성이 생겨서, 젊어서, 그리고 기본 체력이 좋아서 아직도 살아 있는 거라고 의사들은 입을 모았다.

첫날은 피를 토하고, 두 번째 날은 발작을 일으키고, 셋째 날인 오늘은 혼수상태에 빠졌다.

아르카나 역시 해독 마법에 매달렸지만, 연구라는 게 하루아침에 뚝딱 되는 것이었다면, 수많은 사람이 그 길고 긴 시간을 연구에 목매지 않았을 것이다.

얼마 지나지도 않아서 유리 선황제는 흐느끼며 해독제 조제법이 적혀 있는 곳을 알려 주었다. 삼 일의 기다림에 비하면 15분도 되지 않는 짧은 시간이었다.

"집무실 책상 안에 비밀 공간이 있대. 무슨 책상인지는 내가 알아."

베라무드가 검의 피를 닦으며 말했다. 아르카나는 그를 바라
보고 말했다.

"이거 들키면 어떻게 될까요?"

"작위 박탈로는 안 끝나겠지."

추방 정도는 당하지 않을까?

베라무드가 아까보다 밝아진 얼굴로 웃으며 대답했다.

"그럼 고쳐 놔야겠네요."

아르카나의 말에 베라무드가 '어라, 그 방법이 있었네?' 하고
눈을 깜박였다. 아르카나가 돌아섰다가 눈을 찡그렸다.

베라무드가 검을 잘 쓴다는 건 알았지만, 그렇다고 해서 그 결
과를 보는 건 딱히 좋은 일이 아니었다. 선황제는 피투성이가 되
어 엎드려 흐느끼고 있었다. 희끗희끗한 머리와 몸에는 피가 잔
뜩 묻어 있었다.

"이상하죠."

아르카나의 말에 베라무드가 "뭐가?" 하고 되물었다. 아르카
나가 싱긋 웃으며 말했다.

"자신이 남에게는 그 이상의 고통을 겪게 했으면서, 자신은 손
가락이 잘리고 좀 쑤셔진 정도로 항복한다는 게요."

"자기 손가락이 더 아픈 법이지."

"그런가요."

아르카나는 지그시 황제의 손을 밟았다. 황제가 비명을 질렀
다.

황제의 몸에는 단순히 장소를 알아내기 위한 고문만이 아니라, 보복성이 강하게 느껴지는 상처들이 대부분이었다.

하지만 딱히 잔혹성이 느껴지지는 않았다.

오히려 아르카나는 시그리드에게 그가 한 짓을 생각하면 고쳐 준 다음 처음부터 다시 시작하는 것도 괜찮겠다고 생각했다.

황제는 껵껵 숨넘어가는 소리를 내다가 기절했다. 아르카나는 손을 뻗어 상처를 깨끗하게 고쳐 주고 흔적 역시 지웠다.

이어 아르카나와 베라무드는 집무실로 향했다.

집무실에 앉아 있던 세리오스가 놀란 얼굴을 했다.

"베라무드?"

"잠깐만 실례할게."

"뭐? 어—?"

세리오스는 책상에서 밀려났다. 베라무드는 유리 선황제가 친절하고 자세하게 알려 준 대로 책상의 모든 서랍을 열었다가 다리로 서랍 세 개를 동시에 쾅 닫았다. 그러자 달각하는 소리와 함께 아래쪽에서 작은 공간이 튀어나왔다. 베라무드는 그 안에서 종이 뭉치를 꺼냈다.

"대체 뭐야?"

세리오스가 당황해서 묻자 베라무드가 대답했다.

"시그리드 해독약 조제법."

"어떻게 알았어?"

"본인에게 알아냈지."

그 말에 세리오스는 얼굴이 굳었다.

"현재 선황 폐하와는 누구도 면회가 금지되어 있어."

"면회한 적 없어. 이거야. 아르카나!"

"베라무드!"

세리오스가 소리쳤고 베라무드가 그를 보며 말했다.

"에리얼이었으면? 그래도 지금처럼 방관했을 거야?"

"……."

세리오스는 입을 열었다가 아무 말도 못 하고 다물었다. 아르카나가 베라무드의 손에서 종이를 빼앗아 들더니 사라졌다. 바로 약실로 간 것이었다.

세리오스가 낮게 물었다.

"죽였어?"

"설마."

"베라무드."

"멀쩡해. 카펫이 피에 좀 젖었지만. 깨끗하게 고쳐 드렸어. 걱정하지 마."

세리오스는 안도인지 뭔지 모를 한숨을 내쉬고 자리에 앉았다.

"미안."

세리오스가 사과했다.

"내가 진작 알아냈어야 했어."

"늦었어."

"베라무드."

"알아, 네 최선이고, 어쩌고저쩌고, 그런데 어떻게 하지? 화가 안 풀려."

세리오스는 고개를 들어 베라무드를 보았다가 신음을 내뱉었다.

"뭐든, 화가 풀릴 만한 걸 요청해."

"시간?"

세리오스는 입을 다물었다. 잠시 침묵하던 그가 말했다.

"선황제께서는 곧 후회하실 거야."

베라무드는 대꾸 없이 그를 보았고 세리오스가 말했다.

"자신이 저지른 짓을 후회하시며 스스로 목숨을 끊겠지."

"평온한 죽음이군."

대답한 베라무드는 깊고 정중하게 인사를 하고 집무실을 나섰다. 밖에 서 있는 호위는 언제 베라무드가 안으로 들어갔는지 놀란 얼굴로 경례를 붙였다. 베라무드는 그걸 무시하고 걸었다.

사실 가장 화가 나는 건 자기 자신에게였다.

진즉에 이 방법을 써야 했다.

해독제를 발견할 수 있겠지, 그런 낙관적인 생각으로 보낸 시간이 너무나도 아깝게 느껴졌다. 안일했던 자신이 쓰레기 같았다.

"하―"

베라무드는 짧게 한숨 쉬듯 웃었다.

'사흘 전만 해도 누가 넌 전 황제를 고문할 거야, 라고 했다면 안 믿었을 테지.'

아니, 그 전에 누군가를 고문한다는 건, 그의 성향에 맞지 않는 일이었다. 상상도 하지 못할 일이다. 그런데 지금 그런 짓을 저지르고도, 더 일찍 하지 않았다고 한탄하고 있다.

베라무드는 자신의 손바닥을 바라보았다가 손을 떨어트렸다 다시 올려 눈을 가렸다.

'여기가 지옥이야.'

고통이라는 것이 사람을 얼마나 변화시키는지 놀랍지 않은 가?

'시그리드가 알면 뭐라고 할까.'

그 생각에 그는 숨을 삼켰다.

"살아나야, 생각도 하겠지."

그렇게 중얼거리며 베라무드는 빠른 걸음으로 궁을 빠져나갔 다. 아르카나와 함께 이동할 걸 그랬다고, 그는 후회했다.

하지만 타이밍 좋게도 그가 시그리드의 저택에 도착했을 때, 딱 아르카나가 완성한 약을 들고 돌아왔다.

진녹색의 투명한 물약이었다. 증류시키는 과정이 포함되어 있으니, 아르카나의 마법이 아니었다면 더 늦어졌을 것이었다. 아르카나가 그걸 베라무드에게 건넸다.

"완성된 겁니까?"

모리스가 자리에서 일어나며 반색했다.

"그래."

베라무드가 대답했다. 아르카나가 어두운 얼굴로 말했다.

"잘 들기를 바라야겠군요."

독이 침입한 지 오래되었으니, 효과가 떨어질 수도 있었다. 베라무드는 "그렇지." 하고 침대가로 다가가 해독제를 마셨다.

"무슨?!"

모리스가 놀라 그의 어깨를 잡으려고 하는데 베라무드가 그대로 몸을 숙여 시그리드의 턱을 붙잡아 입술을 벌린 후 입을 맞췄다.

약이 충분히, 느릿하게 흘러들어 갈 때까지 키스는 길게 이어졌다. 아르카나는 무표정하게 그걸 보았고 모리스의 뺨은 약간 달아올랐다. 그는 시선을 돌렸다. 키스를 끝내고 베라무드는 한숨을 내쉬었다.

모리스가 물었다.

"어딜 다녀오신 겁니까?"

"약 가지러."

"피를 묻히시고요?"

"아."

그제야 베라무드는 고개를 돌려 모리스를 보았다. 모리스가 그의 소매와 망토 끝을 차례로 가리켰다.

"그러네."

베라무드가 피식 웃었다. 모리스는 시그리드를 보았다가 다시 베라무드를 보았다. 곧 그의 얼굴이 창백해졌다.

"설마."

쥐어짜는 듯한 목소리에 베라무드는 "뭐가?" 하고 되물었고 모리스는 잠시 그를 뚫어져라 바라보았다가 고개를 돌렸다.

"아뇨. 모르는 게 낫겠군요."

그 말에 베라무드는 히죽 웃었다.

"내가 그랬잖아?"

베라무드의 말에 모리스는 허를 찔린 얼굴을 했다.

'한 걸음.'

생각해 보면 언제나 한 걸음이 모자랐다. 그게 첫 한 걸음이든, 마지막 한 걸음이든 어느 쪽이든지 말이다.

용기를 다지는 시간, 마음을 가다듬는 시간.

그래, 그런 시간이 필요했을지도 모른다. 아니면 그 시간은 그저 한발 늦게 만드는, 때를 놓치게 만든 시간일지도 모른다.

그것도 아니면, 그냥 결국 한발 늦게 만드는 흘러간 시간일지도 모른다.

생각과 결단 사이에서 자신은 얼마나 많은 시간을 흘려보냈을까? 또 결단과 행동 사이에 자신은 어째서 한 걸음이 부족했을까? 혹은 많았을까?

그리고 그게 불러온 결과는 명확했다.

—모리스는 생각이 많아. 그런데 공격에 망설임은 필요 없거든. 그러면 오히려 네가 죽어.

시그리드의 명확한 충고를 떠올리자 웃음이 새어 나왔다.

스스로가 한심하다. 그리고 자신을 한심하다고 생각하는 것도 이제 지긋지긋했다.

"왜 안 깨어나지?"

베라무드가 초조한 목소리로 중얼거렸다. 방 안은 고요해서 그 목소리는 뚜렷하게 들렸다. 아르카나가 낮게 말했다.

"약 기운이 퍼지는 데 시간이 좀 걸릴 겁니다."

"그런가."

베라무드는 의자에 털썩 앉았다. 그리고 시그리드의 손을 조심스럽게 잡았다. 한 시간 전, 나가기 전과 똑같은 자세였다.

모리스는 물러서서 소파에 앉았다. 아르카나가 그 옆에 앉았다. 커튼 너머로 해가 지는 것이 느껴졌다.

베라무드는 눈 깜박이는 것도 잊은 것처럼 시그리드를 바라보았다. 밤이 되어 아르카나와 모리스가 저녁을 그에게 권했지만, 베라무드는 거절했다. 아르카나가 모리스에게 말했다.

"잠시 자리를 비켜 주죠. 제가 여동생에게 간편하게 먹을 수 있는 걸 만들어 달라고 하겠습니다."

모리스는 고개를 끄덕였다. 그가 목발을 짚고 움직이는 걸 봤지만, 아르카나는 그를 고쳐 줄 생각이 전혀 없었다.

이런 마법은 아는 사람의 수가 적을수록 좋은 것이다.

두 사람이 나가고 나자 베라무드는 낮게 한숨을 내쉬었다. 그가 나지막이 속삭였다.

"시리. 시그리드 앙케르트나, 일어나."

그사이 시그리드의 열은 떨어져서 그가 잡은 손이 이제는 뜨겁지 않았다. 약이 드는 거라고 생각하면 기뻤다. 하지만 어째서 눈을 뜨지 않는 걸까?

의사가 설명한 고열이 줄 수 있는 수많은 부작용에 대한 말들을 애써 밀어 버리고 베라무드는 다시 그녀의 이름을 부르며 그 녀의 손등에 얼굴을 묻었다.

"자요……?"

작게 목소리가 들려 베라무드는 고개를 번쩍 들었다. 시그리 드가 주홍빛 눈을 반쯤 뜨고 몽롱한 얼굴로 잠에 취한 듯 말했 다.

"안 자요……?"

"안 자."

저도 모르게 대답하고 베라무드는 웃었다. 웃다가 그는 다시 그녀의 손바닥에 키스했다. 눈물이 흘러나왔다.

"어서 와. 내 천국."

베라무드가 속삭였다. 시그리드가 당황해 눈을 크게 떴다.

"베라무드……? 울어요……?"

"그런 건 물어보는 게 아니야."

그가 그녀의 손가락을 장난스럽게, 가볍게 깨물었다. 갑자기 몸 안에서 예전의 명랑함이 살아나는 것 같았다.

"이 지옥 같은 아가씨야."

"방금 천국이라면서요……?"

"그래. 네가 내 천국이고, 지옥이지."

그게 뭐야……?

시그리드는 몽롱한 얼굴로 그의 이해할 수 없는 말에 한숨을 내쉬었다. 온몸이 무겁다. 격심한 운동을 한 것처럼, 전신에 근 육통이 느껴졌다. 관절 마디마디가 다 쑤셨다.

피곤함에 손가락 하나 꼼짝하기 싫었다.

"졸려요……. 피곤하고……."

그녀가 투정을 부렸다.

"좀 더 쉬어."

베라무드가 부드럽게 속삭였다.

툭툭.

시그리드가 옆자리를 두들겼다. 예전보다 힘이 없는, 가벼운 두들김이었다. 베라무드는 사양하지 않고 옆자리를 차지했다. 시그리드는 팔을 들어 그를 끌어안는 데에 엄청난 힘을 소비해야 했다.

그녀가 그의 품에 고개를 묻으며 중얼거렸다.

"잘 자요……."

"내일 보자."

베라무드의 말에 시그리드는 배시시 웃음을 흘렸다.

"내일 봐요."

그리고 그녀는 눈을 감았다.

잠시 후, 모리스와 아르카나가 들어와서 보게 된 것은 침대에서 끌어안고 잠든 남녀 한 쌍이었다. 아르카나가 안도하며 말했다.

"시리가 일어났나 보군요."

어째서 이 상황에서 그런 결론이 나오는지, 지켜본 모리스 역시 알 수 있었다. 모리스가 씁쓸하게 웃고 말했다.

"그럼 난 이만 가 보지."

그녀가 깨어났다는 소식을 알았다는 것만으로도 됐다. 시그리드가 살아난 것은 기뻤지만, 둘의 사이를 보는 것은 괴롭다.

"안녕히 가십시오."

아르카나는 만류하지도 않고 산뜻하게 말했다. 모리스는 그게 오히려 편해서 절뚝거리며 저택을 나왔다. 마차에 올라타자마자 그는 마차 창에 고개를 기대고 잠이 들었다.

사흘 만에 안심하고 자는 잠이었다.

3 장
일상은 돌아가고

"시그리드!"

아웬은 침대로 뛰어 올라올 기세로 푹 그녀의 품에 몸을 던졌다.

"잘 지내셨습니까."

"응, 응."

울음 섞인 목소리로 아웬이 고개를 끄덕였다.

"나, 나, 시그리드까지 죽는 줄, 윽, 흑—"

상복을 입은 소년은 그녀를 끌어안고 울음을 참으려 애썼다. 시그리드가 그 머리를 쓰다듬어 주며 말했다.

"전 괜찮습니다. 건강해요."

"응, 으응—"

말하던 아웬은 결국 참지 못하고 울음을 터트렸다. 잠시 후, 고개를 든 그가 양 손등으로 눈을 쓱쓱 비벼 눈물을 닦아 냈다.

"몸은 좀 어떠신가요?"

시그리드의 물음에 아웬은 "괜찮아." 하고 작게 말했다. 사실은 밤마다 악몽을 꾼다. 하지만 이제 막 회복한 시그리드에게 걱정을 끼치고 싶지는 않았다.

"알케르토랑 같이 있는걸. 괜찮아."

다시 힘주어 말하자 시그리드는 "그렇습니까?" 하고 고개를 끄덕였다. 아웬이 슬쩍 옆에 서 있는 베라무드의 눈치를 보며 말했다.

"그럼 난 이만 가 볼게."

"네, 복귀하면 뵈러 갈게요. 얼마 안 걸릴 겁니다."

"응."

아웬은 고개를 끄덕였다. 그는 문가에서 기다리던 알케르토에게 쪼르르 달려갔다. 알케르토가 황자의 손을 잡으며 시그리드에게 손을 흔들어 보이고는 문을 나섰다.

문이 닫히자 시그리드가 말했다.

"베라무드."

"응? 왜? 어디 안 좋아?"

"아뇨, 그게 아니라 이제 집으로 돌아가지 그래요?"

명백한 축객령이었다.

"뭐?"

베라무드가 눈을 찌푸리자 시그리드가 으음 하고 말했다.

"하지만 계속 저택에 묵고 있잖아요. 베라무드도 집에 돌아가 야죠. 저도 이제 다 나았고요."

"날 쫓아내고 싶어?"

"그건 아니지만, 제 손님이 올 때마다 그렇게 압박을 주지 않 아도 되잖아요?"

"네 손님 중에 내 압박이 먹히는 사람이 있어야지."

"베라무드!"

시그리드가 그를 나무라듯 불렀다. 베라무드와 함께 있는 것 은 좋았지만, 이렇게 너무 가까이 있는 것은 불편했다.

뭐라고 해야 하나?

준비되지 않은 모습까지 보이는 게 부끄럽다고 해야 할까?

"그리고 계속 우리 집에 묵는 건 소문에도 좋지 않고요."

시그리드가 단호하게 덧붙였다. 베라무드는 억울한 기분이었 다.

난 네 죽을 고비를 봤고, 지금도 불안하고, 그런데 날 내쫓겠 다고?

"그건 나도 동의해."

문을 열고 마리쉐즈가 들어오며 말했다. 시그리드의 얼굴이 팟 하고 밝아졌다.

"마리!"

"안녕, 시리. 오늘은 진짜 좋아 보이네."

"응, 이제 완전히 괜찮아졌어. 말처럼 튼튼해."

시그리드의 말에 마리쉐즈가 "말은 아니지, 숙녀가." 하고 눈을 찡그렸다. 그 말에 시그리드는 "응." 하고 얌전히 대답했다.

마리쉐즈가 허리에 손을 얹고 베라무드를 바라보았다. 베라무드는 그녀를 보고 싱긋 웃었다.

"안녕하신가요, 잉글렛 백작 영애."

"어제도 봤으니, 인사는 필요 없는 것 같네요, 루나틸 공작 영식. 그리고 시그리드의 명예를 위해서라도 오늘은 짐 싸서 퇴거하는 게 어떤가 싶군요. 연인이라고 하더라도요."

'연인.'

그 말에 시그리드는 푹 고개를 숙였다. 역시 익숙해지지가 않는다. 베라무드가 불만스럽게 말했다.

"하지만 시리는 아직 몸을 회복한 지 일주일밖에 되지 않았단 말입니다."

"네, 하지만 곁에서 해 줄 수 있는 일은 없잖아요? 게다가 이제 사교계의 시선은 시리에게 쏠려 있고요. 그 상황에서, 이 상황은 달갑지가 않네요."

마리쉐즈가 날카롭게 말했다.

"지금 너무 거리 유지를 하지 못하고 계셔요, 공작 영식."

그 말에 베라무드는 신음을 삼켰다.

자신의 개인적인 걱정을 제외하면 확실히 더 이상 시그리드의 곁에 있는 것은 옳지 않다. 게다가 마리쉐즈의 말대로, 사교계의 시선은 시그리드에게 쏠려 있었다.

"……알았어."

결국 베라무드는 백기를 들었다. 마리쉐즈는 당연하다는 듯

"좋아요." 하고 고개를 끄덕였다. 시그리드 역시 속으로 가슴을 쓸어내렸다.

그때 세리아가 허둥지둥 문을 열며 말했다.

"어, 언니!"

"세리아? 무슨 일이야?"

놀란 시그리드가 묻자 세리아가 재빨리 대답했다.

"섭정 황태자 전하께서 오셨어요."

"뭐?"

"지금, 아래층에—"

"직접 올라왔지."

세리오스가 세리아의 뒤에서 말했다. 세리아는 재빨리 물러나며 엎드렸다. 마리쉐즈는 양손으로 치맛자락을 잡고 무릎을 굽히며 허리를 숙였고, 베라무드는 가벼운 인사를 하며 물었다.

"무슨 일이야?"

"베라무드, 남들 앞에서는 예의를 갖추지 않을래?"

"무슨 일이십니까, 전하?"

"문병 왔지. 일이 바빠서 그동안 찾아오지 못했네. 미안하네, 앙케르트나 경. 아니, 이제는 앙케르트나 백작인가?"

침대에서 일어나려던 시그리드는 그 말에 얼이 빠졌다.

"네?"

"아니, 누워 있게. 환자를 굳이 일으켜 세우려고 온 건 아니니까. 그런데 아직 말 안 한 거야?"

베라무드를 바라보며 세리오스가 물었다. 베라무드는 한숨과 함께 말했다.

"다 나으면 알리려고 했어."

"전 다 나았습니다."

시그리드가 주장하며 침대에서 일어나 한쪽 무릎을 꿇었다.

"전하를 뵙습니다."

"아니, 그러니까 그런 거 괜찮다니까. 일어나게. 그나저나 나았다니 다행이군."

시그리드의 안색은 놀라울 정도로 멀쩡했다. 일주일 전까지 죽어 가고 있던 사람이라고는 도저히 보이지 않았다.

어의들은 그녀의 체력에 감탄했다. 시그리드 역시 침대 위 생활에 좀이 쑤시기 시작했다. 침대에서 내려올라치면 베라무드가 눈을 부라려서 할 수 없이 침대 생활을 했지만, 그것도 한계다.

세리오스가 문 입구에서 기다리고 있던 시종에게 손가락을 까닥해 다가오게 했다. 시종은 작은 상자를 들고 있었다. 상아로 만들어진 고급스러운 상자였다.

"받게나."

시종이 시그리드에게 상자를 건넸고 그녀는 양손으로 정중히 상자를 받았다. 상자를 열자, 거기에는 인장 반지가 들어 있었다.

"그대에게 콘윌스를 하사하네. 꽤 근사한 백작령이지."

싱긋 웃으며 세리오스가 하는 말에 시그리드는 눈을 휘둥그레 떴다.

"전하—"

"거절할 생각은 하지 말게."

세리오스가 딱 잘라 말했다.

"사실 작위식을 진즉에 치렀어야 하는데, 그대가 많이 아파서. 이렇게 간이로 치르게 되었군."

시그리드는 얼떨떨했다.

백작이라니.

그건 상상도 하지 못한 작위였다. 게다가 콘월스라니. 어디에 처박혀 있는 산골짜기 영지도 아니었다. 물론 중앙이나 동부 영지에 비할 바는 못 되지만, 그래도 북동부에 위치한 나쁘지 않은 영지였다.

"그대는 마스터야. 그리고 날 위해서 목숨을 걸었고, 이번 일에 자네가 가장 큰 공로자라는 걸 부정할 사람은 없네."

세리오스가 이어 말했다. 어차피 시그리드는 마스터이니 기본적으로 영지가 없는 작위라고 해도 자작은 주어졌을 것이다. 마스터는 훌륭한 자원이니 유출하지 않기 위해서, 좋은 대우를 해 주었던 것이다.

그런 데다가 그녀가 이중 스파이 일을 하면서 큰 공을 세웠다는 것은 의심할 여지가 없었다. 게다가 독 때문에 목숨도 오락가락했고, 성문을 여는 데에도 공을 세웠다.

여자인 데다가, 평민인 시그리드에게 백작 작위라고 하면 크게 느껴졌지만, 세리오스는 일부러라도 더 크게 상을 주고 싶었다.

내 편에게 난 이렇게 후한 사람이다.

그렇게 광고하고 싶었고, 시그리드는 딱 좋은 광고판이었다.

젊고 아름다운 여성 마스터. 게다가 백작의 작위까지.

게다가 시그리드가 황실을 배신하거나 자신을 배신하지 않을 거라는 것 역시 확실했다. 그리고 더불어서—

"그대를 삼 황자의 후견인으로 삼고 싶네."

그 말에 시그리드는 인장에서 시선을 들어 세리오스를 보았다. 세리오스가 어깨를 으쓱하고 말했다.

"저대로 아웬을 방치할 수는 없어. 그리고 아마 다들 아웬을 가까이하지 않을 거야. 그를 이용하려고 하는 사람이 아니면 말일세. 그러니 그대에게 부탁하고 싶군."

"부디 뜻대로."

시그리드가 고개를 숙이며 대답했고 세리오스는 안도의 미소를 지었다. 큰 짐을 덜어 낸 기분이었다.

"건강해 보여서 다행이네. 많은 시간을 빼앗기는 그러니, 이만 가도록 하겠네. 궁에서 보지."

"네, 전하."

시그리드는 정중하게 인사했고 세리오스가 "아참." 하고 허리에서 검을 풀었다.

"그때 돌려받았던 검이네만. 이제는 줘도 되겠지."

시그리드는 눈을 동그랗게 떴다.

'베라다 강철!'

그녀는 인장을 얼른 침대 위에 내려두고 검을 받았다. 세리오스가 웃었다.

"그대는 영지보다 검이 더 좋은 것 같군."

"황공합니다."

시그리드가 얼굴을 붉히며 대답했다. 세리오스는 '호오?' 하고 이 불굴의 여기사가 수줍어하는 걸 신기하게 보았다.

"그럼 이만."

폭풍처럼 순식간에 쳐들어왔던 세리오스는 마찬가지로 폭풍처럼 획 사라져 버렸다. 마리쉐즈는 그제야 허리를 폈고, 세리아는 자리에서 일어났다. 시그리드는 검을 빼 보았다. 검은색의 표면에 아름다운 문양이 물결쳤다.

"예쁘다……."

그녀는 한숨 쉬듯 중얼거렸다. 마리쉐즈가 다가와 말했다.

"인장 반지를 먼저 좀 챙겨."

보는 자신이 다 조마조마했다. 그 말에 그제야 시그리드는 검을 집어넣고 대신 상아 상자를 집어 들었다.

달칵, 다시 상자를 여니 들어 있는 인장 반지가 보였다. 그녀가 반지를 집어 들고 의아한 얼굴을 했다.

"백합?"

백합은 황가의 문장이다. 그래서 지금 백합 문장을 쓰는 것은 황가와 친인척 관계인 루나틸 공작가뿐이었다.

"황실 문양을 변형해서 만든 거야. 즉, 앙케르트나 백작가를 향한 황가의 신뢰를 보여 준다고 해야 할까."

베라무드가 한숨과 함께 말했다. 마리쉐즈가 반짝이는 눈으로 인장 반지를 들여다보고 시그리드를 본 후에 아쉬운 소리를 했다.

"아, 시리가 남자였으면 당장 약혼하자고 했을 텐데. 젊은 백작님에, 마스터에, 앞날도 창창하고."

푹푹 한숨을 쉬며 하는 말에 시그리드는 웃었다. 베라무드는 그 말에 마리쉐즈를 뚱한 얼굴로 보았다가 시그리드에게 말했다.

"그러면 일단 난 가 볼게. 내일 다시 올 테니까."

"네."

시그리드가 고개를 끄덕였다. 베라무드는 그녀의 앞머리를 쓸어 넘기고 키스한 후에 마리쉐즈에게 싱긋 웃으며 인사하고 자리를 떴다.

그의 떠난 뒷모습을 보며 마리쉐즈가 "흐홍―" 하고 기묘한 웃음을 지으며 말했다.

"이제 루나틸 경은 긴장해야 할걸."

"왜?"

"그야 사교계의 중심! 떠오르는 별! 남자들의 청혼이 물밀듯이 밀려오는 시그리드 앙케르트나 백작이 될 테니까!"

마리쉐즈의 군청색 눈동자가 별처럼 반짝반짝반짝였다.

"엑."

그 말에 시그리드는 개구리를 밟은 것 같은 소리를 냈지만, 마리쉐즈는 신경 쓰지 않았다.

"그리고 난 시그리드의 곁에 몰려든 괜찮은 사람들 중에서 한 명을 잡는 거지."

마리쉐즈가 시그리드의 손을 꼭 잡았다.

"적극 협조할게."

"그, 아니……. 난 베라무드가 있고……."

"연인 사이에 적당한 자극은 오히려 좋은 거라고?"

마리쉐즈가 싱긋 웃으며 말했다.

나중에 찾아와 그 계획을 시그리드를 통해 전해 들은 로웬그린은 웃음을 터트렸다.

"마리다운데?"

시그리드는 한숨을 폭 내쉬었다. 로웬그린이 이어 말했다.

"그래도 예쁘게 꾸미는 것도, 적당한 자극도, 마리쉐즈 말처럼 나쁘지는 않아."

게다가 그는 이미 시그리드에게 상처 주지 않았는가?

오해였다고 해도, 차였다며 펑펑 울었던 시그리드를 로웬그린은 잊지 않았다. 베라무드가 곤란해한다면 그것 역시 응원해 주고 싶었다.

"그런가?"

로웬그린까지 그렇게 말하니, 시그리드는 솔깃했다.

확실히 자신이 베라무드에게 아름다운 모습을 보여 준 적은 없었지.

로웬그린이 자리에서 일어나며 침대에 앉아 있는 시그리드의 뺨에 가볍게 볼 키스를 했다.

"네가 무사해서 다행이야. 시리. 정말로."

"걱정해 줘서 고마워."

시그리드가 웃으며 말했다. 친구들의 걱정을 받는 건 항상 새삼스럽고 간질간질하며 기분 좋은 일이었다.

"그리고 백작이 된 것도 축하해. 콘월스 지방은 좋은 곳이야."

"가 본 적 있어?"

"아니, 하지만 들은 적은 있지. 그러고 보니 영지도 내려가 봐야 하고. 바쁘겠네."

"내가 제대로 영지를 다스릴 수 있을지 모르겠어."

"일단 가신을 모으는 게 일이겠지."

로웬그린이 갸웃하며 말했다. 알세키드나 후작가 역시, 후작가를 섬기는 가신이 여럿 있다.

시그리드는 신음을 내뱉었다. 로웬그린이 웃으며 말했다.

"잘할 거야."

"응. 그러기를 바라."

시그리드는 고개를 끄덕였다.

어쨌든 자신은 작위를 받았고, 작위에 따라오는 책임 역시 받아들여야 한다.

영주가 될 거면, 좋은 영주가 되고 싶었다.

물론 그건 그저 그런 영주가 되는 것에 비하면 힘든 일이겠지만 말이다.

* * *

시그리드 저택의 장미들은 봉우리를 틔우기 시작했다.

그 장미 정원에서 아르카나는 의아한 얼굴로 시그리드에게 대꾸했다.

"나 안 데리고 갈 거야?"

그 말에 시그리드는 놀라 되물었다.

"어?"

"나 말이야. 가신으로 삼아 주지 않을 거야? 난 당연히 네 수석 마법사가 될 거라고 생각하고 있었는데."

"하지만, 하지만, 아르카나는 황태자 전하와 가깝잖아?"

"잠시 협력한 거지 가깝지는 않아."

아르카나가 철컥 정원 가위로 소리를 내며 잘라내듯 단호하게 말했다. 시그리드가 그를 보고 말했다.

"그야 나도 아르카나가 같이 가 주면 기쁘지만……."

"그럼 날 네 마법사로 삼아 주는 거지?"

"아르카나는 항상 내 마법사였어."

"그럼 됐네."

아르카나는 상황을 깔끔하게 정리했다. 이어 그가 머뭇거리며 덧붙였다.

"세리아도 같이 가도 될까?"

"당연하지?! 하지만 괜찮아? 샘에게 요리 배운다고 했잖아."

"그렇지만 네가 영지에 자리 잡을 때쯤 되면 그 애도 자리 잡아야 할 테니까 말야."

"알았어. 나야 언제나 환영이야."

시그리드가 고개를 끄덕였다. 아르카나는 온화하게 웃었다.

아르카나 역시 마법사로서 귀족들에게 단숨에 알려졌다. 마법사인 그를 만나기 위해서, 안달 난 사람들이 득실득실했지만 아르카나는 아무와도 만나지 않았고, 접촉도 하지 않았다.

그가 앙케르트나 경의 저택에서 묵고 있다는 것은 익히 알려진 사실이라, 모두가 둘이 내연의 관계가 아니냐고 소곤거렸다. 그렇다 해도, 마법사와 결혼한다는 건 누구도 상상하지 못했기 때문에, 다들 그녀의 남편이 누가 될지 역시 궁금해했다.

시그리드는 복귀 준비를 끝냈다.

아흐트슈비에츠가 없어졌기 때문에, 그녀는 다시 제1근위대로 복귀하게 되었다. 사실, 백작이 된 지금 굳이 근위대에 들어갈 필요는 없었지만, 시그리드에게는 필요했다.

여전히 기사는 그녀의 삶의 일부였고 기사직을 벗을 마음도 전혀 없었다.

짙은 푸른색의 근위대 제복을 입자, 다시 원래대로 돌아온 것 같아 그녀는 살짝 웃었다. 그리고 출근하자마자 그녀는 도망치고 싶다고, 처음으로 생각했다.

근위대실에 들어온 시그리드를 보고 베라무드는 웃었다.

"안녕, 시리. 좋은 아침."

"좋은 아침입니다."

"굉장하지?"

의미심장한 그의 말에 시그리드는 어깨를 늘어트리며 대답했다.

"사교장도 아닌데 어째서 사람들이 절 둘러싸는 거죠?"

"그야 자네가 유명인이니까."

베라무드가 상큼하게 대답했다. 나스가 시그리드를 보고 말했다.

"당분간은 상당히 시달리겠지."

"맙소사."

시그리드는 양손에 얼굴을 묻었다. 기절하고 싶은 심정이었다. 그녀가 한숨을 내쉬고 고개를 들었다.

"어쩔 수 없죠. 힘내는 수밖에요."

나스가 고개를 끄덕였다. 베라무드가 말했다.

"아흐트슈비에츠로 근위대원들이 빠져나갔었다는 건 알지? 대부분이 처벌받거나, 아니면 전투에서 죽었어. 그래서 요즘 근위대가 재편성이 되고 있어서 말야."

"승진 축하하네."

나스의 말에 시그리드는 "네?" 하고 대답했다. 베라무드가 나스를 보고 말했다.

"자네 같은 부대장을 잃는 건 아까운데 말야."

"전 떠나서 기쁩니다."

"떠나신다고요?"

"떠난다고 해도 2부대 대장이 되는 것뿐이야."

나스의 말에 시그리드가 "아." 하고 얼른 인사를 했다.

"축하드립니다."

나스가 "고맙네." 하고 대답한 후 이어 말했다.

"그래서 자네에게 일주일간 인수인계를 하고 떠날 예정일세."

"인수인계요?"

"방금 말하지 않았나? 승진 축하한다고. 제1부대 부대장이 된 걸 축하하네."

"네?"

시그리드는 눈을 동그랗게 떴다. 베라무드가 "축하해, 시리." 하고 웃으며 말했다. 시그리드는 "부대장이라니……." 하고 신음을 내뱉었다.

어쩨 요즘은 모든 일이 핑핑 돌아가는 것 같았다.

그녀가 베라무드를 노려보듯 바라보며 말했다.

"미리 말해 주셨으면 좋았을 텐데요."

"서프라이즈, 좋잖아?"

"안 좋습니다."

시그리드는 푹푹 한숨을 내쉬었다. 나스가 그녀에게 손짓했다.

"그러면 따라오게나."

"네."

정중히 대답하고 시그리드는 나스의 뒤를 따랐다. 부대장의 표식인 은색 핀을 받고, 자료들을 인수인계 받고, 주의점을 듣고, 정신없는 하루였다.

'아웬을 보러 가려고 했는데……'

오늘은 무리다.

'아냐, 그래도 가야지. 복귀하면 만나러 간다고 했으니까 기다리고 계실 텐데.'

시그리드는 서류 더미와 함께 책상에 엎드려 앓는 소리를 냈다. 그때 발자국 소리가 들렸다. 익숙한 발자국 소리라 시그리드는 꼼짝도 하지 않았다.

"시리, 자?"

"안 잡니다."

베라무드가 손을 뻗어 엎드린 그녀의 머리카락을 어루만졌다. 간질간질한 기분에 시그리드는 고개를 들었다.

"많이 피곤해? 좀 쉴래?"

"아뇨, 괜찮습니다."

시그리드가 고개를 흔들며 대답했다. 베라무드가 피식 웃고 손끝으로 그녀의 뺨의 윤곽을 따라 천천히 어루만졌다.

"간지러워요."

시그리드가 어깨를 움츠리며 킥킥 웃었다. 베라무드가 천천히 허리를 숙여 와 시그리드는 눈을 돌렸다가 질끈 감으며 고개를 들었다. 웃음 섞인 키스가 부드럽게 와 닿았다.

입술을 누르듯 가볍게 입을 맞추고 베라무드는 고개를 들었다. 시그리드는 여전히 눈을 꼭 감고 있었다. 바짝 긴장한 것이 눈에 보여 베라무드가 그녀의 목덜미를 부드럽게 어루만지며 말했다.

"긴장 풀어."

그 말에 시그리드가 슬며시 눈을 뜨며 말했다.

"노, 노력은 하고 있습니다."

"이렇게 긴장하면 이다음을 못 나가잖아?"

"……."

멍하니 입을 벌리고 그를 바라보던 시그리드의 얼굴이 곧 펑하고 붉게 물들었다.

'오, 알아듣는구나.'

베라무드가 의외라고 생각했다가 곧, 그녀의 종기사 시절을 떠올렸다. 그러자 단번에 불쾌감이 밀려들었다.

유치한 일이라고 생각하지만 그 자식이 그녀를 어디까지 손댔는지 알고 싶었다. 키스를 했을까? 잠자리도 가졌을까?

'아냐. 나도 처음은 아니고.'

베라무드는 그런 생각을 밀어내려고 애쓰며 다시금 그녀에게 키스했다. 아까보다 좀 더 부드럽게 시그리드는 키스를 받아들였다.

"시그리드는 내 건데 말야."

"왜 제가 베라무드의 것이죠?"

"그럼 아냐?!"

"전 제 겁니다."

시그리드가 당당하게 말했다. 베라무드가 하하 웃고 그녀의 뺨을 가볍게 잡아당겼다가 놓으며 말했다.

"하지만 내 애인이잖아."

"……그렇죠."

"어째서 목소리가 작아지는 거야?"

"부끄러우니까요."

"왜 그건 당당한 건데?"

어이없다는 듯 말한 베라무드가 으르렁거리며 다시 말했다.

"이번 무도회 에스코트는 당연히, 무조건 나야. 나. 다른 자식에게 줄 생각하지 마. 아르카나든 누구든. 절대."

안 그래도 아르카나가 신경 쓰이는 베라무드였다. 살롱이나 클럽에서는 둘이 연인 사이가 아니냐는 소문이 돌았다.

거기에 대고 베라무드가 '아닌데? 내가! 내가 시그리드 앙케르트나 연인인데!' 하고 소리 지를 수도 없었다. 이건 보여 주는 수밖에 없다.

"알겠어요."

시그리드가 고개를 끄덕였다.

"좋아."

베라무드가 만족스럽게 웃으며 그녀의 손등에 키스했다.

'역시 너무 익숙해.'

시그리드는 불만스러운 얼굴을 했다. 베라무드가 "왜?" 하고 물었고 그녀는 고개를 저었다.

"아무것도 아니에요."

"아무것도 아닌 게 아닌 것 같은데."

"아니에요."

단호하게 시그리드가 말해서 '그래, 일단은.' 하고 베라무드는 손을 뗐다. 그가 서류로 시선을 돌리며 말했다.

"일은 괜찮아? 할 만해?"

"죽겠어요. 솔직히 말하면 다른 사람에게 맡기고 싶습니다. 지금 백작령 일만으로도 정신이 없는데……."

"하하, 그렇지. 직접 내려가 보는 게 더 나을 거야. 어차피 저택 관리인도 두고 있으니까. 황실 소유지였잖아? 그래서 관리가 좀 소홀하기는 했지만, 그래도 믿을 만한 사람들이기는 할 거야."

"그러면 좋겠군요."

시그리드는 지푸라기라도 잡는 심정으로 중얼거렸다. 베라무드가 그런 그녀를 빤히 바라보았다.

"왜요?"

시그리드가 갸웃하며 묻자 그가 피식 웃으며 말했다.

"아니, 아무것도 아냐. 오늘은 그만 퇴근해. 삼 황자님 만나러 갈 거지?"

"네."

시그리드가 자리에서 일어났다. 마저 서류를 살펴보고 싶었지만, 그러면 너무 늦어지니까. 오늘은 여기까지 해야 할 것 같았다. 그녀가 자리에서 일어나자 베라무드는 가볍게 웃으며 그녀의 허리에 찬 검 손잡이를 손끝으로 건드렸다.

"내 건 이제 안 찰 줄 알았는데."

그녀의 허리에는 검이 두 자루 매달려 있었다. 황태자에게 받은 것과 베라무드에게 선물 받은 것, 두 개 다였다.

"베라무드에게 받은 것도 소중한걸요. 게다가 손에 더 익숙하고요. 제가 말했잖습니까? 평생 소중하게 간직하겠다고."

시그리드의 말에 베라무드는 입을 살짝 열었다. 하지만 소리는 나오지 않았다.

그냥 흘리는 말들.

사람들은 그런 말을 한다. 평생 간직할게, 소중히 할게, 사랑해, 네가 좋아. 오늘 정말 멋져 보인다. 달짝지근한 말들.

자신은 그런 말을 믿지 않을 정도로 자랐고, 또 그런 말을 요구할 정도로 낭만주의자는 아니라고 생각했다.

"시그리드."

"네."

"사랑해."

달콤한 목소리에 시그리드는 눈을 깜박였다. 베라무드가 그녀의 표정에 웃으며 노래하듯 이어 말했다.

"사랑해, 사랑해, 사랑해, 사랑해."

"그, 그만하세요."

시그리드가 그의 입을 막으려고 하며 말했다. 뺨이 화끈거린다.

"싫어?"

"부끄럽습니다!"

"하하."

베라무드가 그녀의 눈가에 키스했다.

"베라무드!"

그녀가 그를 밀어내는 듯했지만, 손에 힘은 없었다.

하지만 베라무드는 밀리는 척 그녀를 놓아주었다. 시그리드가 말했다.

"저 이제 갈 겁니다."

"알았어."

베라무드가 옷걸이에서 재킷을 내려 그녀에게 입혀 주었다.

"그럼 내일 보자."

"내일 봐요."

시그리드는 고개를 끄덕이고 재빠르게 업무실을 나왔다. 근위대실을 나선 그녀의 발걸음은 가벼웠다. 그녀는 아웬의 거처로 향했다.

평소와 달리 삼 황자의 거처는 조용했다. 그가 끈 떨어진 신세라는 걸 모르는 사람은 없었다. 섭정 황태자가 배다른 자신의 남동생을 좋아할 리가 없다. 나이도 어려서, 자신의 아이에게 라이벌이 되는 데다가, 아웬은 어쨌든 겉보기에는 선황의 총애를 받는 듯 보였다.

그러니 선황의 처우에 대해 불만을 품고 있는 자들은 아웬을 중심으로 모이려고 했고, 그렇지 않은 자들은 재빠르게 그에게서 멀어졌다.

그리고 손을 뻗는 자들을 세리오스가 사정없이 쳐 냈기 때문에 궁은 조용했다.

그녀가 도착하자 아웬이 달려 나왔다.

"시그리드!"

그가 푹 그녀에게 안겼다. 뒤이어 알케르토가 따라 나오며 웃었다.

"황자님, 분명 저보다 더 시그리드가 좋으신 거죠?"

"아냐, 둘 다 좋아해."

시그리드에게 안겨서 아웬은 변명처럼 말했다. 그리고 그가 고개를 들어 시그리드를 보며 말했다.

"시그리드가 내 후견인이라고 들었어."

"네, 그렇습니다."

"그럼, 그럼 나 여기서 나가면 안 돼?"

"네?"

"나 시그리드랑 같이 살고 싶어."

아웬이 작게 중얼거렸다. 시그리드는 눈을 깜박였고, 알케르토는 곤란한 얼굴을 했다. 그가 말했다.

"여기가 황자님의 집이잖습니까?"

"난 여기가 싫어."

아웬의 말에 시그리드는 어떻게 대답해야 할지 알 수 없었다. 이건 자신이 멋대로 결정할 수 있는 사안이 아니다.

게다가 콘월스 지방에 대해서는 자신도 잘 모른다. 모르는 곳에 삼 황자를 데리고 갈 수는 없었다.

"글쎄요. 저도 아직 백작 저택에 가 본 적이 없어서 말입니다. 좀 더 알아보도록 하죠."

시그리드는 갸웃하며 대답했고, 아웬은 순순히 고개를 끄덕였다. 예전의 떼쟁이 같은 모습은 찾아볼 수 없는 것이 안타깝기도 했다.

"몸은 괜찮으십니까?"

시그리드가 무릎을 굽혀 그와 눈높이를 맞추며 물었다. 아웬은 울 듯한 얼굴을 했다가 고개를 끄덕였다.

"응, 하지만, 여기가 아파."

아웬이 가슴 위에 손을 올렸다.

"가끔 숨을 못 쉬겠어. 여기가 너무 싫어. 시리."

훌쩍이며 아웬이 덧붙였다. 시그리드는 그의 앞머리를 쓸어 넘겼다.

"알겠습니다. 최대한 노력해 볼게요."

"응……."

작게 대답하고 아웬이 그녀를 꾹 안았다. 그리고 귓가에 속삭이듯 물었다.

"시리, 나 죽어?"

"아뇨. 황자님을 죽이시려면 먼저 절 죽여야 할 겁니다."

시그리드가 그를 꽉 한 번 마주 안고 답했다.

"응."

아웬이 대답하고 떨어지며 헤헤 웃었다. 시그리드가 말했다.

"오늘은 그럼 잠들 때까지 같이 있어 드리겠습니다."

"정말?"

"네."

아웬은 활짝 웃으며 그녀의 손을 잡았다. 오랜만에 같이 검 연습을 하고 녹초가 된 아웬은 저녁 식사를 끝내자마자 꾸벅꾸벅 졸기 시작했다. 자기 싫다고 하면서도 계속 고개가 툭툭 떨어져서 시그리드는 그를 침대로 밀어 넣었다.

그러고 나서 얼마 지나지 않아, 아웬은 잠들었다.

"황자님은?"

침실 문이 살짝 열리고 알케르토가 물었다. 시그리드가 웃으며 말했다.

"잠드셨어."

"저런, 동화책을 가져왔는데, 소용이 없네."

"동화책?"

"잠들기 전에 읽는 걸 좋아하시거든."

"아."

그렇구나, 하고 시그리드는 고개를 끄덕였다. 신기하다는 표정에 알케르토는 '부모님이 너 자기 전에—'라고 놀리려다가 그녀에게 부모님이 없다는 걸 깨닫고는 얼른 말을 삼켰다.

시그리드가 말했다.

"고마워, 알케르토."

"고맙기는. 그게 내 임무였는걸. 그리고 덕분에 다른 친위대원처럼 떨려 나가지도 않고 무사히 황실 기사단으로 복귀했으니까."

알케르토가 쓸쓸하게 미소 지었다.

"하지만 정말 너무 무력했어. 황자님의 눈앞에서 모후가 살해당하는데 내가 해 줄 수 있는 건 그의 눈을 가려 주는 것뿐이었으니까."

"그래도 곁에 알케르토가 있어서 다행이야."

그 말에 알케르토는 침묵하다가 입을 열었다.

"갑자기 우리를 다 알현실에 소집하더군. 그러더니 황후마마를 배신자라고, 하면서 칼로."

말하다 알케르토는 다시 한숨을 내쉬었다.

지금도 그 장면은 생생했다. 이러니저러니 해도 알케르토 역시 기사였고, 연약한 여성이 검에 맞아 죽는 걸 지켜봤다는 것이 걸렸다.

적어도 자신이 거기서 뭔가를 했다면, 그 앞을 가로막거나 말렸다면, 뭔가 바뀌지 않았을까?

조금이라도 빨리 낌새를 눈치챘다면, 굳어 있지 않았다면.

작게 그런 이야기를 알케르토는 시그리드에게 털어놓았다. 시그리드 외에 다른 사람에게는 할 수 없는 이야기였다. 시그리드는 고개를 저었다.

"네가 할 수 있는 일은 없었어. 아마 그랬다면 너도 같이 죽었겠지. 그리고 이기적이라고 해도 난 네가 죽지 않아서 기뻐. 알케르토."

알케르토가 그 말에 희미하게 웃었다.

"고마워."

"뭐가?"

"그렇게 말해 줘서."

알케르토의 말에 시그리드는 갸웃했다. 알케르토가 말을 돌렸다.

"그나저나 아웬 님의 후견인이라니. 괜찮은 거야?"

"응?"

"난 잘 모르지만 말야. 지금 황자님의 위치가 불안하다는 것 정도는 알아."

"그렇다고 해도, 황후마마께 난 이분을 지키겠다고 약속했어."

"네가 지키지 않는 약속은 하나도 없지."

"지키지 않을 거면 약속을 하면 안 되잖아?"

시그리드가 갸웃하며 묻자 알케르토는 웃었다. 그가 그녀에게 말했다.

"늦었으니까, 슬슬 가 봐. 요즘 아주 바쁘시던데? 앙케르트나 백작?"

그가 주먹으로 그녀의 어깨를 툭 치며 말하자 시그리드는 신음을 흘렸다.

"진짜 바빠. 진짜 괴로워."

"처음이니까 더 그렇겠지. 하여간 인기인과 친구라서 나도 좀 으쓱한걸."

알케르토의 말에 시그리드는 한숨을 내쉬었다. 그녀가 물었다.

"그러고 보니 황실 기사단은 어때? 괜찮아?"

"월급이 두 배야."

"오?"

"이대로 잘만 가면 새어머니 병도 완치할 수 있을 것 같고, 좀 더 좋은 곳으로 이사도 갈 수 있을 거야. 아, 대체 어떻게 한 건지는 모르겠지만 우리 집 애들에게 너 인기 좋더라. 나중에 한 번 와."

"괜찮아?"

시그리드가 조심스럽게 묻자 알케르토가 픽 웃음을 흘렸다.

"다른 사람 끌고 오지만 않으면 괜찮아."

"아, 응."

시그리드가 고개를 끄덕였다. 그녀의 얼굴을 보다가 알케르토는 장난스러운 생각이 들어서 툭 던지듯 물었다.

"그래서? 베라무드의 어디가 좋아?"

"어—"

그 말에 시그리드의 얼굴이 빨개졌다. 알케르토는 살짝 입술을 깨물었다. 안 그러면 웃음이 나올 것 같았다.

친구들 외의 사교계 명사, 인사들에게 시그리드는 모두 거절의 편지를 보냈다. 그들에게 시그리드의 이미지는 대하기 어려운, 차가운 여기사였다. 하지만 자신에게는? 그리고 친구들에게는?

"그, 그, 뭐랄까, 그냥—"

시그리드는 더듬더듬, 그래도 성실하게 답하려고 애쓰고 있었다. 알케르토는 그녀의 이런 모습을 본다면 사랑에 빠지지 않기가 어려울 거라고 생각했다.

"사람도 괜찮고, 날 예쁘다고 해 주거나— 뭐라고 해야 하나, 그냥 다 좋아."

"그렇구나. 그래서 행복해?"

그 말에 시그리드는 상상도 못 한 질문을 들었다는 듯 눈을 휘둥그레 뜨고 알케르토를 보았다가 웃었다.

"응."

"그렇다면 됐어."

알케르토가 고개를 끄덕였다. 그가 시그리드의 재킷을 휙 빼어 들며 말했다.

"퇴근하자."

"알케르토도?"

"저녁 호위는 이미 도착했어. 그렇다고 내가 24시간 근무를 할 수는 없잖아?"

"아, 미안. 나 때문에 남은 거야?"

"괜찮아."

시그리드가 재킷을 입게 도와주고 알케르토는 이어서 방문을 열었다. 시그리드는 마지막으로 아웬이 잘 자는지 확인하고 방을 나섰다.

나란히 밤길을 걸으며 이야기를 나누다가 문득 알케르토가 물었다.

"모리스는?"

"응?"

"모리스와는 요즘 어때?"

"어떠냐니……."

"그 녀석, 너 좋아하잖아?"

"알았어?!"

시그리드가 놀라 묻는 말에 알케트로가 어깨를 으쓱했다.

"모르는 쪽이 이상하지."

"그, 그런 거야?"

"그래. 하지만 시리 너는 베라무드와 계속 사귀고 있다고 하고. 그러면 답은 하나인데."

"그냥, 친구로 다시 돌아가기로 했어."

"그래. 그랬구만."

알케르토는 고개를 끄덕였다. 어렴풋이 알고는 있었지만 확실하게 확인을 받으니 기분이 이상했다. 이미 시그리드가 베라무드와 사귄다고 한 상태에서 모리스에게 "너 차였냐?" 하고 묻기도 묘했던 것이다.

"사실 잘 모르겠어. 왜 날 좋아할까?"

시그리드는 진심으로 진지하게 물었다. 그 말에 알케르토는 엑? 하고 시그리드를 보았다. 그녀가 당혹스러운 듯 말했다.

"그게 난 여성스럽지도 않고, 검밖에 모르고, 그렇다고 다정하거나 가정적이지도 않은걸."

도저히 '인기 많은 여성상'이라고 자신을 칭할 수 없다는 건 시그리드도 잘 알고 있었다. 예전에도 마찬가지였다.

자신을 좋아한다고 말해 준 사람은 단 한 사람도 없었다.

그게 당연했고 말이다.

그런데 이제는 자신을 좋아한다고 말해 준 사람이 둘이나 된다. 그것도 둘 다 괜찮은 남자다. 모리스야 다정해서 그럴 수 있다고(?) 생각하지만 베라무드는?

영 이상했다.

차라리 그가 장난으로 사귀는 거라고 했던, 그 거짓말 쪽이 더 설득력 있어 보였다.

"게다가 난 베라무드를 때리기까지 했단 말야. 검도 휘두르고."

시그리드의 말에 알케르토는 "응, 응" 하고 이야기를 듣고는 말했다.

"그 점이 좋은 거지."

"그 점이?!"

"그래. 그리고 시리 미인이야. 그런 은발에, 그런 눈동자는 보기 드물지."

알케르토가 싱긋 웃으며 이어 말했다.

"팔다리도 길고 늘씬하고 나긋나긋하지. 완만한 굴곡을 그리고, 허리는 쏙 들어가서 가늘고, 피부는 보기에도 매끄러워 보이고."

"알케르토……."

시그리드가 중얼거렸다.

"바람둥이 같아."

그런 말로 몇이나 꼬셔 온 거야?

그 말에 알케르토는 웃음을 터트렸다.

"하여간, 내 말은 진짜라는 거야. 그리고 네 외모만이 아니라, 시그리드. 넌 매력 있어. 네 그 성격도, 내면도. 자신감을 가져도 돼."

그의 장담에 시그리드는 '그런가?' 하고 고개를 갸웃했다. 어딘지 쑥스럽기도 했다. 베라무드가 그렇게 말하면 부끄러워서 죽을 것 같은데, 알케르토가 말하자 슬그머니 자신감 비슷한 것이 생기려고 한다.

알케르토는 괜찮다는 시그리드를 저택 앞까지 바래다주고 돌아갔다. 돌아가며 알케르토는 주류 상점에 들러 술을 사야겠다고 생각했다.

'그리고 모리스를 찾아가야지.'

가장 독한 거로 사야겠다고 덧붙이며 말이다.

*　　*　　*

제비꽃 의상실은 기합이 잔뜩 들어갔다.

이만큼이나 유명한, 사교계 인사의 옷을 맡아 본 적은 없었다. 사교계야 물론 신분에 따라 주역이 되지만 이번만은 좀 다르다.

시그리드 앙케르트나, 콘월스의 백작.

그녀의 무도회 의상을 맡게 되어 수십 개의 의상 스케치와 디자인을 보내고, 그것은 컨펌—마리쉐즈의—을 거쳐서 만들기에 돌입, 손이 많이 가는 의상을 간신히 완성해 내었다.

염색 단계에서부터 직접 만든 완성작은 그동안 바늘에 찔린 모든 것을 보상해 줄 정도로 멋졌다.

완성작을 본 시그리드는 멍하니 중얼거렸다.

"이거 입고 내려다보면 배꼽이 보이는 거 아냐?"

"시리!"

마리쉐즈가 탁 부채로 그녀의 팔을 쳤다. 시그리드는 푹 파인 옷의 가슴 부분을 바라보고 말했다.

"괜찮은 건가."

"괜찮아! 이 정도는! 게다가 시그리드의 가슴은 만천하에 자랑해도 된다고!"

별로 자랑하고 싶지 않은걸…….

시그리드는 그렇게 생각했지만, 얌전히 있었다. 검에 있어 마리쉐즈가 자신을 이길 수 없듯, 패션에서 자신은 마리쉐즈는 이길 수 없다.

"오러 코어. 지금은 어느 정도야?"

"음, 손가락 두 마디 정도?"

"좋아. 이 정도 파였으면 코어도 보이겠지."

"그게 목적이야?!"

"아, 가슴을 올리면 안 보이려나……. 그래도 언뜻 보이겠지? 그러면 충분해."

마리쉐즈가 고개를 끄덕였다.

"국장이 끝난 후 첫 무도회야. 다들 기합이 들어갔을 테니, 우리도 힘내야지."

그녀가 주먹을 불끈 쥐며 말했다.

"그러니까 일단 입어 봐."

"어?"

"그날 화장이랑 장신구랑 결정하려면 시간 너무 걸린단 말야. 오늘 입고 미리미리 결정해 두는 게 좋을 것 같아서 부른 거야."

마리쉐즈가 싱긋 웃었다. 시그리드는 그 웃음에 소름이 돋았다.

죽음의 공포 앞에서도 이렇게 두려웠던 적은 없었다.

"으응……."

간신히 대답한 시그리드는 숨을 크게 들이마셨다.

'살아남자, 시그리드 앙케르트나!'

약 3시간 후,

시그리드는 의자에 힘없이—마리쉐즈의 말에 따르면 품위 없이— 주저앉아서 생각했다.

'살아남았다.'

눈꺼풀에 경련이 일어날 것 같았다. 마리쉐즈는 만족스러운 얼굴로 쌩쌩하게 서 있었다. 자신의 체력이 더 좋을 텐데, 어째서 마리쉐즈가 더 생기발랄한 걸까.

"좋아, 대충 결정된 것 같다. 좀 더 세세한 건 생각해 봐야겠지만."

"여기서 더?"

저도 모르게 시그리드가 내뱉었다. 그녀의 질린 얼굴에 마리쉐즈는 깔깔 웃었다.

"걱정하지 마, 널 괴롭히지는 않을 테니까. 하지만 시그리드, 당일이 되면 나에게 감사하게 될걸?"

"이미 감사하고 있어."

괴롭긴 했지만, 그렇다고 즐거움이 전혀 없다는 건 아니다.

예쁜 자신을 보는 건, 나름의 즐거움이 있으니까. 그 과정이 좀 괴로워서 그렇지. 시그리드가 자리에서 일어나자 마리쉐즈가 말했다.

"차 한잔하자."

"아, 고맙지만 가 봐야 할 곳이 있어서."

"뭐야? 어딘데?"

"전하께 여쭐 것이 있어서."

"아."

그럼 어쩔 수 없네, 하고 마리쉐즈는 깨끗하게 물러났다.

평소에는 근위대 부단장 일로 바빴기 때문에, 비번인 오늘 몰린 일을 한 번에 처리할 계획이었다.

아침 시간을 몽땅 마리쉐즈와 보냈으니, 얼른 황태자를 만나러 가야 했다.

황태자는 일을 처리하기 위해 중앙궁으로 거처를 옮겼다.

그래서 황태자궁이 아닌, 중앙궁으로 가서 시그리드는 알현을 청했다. 보통이라면 긴 대기 줄이 있겠지만, 그녀의 알현 신청은 곧 받아들여졌다.

"앙케르트나 백작."

세리오스가 싱긋 웃으며 자리에서 일어났다.

"전하."

시그리드가 인사하자 그가 물었다.

"뭔가 내가 도와줄 일이라도 있나?"

"삼 황자님에 대한 이야기입니다."

그 말에 세리오스는 의자에 도로 앉아 깊게 기대며 깍지를 꼈다.

"아웬에 대해서? 무슨 일이 있는 건가?"

"허락하신다면, 삼 황자님을 제 거처로 모시고 가고 싶습니다."

"네 저택으로?"

시그리드는 자신의 저택을 떠올렸다가 고개를 저었다. 방 여덟 개짜리 저택에 황자를 모시고 갈 수는 없다.

"콘윌스 영지로 내려갈 때 말입니다."

"이유는?"

"궁에서 그분은 너무 많은 일을 겪으셨고, 편히 쉬지도 못하십니다. 빠른 시일 내에 제가 영지를 안정시키는 대로, 함께하고 싶습니다."

그 말에 세리오스는 생각에 잠겼다.

확실히, 아웬을 궁에 두는 쪽이 더 위험할지도 모른다. 이러니저러니 해도 수도는 권력의 중심이고, 황궁은 그 핵심이나 마찬가지.

세리오스는 슬쩍 그녀를 보았다.

황자의 후견인이라고 해도 그를 데리고 있는 건 쉬운 일이 아닐 테지. 짐을 얹어 주는 기분이었다.

"알았네. 그대가 알아서 하게. 만약에 영지로 황자를 데리고 간다면, 그에 맞는 양육비를 다달이 지급할 걸세."

돈으로 슬그머니 마음을 가볍게 하는 세리오스였다. 시그리드는 고개를 숙이며 말했다.

"관대한 처사, 감사드립니다. 전하."

"아니, 나에게도 나쁜 제안은 아니니까."

대답하고 세리오스가 물었다.

"그래서, 영지 일은 어떤가? 잘되고 있나?"

"최선을 다하고 있습니다."

시그리드는 힘주어 대답했고 세리오스는 피식 웃었다.

"황실에서 관리하던 영지라서 꼼꼼하게 손이 닿은 것은 아니지만……."

깍지 낀 손가락을 가볍게 까닥거리며 생각하던 세리오스가 말했다.

"내가 추천할 만한 사람이 몇 있네만?"

"감사히 받겠습니다."

이게 웬 빵이야! 하고 시그리드는 덥석 세리오스의 제안을 물었다. 세리오스가 피식 웃었다.

"내가 나중에 인사 서류를 보내도록 하겠네. 직접 만나보는 것도 좋겠지."

"황공하옵니다."

시그리드가 공손하게 대답했다. 세리오스가 물었다.

"그걸로 끝인가?"

"네."

"그렇군. 그럼 이제 내가 질문 하나 해도 될까?"

그 말에 시그리드는 의아해졌으나 즉시 답했다.

"하문하십시오."

"모리스 데포레스트에 대해서 어떻게 생각하나?"

"네?"

"모르나? 데포레스트 가문의 둘째 말일세. 자네와 가까운 사이라고 들었는데?"

"그, 네, 모리스는 좋은 친구입니다."

그 말에 세리오스가 픽 웃었다.

"아니, 내 질문이 구체적이지 않았군. 그에게 황실 기사단 부단장을 맡길까 하는데, 적합한 사람인가?"

시그리드는 고민하지 않고 대답했다.

"적합합니다."

"이유는?"

"모리스는 사려 깊고, 공평하고, 정직합니다."

그 말에 세리오스가 "과연." 하고 고개를 끄덕였다. 그런 미덕을 갖춘 사람은 드물다.

"알겠네."

세리오스는 고개를 끄덕였다. 그를 어떻게 하겠다는 가타부타 말은 없었지만, 시그리드는 이 이상은 자신의 영역이 아니라는 걸 알았다. 뒤로 물러서는데 "참." 하고 세리오스가 고개를 들었다.

"온 김에 에리얼도 보고 가게. 요즘 심심한 모양이야."

신하에게 친근하게 구는 것은 그야말로 총애의 표시였지만, 시그리드는 그저 담담하게 대답했다.

"알겠습니다."

그 태도에 세리오스는 만족스럽게 고개를 끄덕였다. 시그리드는 인사를 하고 집무실을 빠져나왔다.

황태자비는 여전히 황태자비궁인 달빛궁에 머물고 있었다.

시그리드의 도착을 알리니 에리얼이 기쁘게 그녀를 맞이했다.

"어서 와."

"그간 강녕하셨습니까?"

"그야 당연하지."

에리얼이 자리를 권했다. 시그리드가 자리에 앉자 에리얼이 물었다.

"그대도 이번 무도회에 나오겠지?"

"네, 비전하."

"물론 드레스를 입고?"

"그렇습니다."

"다행이군. 혹시라도 그대로 바지 차림으로 나오는 게 아닌가 걱정했다네."

"아닙니다. 친구의 도움으로 드레스를 마련했습니다."

"잉글렛 백작 영애?"

"네. 어떻게 아셨습니까?"

놀란 시그리드가 묻자 에리얼이 후후 웃으며 긴 카우치 팔걸이에 몸을 기대듯 하고 말했다.

"자네 친구 중에서도 가장 사교계에서 유명한 아가씨 아닌가? 만나 보니 사랑스러운 아가씨더군."

"네, 마리쉐즈는 귀엽지요."

시그리드가 고개를 끄덕이며 힘주어 말했다. 에리얼이 그 말에 쿡쿡 웃었다. 이 사교계에서는 당사자가 없는 곳에서, 자신보다 높은 신분의 사람에게 타인의 외모를 칭찬하는 것은 극히 드문 일이다. 신분 높은 사람과 가까워지고 싶은 건 자신이니 말이다. 게다가 마리쉐즈처럼 눈에 띄는 사람에 대한 이야기라면 더더욱 그러했다. 귀족 여성이라면 누구든 다른 사람을 밀어내고 사교계의 여왕이 되고 싶지 않겠는가?

시그리드를 제외하면 말이다.

에리얼이 싱긋 웃으며 권유했다.

"날씨도 좋으니, 언제 한번 공원에서 승마나 함께하지."

시그리드는 고개를 끄덕이다가 묘한 얼굴을 했다. 에리얼이 갸웃하며 물었다.

"왜? 무슨 일이 있나?"

"아뇨. 옆 안장을 아직 못 타서, 연습해야겠다고 생각했습니다."

그 말에 에리얼이 눈을 동그랗게 떴다.

"그럼 그대는 드레스를 입고 승마해 본 적이 없는 건가?"

"네? 아뇨, 그건 아니지만……."

"그럼 그때 드레스를 입고 앞 안장으로?"

"아뇨, 같이 탄 사람이 잡아 줬습니다."

"같이 탄 사람?"

"베라무드 루나틸 경이요……."

"아—"

알 만하다는 어조로 에리얼이 고개를 끄덕이며 소리를 냈다.

시그리드는 왜인지 부끄러워지는 걸 느꼈다. 에리얼은 그녀의 사생활에 대해서는 거리를 지키기로 하고 다른 것을 물었다.

"아웬은 어떤가? 가엾은 것……."

에리얼은 한숨을 내쉬었다.

"전하께 허가를 받아, 가능하면 콘월스 지방이 안정되는 대로, 함께 내려갈까 합니다."

"콘월스로?"

"네."

"그런가. 그래, 이곳을 떠나는 게 그 애에게는 더 좋을지도 모르겠어."

에리얼은 고개를 흔들었다. 자신이 살갑게 챙기려고 해도, 아웬은 그저 딱딱하게 고개만 끄덕일 뿐이었다.

"그대가 있어서 다행이야."

에리얼의 말에 시그리드는 고개를 숙였다.

"황후마마를 지킬 수 있었다면 더 좋았을 겁니다."

"그렇게 일이 될 거라고는 아무도 생각 못 했네. 그대 탓이 아니야. 그대도 독으로 고생하지 않았는가?"

"그렇습니다만."

그렇다 해도 뭔가 자신이 할 수 있지 않았을까? 하는 생각이 자꾸 들었다.

"다만은 없네. '다만'은. 그대가 할 수 있는 일은 없었어."

에리얼은 단호하게 말했고 시그리드는 그 말에 힘없이 동조했다.

"그보다 지금 자네가 사는 저택 말일세. 2구역에 있는 중산층 저택이라지?"

"네, 그렇습니다."

"그렇군."

에리얼은 잠시 생각하는 듯했다가 이어 물었다.

"콘윌스는 어떤가?"

"아직 알아 가는 중입니다."

"그래, 자네에게 거는 기대가 크다네."

에리얼이 우아하게 미소 지으며 말했다.

"황궁에서 여는 무도회에 참석하는 건 처음이라지?"

"네, 그렇습니다."

"그래. 내가 그대에게 맨 처음 말을 걸겠네."

시그리드는 의아했으나 고개를 숙였다.

"황공합니다."

에리얼은 시그리드가 자신의 말을 알아듣지 못한 거라는 걸 깨달았다. 유쾌한 웃음이 흘러나왔다. 현재 황후가 없으니, 황태자비인 자신이 사교계의 정점이다.

그런 그녀가 무도회에 도착하자마자 맨 처음 말을 거는 여성은 당연히 황태자비의 총애를 받는 사람이라는 말이었다. 그리고 그것은 권력이 전부인 귀족 사회에서 엄청난 힘을 가진다.

"그래. 내가 그래서 자네를 좋아하지."

"황공합니다."

다시 의문이 들었으나 시그리드는 착실하게 대답했다. 에리얼은 몇 가지 질문을 더 던졌다. 시그리드는 자신의 의견도 이야기하며 이야기를 이끌어 나갔다. 에리얼은 다른 의미로 대화하기가 편한 상대였다.

돌려 말하지도 않고, 정확하게 원하는 것을 묻는다. 신분이 높아 명령조로 이야기하는 것도 시그리드는 받아들이기가 수월했다. 그리고 이야기의 끝은 어째서인지 에리얼이 시그리드에게 옆 안장을 하사하는 것으로 마무리되었다.

*　　*　　*

우르르.

시그리드는 자신의 책상 앞에 서류가 후두둑 떨어지는 것을 보고 고개를 들었다.

"뭡니까?"

베라무드가 대답했다.

"예산 재편성, 부대 재편성, 전에 말했던 일정 조정 등등."

"끝내신 겁니까?"

"그래."

"빠르네요."

"그럼 이제 여유가 있는 거지?"

"네?"

"나랑 놀 여유."

시그리드는 자신이 작성하고 있던 서류를 내려다보았다.

"아직 제 일이 조금—"

"대련하자."

"—!"

흔들, 마음이 흔들렸다. 그러고 보니 요즘 제대로 된 대련을 통 하지 못했다. 아니 개인 훈련할 시간도 부족했다. 베라무드가 그녀의 책상 앞에 앉아, 책상에 팔을 걸치고 그 위에 턱을 괸 후 말했다.

"하자, 대련? 응? 시그리드 좋아하잖아. 새로 받은 검도 아직 안 써 봤지? 응? 응?"

그의 말에 시그리드는 초조하게 서류를 보았다가 눈을 질끈 감고 펜을 내려놨다.

"좋습니다."

"와—"

베라무드는 자리에서 일어나며 웃었다. 그가 책상을 돌아서 다가와 손을 뻗어 시그리드를 일으켜 세웠다. 휙 잡아당기자 시그리드는 저도 모르게 그의 품에 얼굴을 박았다. 그 기회에 얼른 그는 그녀를 한 번 꼭 끌어안았다가 놓아주었다.

"가자."

항의할 틈도 없이 벌어진 일이라 시그리드는 기가 찼지만, 나쁘지는 않았다. 베라무드가 손을 내밀어 시그리드는 망설이다가 그 손을 잡았다.

손을 잡고 근위대실을 나서자 몇몇 시선들이 와 닿는 것이 느껴졌다. 시그리드는 손을 빼야 하나 싶었다. 하지만 베라무드의 손에는 힘이 단단히 들어가 있었고 그녀는 단념했다.

연무장까지 내려와서야 베라무드는 손을 놓아주었다.

비어 있는 공간에 둘이 나란히 서자, 사람들은 검을 내려놓고 이쪽으로 시선을 돌렸다.

마스터 둘의 대련이다.

이걸 놓칠 바보는 아무도 없었다.

시그리드와 베라무드는 검을 빼 들었다. 베라무드가 물었다.

"그대로 두 자루 다 차고 있을 거야? 움직일 때 불편하지 않을까?"

"차고 다니는 이상, 감수해야 할 일이죠."

시그리드가 어깨를 으쓱했다.

"좋아, 그러면."

베라무드가 슥 왼발을 뒤로 뺐다. 시그리드는 긴장하며 검을 곧추세웠다. 워낙 합을 맞춘 둘이라 딱히 시작 신호도 필요 없었다. 시그리드가 검 끝을 살짝 흔든 그 순간, 대련은 시작되었다.

오른 대각선으로 발을 넣으며 베라무드는 검을 수평으로 휘둘렀다. 시그리드는 그것을 받아넘기고 아래에서 위로 검을 휘둘렀다.

이 동작이 거의 1초 만에 이루어졌다. 그야말로 재빠른 공방이었다.

키―키키킥―!

요란한 소리를 내며 검날끼리 서로 부딪쳐 불꽃이 일어났다.

캉―!

검이 서로 부딪쳐 튕겼다가,

키잉─!

날을 서로 미끄러트리며 다시 엉킨다. 다음 순간, 베라무드의 검이 검은색 오러에 휩싸였다. 시그리드는 몸을 한 바퀴 돌려 찔러 오는 검을 피하고 그대로 왼발로 자신의 검집을 걷어찼다.

"─!"

"어?"

"와─!"

주변에서 함성이 튀어나왔다. 시그리드가 걷어찬 검집에서 검이 마치 화살처럼 퉁겨 나갔다. 베라무드는 그걸 비켜서며 피했고 그 틈을 타서 시그리드는 베라무드를 공격했다. 베라무드는 아슬아슬하게 검날의 가장 아래쪽으로 그녀의 공격을 막아 내고 손을 뻗어 시그리드의 눈을 가렸다. 본능적으로 시그리드는 뒤로 물러섰고, 베라무드는 그녀의 다리를 손쉽게 걸어 넘어트렸다.

"이겼네."

베라무드가 검날을 목에 가져다 대며 하는 말에 시그리드는 "졌습니다." 하고 하아, 한숨을 내쉬었다.

"나름대로 회심의 일격이었는데요."

억울한 투에 베라무드는 고개를 끄덕였다.

"나도 놀랐어. 하지만 동작 사이에 틈이 있으니까."

"아, 그렇죠."

걷어차는 동작에서 검이 퉁겨져 나가는 데 약간의 틈이 있다.

베라무드가 손을 내밀어 그녀를 일으켜 세우며 말했다.

"하지만 보통은 대응 못 할 거야."

나 정도 되니까 대응한 거지.

히죽 웃으며 베라무드가 덧붙였다.

"그렇겠죠."

푹 시그리드가 한숨을 내쉬었다.

"저, 앙케르트나 경."

주변에서 지켜보던 기사 중 한 명이 시그리드가 아까 발사한 (?) 검을 집어 들고 있다가 그녀의 이름을 불렀다.

"네, 아, 고맙습니다."

"아닙니다."

정중하게 검을 건네던 기사가 그녀를 보고 살짝 얼굴을 붉혔다.

"저는 에디 완드로라고 합니다."

"시그리드 앙케르트나입니다."

자기소개 하는 애송이를 베라무드는 비딱하게 서서 지켜보았다.

"언제 시간이 되시면 저와 함께—"

"시간 없어."

베라무드가 툭 자르고 들어왔다. 에디는 흠칫했지만, 그래도 용감하게 베라무드를 바라보며 말했다.

"당신에게 물은 적은 없습니다만."

"아, 그러셔?"

베라무드가 한 걸음 앞으로 나섰다. 에디를 내려다보며 베라무드가 말했다.

"그렇다면 실례를 무릅쓰고 다시 알아먹게 이야기하지. 바드로 군."

"완드로입니다."

"내일도, 모레도, 앞으로도 영원히 너와 내 시리는 만날 시간이 없을 거야. 알아먹었어? 바드로 군?"

그 말에 에디가 울컥하며 그를 바라보았지만, 베라무드가 살기를 담아 바라보자, 불쌍한 젊은 청년은 천천히 고개를 숙였다.

"실례했습니다."

에디가 꾸벅 시그리드에게 인사를 하고 사라지자 베라무드는 코웃음을 쳤다. 그 사태를 지켜보던 시그리드가 당황해 말했다.

"왜 그렇게 못되게 구는 거예요?"

"널 넘보잖아?"

그 말에 시그리드가 눈을 굴리며 말했다.

"절 넘볼 사람은 아무도 없습니다."

그 말에 베라무드는 격렬한 갈등에 휩싸였다.

1. 이대로 그녀를 노리는 남자들이 많다는 것을 숨기고, 자신만 바라보게 한다.

2. 인기 좋다는 걸 주지시킨 후에, 철벽을 치라고 당부한다.

어느 쪽을 고르지!

그가 마음속으로 그야말로 치열한 전투를 치르는 동안 시그리드는 작게 숨을 내쉬며 조끼를 벗었다. 대련 한 번 했다고 땀이 흐른다.

'날이 따뜻해지기는 따뜻해졌어.'

그녀는 셔츠 단추도 서너 개 풀었다.

시그리드가 쿡 베라무드를 찌르며 말했다.

"다시 가죠."

"어, 그랫?!"

말꼬리가 이상하게 올라가 버렸다. 시그리드가 놀라 "베라무드?" 하고 묻자 그가 허둥지둥 그녀의 단추를 잠그기 시작했다. 시그리드가 그의 손을 밀어냈다.

"뭐 하시는 겁니까?"

"너야말로 뭐 하는 건데?"

"더워서 답답하니까 푸는 거죠."

"조끼는 어쩌고?"

"더워서 저기 벗어 뒀습니다."

"입어."

"싫은데요."

"시리!"

"왜 그러시는 겁니까? 예전에도 셔츠 입고 잘 대련했다고요? 이쪽이 움직이기가 더 편합니다."

시그리드는 도대체 왜 베라무드가 이렇게 호들갑을 떠는지 이해할 수가 없었다. 셔츠 단추를 풀기는 했지만, 예의에 벗어날 정도는 아니고, 대련 중이니 그렇게 정식 예절을 따를 이유도 없다.

"내가 싫어."

베라무드가 낮게 말했다. 시그리드는 '이 사람이 지금 무슨 소리를 하는 거야?' 하는 얼굴로 베라무드를 바라보았다. 베라무드가 속삭였다.

"시리의 속살을 다른 놈이 엿보게 하고 싶지 않다고."

"무슨─?!"

시그리드는 펄쩍 뛰었다. 그녀가 저도 모르게 셔츠 앞섶을 쥐고 으르렁거렸다.

"무슨 헛소리를 하시는 겁니까. 저기서는 보이지도 않는다고요!"

"모르는 거잖아."

"베라무드 루나틸!"

시그리드는 앞섶을 꽉 쥐었다가 놓았다. 그리고 말했다.

"전 제 뜻대로 할 겁니다. 그 말도 안 되는 이론에 안 넘어가요."

그러며 그녀가 다시 단추를 풀었다. 두 개까지 풀고 시그리드가 힐끗 베라무드를 본 후 말했다.

"대신 두 개로 타협하죠."

베라무드는 신음을 내뱉었다가 고개를 끄덕였다.

"좋아요. 그럼 이제 쓸데없는 말은 그만하고 대련해요."

"쓸데없다니……."

베라무드는 어깨를 축 늘어트렸다.

본래 베라무드는 여성들이 시원시원하게 드러내는 것을 좋아했다. 여성성을 물씬 발산하는 것도 좋았고, 매끄러운 흰 피부를 보는 것도 좋았다.

그러니까 지금 하는 이런 짓이 마치 환갑을 넘은 사람들이나 할 꼰대질이라는 걸 알지만, 그래도 싫었다.

"계속 하실 겁니까? 아닙니까?"

시그리드의 물음에 베라무드는 "계속하자." 하고 대답은 했지만 탐탁잖은 대답이었다. 그래도 대련에는 충실해서 두 사람은 두세 번 더 검을 나눴다.

그러는 내내 베라무드가 시무룩한 얼굴이라 시그리드는 속된 말로 '빡친다.'라는 게 뭔지 이해가 갔다. 저렇게 설렁설렁하게, 난 별로 기운이 없는데ㅡ 하면서도 대련에서 내내 이겨 버리니 당연히 열 받지 않겠는가?

물론 그가 자신을 전혀 봐주지 않는 건 좋다. 그리고 표정은 '시무룩'일지라도 대련에는 성실하게 임했다는 걸 안다.

그래도 기분이 좋지 않은 시그리드였다.

'아, 맞다. 내가 이 사람의 이런 점을 안 좋아했었지.'

새삼 깨닫고 시그리드는 베라무드를 바라보았다. 그녀의 시선에 그가 갸웃했다. 그 갸웃하는 것이 귀여워서 그녀는 웃어 버렸다.

"시리?"

"아뇨. 제가 베라무드의 어떤 점을 안 좋아했는지 깨달았습니다."

"어ㅡ 그게 웃을 일인가?"

"그게 아니라. 그래도 당신이 좋다고 지금 생각했거든요."

마음에 들지 않는 점도 포함해서 말이죠.

어깨를 으쓱했다가 시그리드는 눈을 동그랗게 떴다.

"와, 베라무드. 지금 얼굴 빨개진 거예요?"

"잠깐, 보지 마."

"아뇨, 진짜로요? 거짓말―!"

"시리!"

"보여 줘요! 네?"

시그리드가 웃으며 그의 팔을 잡아당겼지만, 베라무드는 얼굴을 가리고 돌아섰다. 둘은 한참 공방을 하다가 결국 베라무드가 그녀를 어깨에 둘러업는 것으로 마무리되었다. 시그리드는 발버둥을 쳤지만, 베라무드는 흔들리지도 않았다.

"베라무드!"

이제 반대 상황이 되어 시그리드는 당황해서 베라무드의 등을 두들겼다. 시그리드가 진지하게 오러를 사용해서 베라무드를 공격해야 하나 할 때쯤, 베라무드가 시그리드를 내려주었다. 인적이 없는 장소였다.

"무슨 짓이에요?"

시그리드가 씩씩거리며 말하자 베라무드가 주변을 슬쩍 돌아보며 말했다.

"장소를 이동하는 짓?"

"다른 사람들 앞에서 절 짐짝처럼 둘러업고 말입니까?"

"이렇게 예쁜 짐이 어디 있어?"

"베라무드!"

"얼굴 보여 달라며. 그래서 얼굴을 보여 줄 한적한 곳으로 온 거지."

그 말에 시그리드는 기가 찼다. 베라무드가 허리를 숙이며 말했다.

"이제 실컷 봐도 좋은데."

싱글싱글 웃는 그의 얼굴을 보고, 시그리드는 양손을 뻗어 그의 뺨을 감쌌다. 베라무드가 살짝 더 상체를 숙이자 시그리드는 사정없이 양 뺨을 주욱 잡아당겼다가 놓아주었다.

"시리―!"

아프잖아? 하고 베라무드는 양 뺨을 문질렀다. 흥, 하고 시그리드가 말했다.

"다른 사람 앞에서 절 망신 주신 벌입니다."

"망신 안 줬어."

"모두 앞에서 절 그렇게 운반하신 게 망신이 아니라면, 저도 다음에 베라무드를 그렇게 운반하겠습니다."

시그리드의 말에 베라무드는 고개를 숙였다.

"잘못했습니다."

"좋아요."

"하지만 다들 시리를 노리니까……."

"네에?"

도대체 무슨 소리를 하는 거예요? 하는 어투였다. 베라무드가 투덜거렸다.

"시리는 내 연인인데, 내 애인인데, 자꾸 다른 놈들이 넘보잖아."

"안 넘봅니다."

"넘봐."

단호하게 말하고 베라무드가 팔짱을 꼈다. 시그리드는 가볍게 한숨을 내쉬었다. 뭐라고 해야 하나, 베라무드가 자신을 높이 사는 건 좋다. 좋지만—

"하여간 이런 식은 아닙니다."

시그리드가 단호하게 말했고 베라무드는 그녀를 보다가 한숨을 내쉬었다.

"알았어."

시그리드가 고개를 끄덕이며 말했다.

"그럼 이제 돌아갈까요?"

"응, 그 전에—"

베라무드가 그녀의 어깨를 잡고 돌려 가볍게 키스했다.

"이제 가자."

'아, 진짜, 이 사람, 정말.'

시그리드는 그렇게 생각했지만 싱글싱글한 그의 얼굴을 보자 탁 맥이 풀렸다.

"네, 가요."

그녀는 피식 웃으며 그가 내민 손을 잡았다.

*　　*　　*

아르카나는 시그리드가 들어오는 것을 보고 창밖을 보았다가 다시 그녀를 보았다.

"해가 다 안 떨어졌는데? 일찍 들어오는 건 오랜만이네."

"오늘은 일이 일찍 끝나서. 아르카나 얼굴 보니까 좋다. 얼음 탑은 어때?"

"나올 수 있는 마법사들은 나오되, 여러 제약을 두자. 그런 방안이 나오고 있나 봐. 몸을 지키는 경우만 빼면, 공격 마법은 쓰지 않는다든가."

"그렇구나. 그 협력자에 대해서는?"

"아돌프? 그건 그냥 제국법에 맡기겠다고 결론이 나왔어. 어쨌든, 우리로서는 같은 마법사니까 말이야. 탑으로 데려가서 죽일 수도 없고, 평생 가둘 수도 없고……. 그가 제국에서 일을 저질렀으니 제국의 심판을 받게 하는 게 옳지."

"그랬구나, 고생했어."

"별말씀을. 그보다 황궁에서 서류가 잔뜩 왔던데?"

"아—"

황태자 전하가 보내신 거구나.

시그리드는 고개를 끄덕였다.

"콘월스령에 데려갈 만한 인재를 추천받았거든."

"그랬구나. 언제 한 번 내려가 봐야 하지 않아? 어쨌든 수도에서 사람을 전부 구할 수는 없잖아? 기존에 있던 사람도 살펴봐야 하고."

"그렇지."

"도와줄까?"

아르카나의 말에 시그리드가 휙 고개를 돌리며 말했다.

"그렇게 해 준다면 진짜 진짜 정말로 고맙겠지만, 어떻게?"

"면접이나 그런 것들 스케줄을 내가 잡으면 되지. 일정 관리를 해 주는 거야."

시그리드가 신음과 함께 말했다.

"아르카나, 네가 내 은인이야."

"천만의 말씀."

아르카나가 씩 웃었다. 부엌에서 세리아가 종종걸음으로 나오며 말했다.

"일찍 오셨네요? 식사하시겠어요?"

"응, 부탁할게. 아, 맞다. 그러고 보니 영지로 갈 때, 황자님과 같이 가게 될 것 같아."

"황자님이요?!"

"황자? 설마 이 황자는 아니겠지."

"아니, 삼 황자 말이야. 내가 호위 맡았었잖아."

"아— 그 황후마마가 돌아가신 분 말이죠? 가엾으세요."

세리아가 고개를 흔들었다. 아르카나가 물었다.

"쫓겨나는 거야?"

"아니, 본인 희망이야."

"그렇다면 꽤 영리한 황자네. 시그리드, 너라면 확실한 보증인이지."

"그런 걸 생각할 정신인지도 모르겠어."

시그리드의 말에 아르카나가 피식 웃었다.

"글쎄? 그런 상황이니까 더더욱 그런 생각을 하지 않을까?"

"그런가……?"

"나야 뭐, 황족들의 머릿속은 이해할 수 없으니까."

싱긋 웃으며 아르카나가 말했다. 시그리드는 한숨을 내쉬고 말했다.

"그렇다고 해도, 나쁜 분은 아냐. 그리고 약속했으니까, 모른 척하지도 않을 거고."

"알아. 그게 내 시그리드지."

그 말에 시그리드는 픽 웃고 아르카나를 툭 쳤다.

"걱정하지 마."

"널 걱정하는 게 내 몫이야."

아르카나가 어깨를 으쓱하며 말하자 시그리드는 '이게 오빠나 아빠가 생긴 느낌인가.' 하고 아르카나를 보았다가 웃었다.

"알았어. 하지만 걱정하다가 건강을 해치지는 마요. 아, 그리고 이번에 열리는 무도회에 아르카나도 올 거지?"

"내가?"

"안 올 거야?"

"초대장은 받았지만, 굳이 참가할 필요는 못 느끼는데? 딱히 귀족들의 호기심을 풀어 줄 생각도 없고 구경거리가 될 마음도 없어."

"그 구경거리가 내가 될지도 몰라."

시그리드가 신음을 흘리며 말했다. 아르카나가 시원하게 웃으며 그녀의 어깨를 두들겼다.

"힘내."

이럴 때는 얄미워, 하고 그녀는 아르카나에게 눈을 흘겼다. 아르카나가 말했다.

"저녁은 정원에서? 장미가 꽤 피었는데."

"좋지. 다 같이 먹자. 세리아도."

"네!"

세리아가 명랑하게 대답하고 얼른 부엌으로 돌아갔다.

'요리사가 되었으니 월급을 올려 줘야겠지?'

세리아의 뒷모습을 보며 시그리드가 생각했다. 그런 시그리드의 어깨를 아르카나가 밀었다.

"가서 씻어."

"아, 응."

시그리드는 고개를 끄덕였다.

씻고 내려오니, 테라스에 식탁이 마련되어 있었다. 시그리드가 자리에 앉자 세리아가 음식을 내왔다.

"송아지 포도주 찜이랑, 양파 수프, 그리고 샐러드예요. 빵 가져올게요."

시그리드는 화려한 메뉴에 눈을 동그랗게 떴다. 그녀가 아르카나에게 말했다.

"배우고 온 보람이 있네."

"있지."

아르카나가 고개를 끄덕였다. 잠시 후 세리아가 황금빛으로 빛나는 바삭바삭한 빵이 든 빵 바구니를 가져와 자리에 앉았다.

"맛있겠다."

"입맛에 맞으시면 좋겠네요."

"세리아가 해 주는 거면 다 좋아. 아, 이런 말은 별로라고 그랬나?"

시그리드의 말에 세리아가 피식 웃으며 말했다.

"아뇨, 괜찮아요. 대신 뭐가 제일 맛있었는지는 말해 주세요."

"응."

시그리드는 고개를 끄덕였다. 조심스럽게 고기를 접시에 옮겨 담고, 한 입 깨무는 순간. 시그리드는 눈을 휘둥그레 떴다.

"음—! 이거 진짜 맛있어! 뭐야? 고기가 살살 녹아!"

그녀의 반응에 세리아가 까르르 웃었다. 시그리드는 이렇게 질기지 않고 부드러운 고기가 있다니, 하고 놀라면서 계속 감탄했다.

아르카나가 피식 웃으며 그녀의 접시에 고기를 더 얹어 주었다.

"더 먹어."

"응. 나 너무 행복한 것 같아."

"맛있는 거 먹어서?"

"아니, 그것도 그렇지만. 세리아랑 아르카나랑……. 그러니까 이렇게 될 거라고는 아무도 몰랐잖아? 난 가족이 없었고, 계속 혼자였고……. 그런데 두 사람이 함께해 줘서 아주 기쁘고. 그냥 좋아. 다 고마워."

시그리드는 웃었다.

세리아는 어머? 하고 고개를 저었다.

"아니에요. 언니가 아니었으면 전 그 뚱보 귀족에게 죽었겠죠. 그렇지 않았더라도 요리사는 못 되었을 거고요."

"맞아. 나도 이렇게 얼음탑과 꾸준히 교류도 못 했을 테고…… 그 낙오자 중에 하나가 되었을 거야."

아르카나가 잔을 들며 말했다.

"그러니까 우리 셋 다 운이 좋은 거로 해 둘까? 우리들의 운을 위해서."

"위해서."

물 잔이지만 셋은 잔을 들고 건배했다.

시그리드는 새삼 다시 생각했다. 정말로 너무나 많은 것이 바뀌었다고.

예전에는 쓸쓸히, 혼자가 되어서 고문당하고 단두대에서 죽지 않았는가? 그랬는데— 지금은 이렇게 가족이나 다름없는 친구들에게 둘러싸여서—

'심지어 애인도 생겼어.'

게다가 그 애인이 베라무드 루나틸?

진짜 헛웃음이 나왔다. 그냥, 작은 선택지를 바꿨을 뿐이다. 그런데 점점 그 선택지들이 커져서…… 인생이 완전히 다른 방향이 되어 버렸다.

'오늘의 내가 내일의 나를 결정한다, 인가…….'

시그리드는 피식 웃고 다시 고기를 입 안에 넣었다. 포도주 때문일까? 아니면 다른 뭔가? 적당히 산미가 있으면서도 감칠맛이 끝내줬다. 평소의 시그리드는 더부룩한 것을 싫어해서 적당히 식사를 멈췄겠지만, 오늘은 아니었다.

그 날 시그리드는 처음으로 배가 터지게 먹는다, 라는 말을 실천했다.

4 장
춤, 부채 그리고 문제

마리쉐즈가 시녀에게 소리쳤다.

"아직 안 왔어?!"

"네, 아직입니다. 아가씨."

"베라무드 루나틸은 뭘 하는 거야? 머릿속이 텅 비었나? 검을 휘두르느라 머릿속도 날려 버렸나 보지?"

"마리."

로웬그린이 나무라듯 마리쉐즈를 불렀다. 마리쉐즈가 "하지만—!" 하고 시그리드를 가리켰다.

"아직 꽃이 안 왔잖아? 보내지 않을 생각이야? 하, 그러면 그 것도 좋지."

"아직 시간은 여유가 있어."

"물론, 다른 남자가 보내온 꽃을 사용할 수도 있지. 시그리드, 네 앞으로 이미 꽃다발이 다섯 개쯤 도착했단다."

마리쉐즈가 싱긋 웃으며 말했다.

시그리드는 "그래?" 하고 놀라 물었고 마리쉐즈는 고개를 끄덕였다.

"그런데 이 남자는 대체 뭘 믿고—"

"아가씨, 꽃이 도착했습니다."

시녀가 후다닥 꽃다발을 들고 들어왔다. 꽃을 보고 로웬그린은 "오." 하고 작게 탄성을 터트렸고 마리쉐즈는 눈을 가늘게 떴다.

"이 계절에 수선화는 어떻게 구한 걸까?"

로웬그린이 갸웃하자 마리쉐즈는 한숨을 푹 내쉬었다.

"이건 정말…… 늦은 걸 봐줄 수밖에 없네."

로웬그린이 수선화 꽃다발 가운데서 반짝이는 장신구를 빼냈다. 수선화를 꼭 빼닮은 머리 장신구였다.

"전부터 생각했지만, 센스는 좋다니까."

쿡쿡 웃으며 로웬그린이 하는 말에 마리쉐즈는 항복하듯 고개를 끄덕였다.

흰색의 깨끗한 수선화 가운데 노란색이 경쾌함을 주었다. 게다가 수선화의 잎은 날카로워서 검을 상징한다.

시그리드에게 딱 맞는 꽃이었다.

마리쉐즈는 '정말로 선수라니까.' 하고 쫑알거리며 시녀에게 수선화를 건넸다.

"좋아, 그러면 머리 장식은 이걸로 마무리하자고."

시그리드는 "비싼 꽃이야?" 하고 되물었고 로웬그린이 웃음을 터트리며 말했다.

"시그리드, 초여름도 끝난 한복판에 수선화를 구하는 게 얼마나 힘든 것인지 알아? 아마 따로 북쪽에 재배하는 곳이 있겠지. 그리고 거기서 여기까지 가져오는 과정을 생각하면, 흐음. 베라무드 루나틸 경은 꽤 너에게 푹 빠져 있나 봐."

그 말에 시그리드의 뺨이 붉게 물었다. 그걸 보자 로웬그린은 놀려 주고 싶은 마음이 드는 걸 꾹 눌러 참았다. 마리쉐즈의 지시에 따라 시녀가 수선화 생화와 장식으로 시그리드의 머리 장식을 마무리했다.

"좋아, 그럼 갈까."

마리쉐즈가 어깨에 손을 얹고 거울을 보며 웃었다.

"우리 둘 다 꽤 예쁘지 않아?"

시그리드는 고개를 끄덕였다.

"확실히 미리 준비한 보람이 있는 것 같아."

마리쉐즈는 명랑하게 다시 웃고 시그리드의 손을 잡아 일으켰다.

"그럼 가서 사교계를 흔들어 보자고."

그녀의 군청색 눈이 불꽃 튀듯 반짝거렸다.

시그리드는 황성에 도착했다.

마차들이 황궁 앞에 줄을 서 있는 것에 비하면 빠른 도착이었다. 마차에 달린 알세키드나 가문의 문장은 손쉽게 길을 열었다.

마차에서 내린 시그리드는 가볍게 숨을 삼켰다. 이렇게 많은 사람이 모인, 이렇게 큰 무도회에 와 본 것은 처음이다.

마차들이 궁 앞의 길을 가득 메우고 있었다.

"안녕, 아가씨."

툭 튀어나온 남자를 보고 시그리드는 안도했다.

"베라무드."

"이번에는 맞춰서 오셨군요."

마리쉐즈가 부채를 툭 자신의 입가에 가져다 대며 말했고 베라무드가 깊게 허리를 숙여 그녀에게 인사했다.

"잉글렛 백작 영애. 그리고 알세키드나 후작 영애. 만나 봬서 영광입니다."

"꽃만큼 사람도 늦었다면, 가만두지 않으려고 했거든요."

"어머, 마리도."

로웬그린이 호호 웃었지만, 부정은 하지 않았다. 베라무드가 쓰게 웃으며 말했다.

"늦어서 죄송합니다. 오는 길에 문제가 좀 생겼었어."

"괜찮아요. 잘 받았으니까요."

시그리드의 말에 베라무드가 고개를 끄덕였다.

"응, 잘 어울린다. 다행이네."

베라무드는 말하고 시그리드의 드레스를 보았다. 시원스럽게 파진 가슴골이 그대로 들여다보였다. 게다가 반짝이는 오러 코어가 언뜻 보인다.

'아, 세상에, 진짜 좋아. 좋아. 좋지만?!'

저걸 다른 남자 놈들도 다 본다고 생각하면?

하지만 드레스에 대해서 잔소리를 하는 건 일단 예의가 아니다. 필사적으로 베라무드는 튀어나오는 말을 억눌렀다.

"왜 들어오지는 않고 여기 있는 건가요?"

부드러운 목소리에 로웬그린이 "아." 하고 고개를 들었다. 하티엔 일리생 후작 영식이 갸웃하며 서 있었다.

"하티엔."

로웬그린이 싱긋 웃자 하티엔이 다가왔다. 로웬그린이 말했다.

"이쪽은 하티엔 일리생이고, 전에 얘기했던 내 약혼자야. 이쪽이 시그리드 앙케르트나, 그리고 마리쉐즈는 이미 알죠."

"안녕하세요."

시그리드는 가볍게 무릎을 굽혀 인사했고 하티엔은 마주 허리를 숙여 인사했다.

"말씀은 많이 들었습니다. 로웬그린의 친우시라죠."

"치, 친우라뇨. 그게—"

"친우 맞잖아?"

"로웬그린—"

"아, 여기서 감격하지 마. 시그리드."

로웬그린이 웃으며 하는 말에 시그리드는 고개를 끄덕이며 눈을 반짝였다.

"네, 로웬그린의 친우입니다."

하티엔이 가볍게 웃었다.

"들은 대로의 분이시군요. 그리고—"

하티엔의 시선이 베라무드를 향했다. 베라무드가 가볍게 묵례했다.

"오랜만입니다."

"오랜만이군."

하티엔이 인사하고 로웬그린에게 말했다.

"그럼 들어갈까요?"

"그래요. 가자, 마리."

"응."

마리쉐즈는 고개를 끄덕였다. 베라무드는 하티엔과 로웬그린, 그리고 시그리드를 번갈아 보고 쓴웃음을 삼켰다. 어째서 중립인 일리생 후작가와 알세키드나 후작가가 그렇게 황제에게 압박을 넣었는지 이제 알 것 같았다.

'정말로 세리오스는 시그리드에게 백만 번 감사해야 할 것 같은데.'

베라무드가 시그리드에게 팔을 내밀었고 시그리드는 조심스럽게 그의 팔 위에 자신의 손을 올렸다. 베라무드는 슬쩍 그녀를 내려다보았다가 얼른 고개를 들었다.

아니, 왜 자신이 시그리드를 내려다보는 것만으로도 파렴치한 사람이 된 것 같은 기분이 되어야 하는 걸까?

"안 가요?"

시그리드가 물어 그는 고개를 끄덕였다.

"응, 그래, 가야지. 응."

베라무드는 속으로 끙끙거리며 계단을 올라가기 시작했고 마리쉐즈는 그걸 보며 속으로 히죽 웃었다.

연회장 안은 열기로 가득했다. 이미 도착한 사람들이 회장을 가득 메우고 있었다. 천장에 매달린 6단짜리 거대한 샹들리에는 눈부시게 반짝거리고 있었다.

초가 아닌 마법으로 켜지는 샹들리에라서 빛은 더 밝고 투명했다. 그것이 섬세하게 세공된 크리스털에 산란되어 사방으로 빛의 파편을 흩뿌리고 있었다.

일행이 회장에 들어섬을 알리는 시종의 목소리가 연회장을 울리자마자 사방에서 시선이 꽂혔다.

현재 사교계에서 가장 유명한 인사가 들어온 것이다. 시그리드는 자신을 바라보는 수백 명의 시선에 팔뚝을 따라 소름이 돋는 걸 느꼈다.

회장 안으로 몇 걸음 들어서지 않아 일행은 사람들에게 둘러싸였다.

"알세키드나 후작 영애."

"잉글렛 백작 영애."

차례로 둘을 호명하며 귀부인들은 부채를 펄럭였다. 인사를 나누고 나서, 보내는 시선은 명백했다. 로웬그린은 싱긋 웃으며 말했다.

"안녕하세요, 디안 백작 부인. 이쪽은 제 친구인 시그리드 앙케르트나 백작입니다."

"소문은 많이 들었어요. 만나 뵙게 되어 영광입니다."

디안 백작 부인이 사붓이 인사를 했다. 이게 바로 이런 식 인사의 시작이었다.

잘 기억도 나지 않는 사람들을 소개받고 그 사람들은 시그리드에게 앞다투어 말을 걸었다.

"콘월스 영지에는 저도 몇 번 가 본 적이 있답니다."

"꼭 서부에서 있었던 무용담을 들려주세요. 언제 한번 저의 살롱에 초대하고 싶네요."

"드레스가 아름다우시네요."

"이렇게 젊은 나이에 마스터라니, 굉장하세요. 혹시 제 아들을 만나 보신 적 있나요?"

"앙케르트나 백작님, 만나 봬서 영광입니다."

"무도회에서 춤을 같이 추시지 않겠습니까?"

"상상했던 것보다 훨씬 아름다우시군요, 제 무릎이 후들거리는 게 보이시나요?"

"하하핫, 백작. 꼭 한 번 내 정찬에 와 주면 좋겠군. 질 좋은 포도주를 준비해 뒀으니."

인사하는 사람 수가 두 자리를 넘어가자 빙글빙글 눈앞이 돌기 시작했다.

더 이상은 안 되겠다. 가서 쉬어야 해, 라고 생각할 때쯤 황태자 부부가 들어왔다.

무도회장은 순식간에 조용해졌다.

사람들에게서 벗어나게 된 시그리드는 안도의 한숨을 내쉬었다.

"모두 여러 가지 일이 있었지만, 함께하게 된 것을 기쁘게 생각하네. 오늘만은 마음을 편히 하고 즐겼으면 좋겠군."

간단한 연설을 하고 세리오스는 에리얼에게 손을 내밀었다. 에리얼이 그의 손을 잡고 플로어로 나갔다. 슬쩍 눈치를 본 오케스트라 지휘자가 봉을 휘두르자 음악이 시작되었다.

황태자 부부가 춤을 추고 두 번째로 루나틸 공작 부부가 들어섰다.

그걸 신호로 차례로 사람들이 플로어를 채웠다.

물론 베라무드와 시그리드도 거기에 합류했다. 시그리드가 한숨 섞인 목소리로 말했다.

"제가 춤을 좋아하게 될 줄은 몰랐어요."

"그래?"

"네, 저 사람들을 상대하느니 계속 플로어에서 도는 게 낫겠어요."

그 말에 베라무드는 웃으며 말했다.

"하지만 잘하던데?"

"그랬나요? 전 제가 계속 얼빠진 웃음을 짓고 있다고 생각했는데요."

"아냐. 아주 매력적으로 잘 처리했어. 팅기는 것까지 완벽했지. 그 빌어먹을 애송이들이 좀 끼어든 걸 빼면."

"아, 당신이 살기를 뿜어내서 쫓아 버린 그 불쌍한 영식들 말이군요."

"불쌍하긴."

베라무드는 콧방귀를 뀌었다. 시그리드가 말했다.

"어쨌든 춤 순서는 다 찼잖아요?"

"두고 봐."

베라무드가 의미심장하게 웃었다. 시그리드가 한숨을 내쉬었다. 그녀가 말했다.

"당신에게 눈길을 보내는 영애들도 만만찮던데요. 아, 부인들도요."

"그랬어? 난 시리밖에 안 보여서 몰랐는데."

시그리드는 그 말에 가볍게 웃었다.

"그래서, 그 말로 몇 명이나 꼬셨어요?"

"시그리드—"

"농담입니다. 음, 저도 오늘 이야기하면서 한 가지를 깨달았어요."

"뭘?"

두 사람은 유려하게 스텝을 밟으며 플로어에서 미끄러지듯 춤을 췄다. 남들이 보기에 한숨이 나올 만큼 잘 어울리는 한 쌍이었다.

시그리드는 약간 부끄럽다는 듯 시선을 내리깔았다가 힐끗 베라무드를 올려다보고 말했다.

"베라무드만큼 멋진 남자가 없더군요."

순간 베라무드는 스텝을 잘못 밟을 뻔했다. 평소에 이런 말을 잘 하지 않는 만큼, 이렇게 말을 툭 던질 때마다 심장이 남아나지 않는다.

"아, 진짜. 시그리드."

"네?"

"진짜 이런 식으로 찔러 오면."

베라무드는 입 안으로 투덜거렸다. 시그리드는 '찌르다니?' 하고 힐끗 아래를 내려다보았다.

자신이 혹시 스텝을 잘못 밟았나?

그런 시그리드의 허리를 가볍게 툭 쳐서 베라무드가 위를 보게 한 다음 말했다.

"역시 나도 말해 둘래."

"뭘 말입니까?"

"나 시리 그 옷 엄청나게 좋은데, 엄청나게 싫어. 시리의 뽀얀 가슴도, 풍만한 가슴골도, 목에서 빗장뼈로 이어지는 선도 전부 나 혼자 보고, 나 혼자 독점했으면 좋겠어."

그 말에 시그리드는 저도 모르게 자신의 가슴을 한 번 내려다보았다가 고개를 들어 올렸다. 뺨이 화끈거렸다.

"베라무드!"

"왜? 말할 수는 있는 거잖아."

그가 잡은 손에 힘을 주었다.

"시리 살갗이 부드럽다는 거나, 표정이 귀엽다는 거나, 전부 나 혼자 알았으면 좋겠어."

시그리드는 못마땅한 눈으로 그를 바라보았다. 그리고 베라무드는 깨달았다.

'어라.'

독점, 못 하는 거 아닌가?

때마침 춤이 끝나 베라무드는 한 박자 늦게 시그리드를 놓아 주었다.

파트너와 마주 인사를 하고 플로어 밖으로 물러나거나 노래에 따라 새 대열을 짜는데 시그리드와 베라무드는 물러났다. 베라무드는 원형으로 군무를 추기 시작한 사람들을 바라보는 시그리드를 내려다보았다.

주홍색 눈은 반짝거리고 뺨은 상기돼서 사랑스럽다.

하지만 그녀는 자신이 독점할 수가 있는 존재가 아니다.

그러니까, 적당한 첫 번째 연인이 되고, 두 번째 남자에게 이 자리를 내어 줄 수도 있다는 말이다. 생각만 해도 울컥하고 참을 수 없는 무언가가 솟구쳐 올라왔다.

그때 플로어를 가로지르며 황태자비가— 에리얼이 다가왔다. 시그리드와 베라무드가 차례로 인사를 하자 에리얼이 싱긋 웃으며 말했다.

"오늘 무도회는 어떤가? 시그리드?"

"즐겁습니다."

"아, 다행이네요."

에리얼이 후후 웃고 베라무드를 힐끗 보았다가 다시 시그리드를 보았다.

"아까 보니 사람들에게 둘러싸여 있던데."

"네……."

저도 모르게 시그리드는 끙 하는 신음과 함께 대답했고 에리얼은 부채를 펼치며 입가를 가리고 웃었다.

"힘든 것 같군."

"이런 일은 처음이라서, 좀 어색합니다."

"그래, 하지만 적당히 상대를 해 주면 처음에만 그렇고 조금씩 수그러들 거네. 그리고 잊지 말고 적당히 다 쳐 내게. 일일이 들어주면 끝이 없으니까."

"명심하겠습니다."

"흐음, 우리 대화가 길어지면 길어질수록 다들 귀를 쫑긋 세우겠지. 그러니 여기까지 하겠네."

"황송합니다."

"그럼 이만. 베라무드, 넌 알아서 잘해야겠더구나."

"안 그래도 방금 정신이 번쩍 들었습니다."

불퉁하게 베라무드가 대답하자 에리얼은 흥미진진한 웃음을 던지고 자리를 떴다. 그러자 다음 차례를 기다리고 있던 남성이 얼른 다가왔다.

"앙케르트나 백작님, 제가 다음으로 함께 춤을 출 아미스트글랜이라고 합니다."

"미안하지만 시그리드는 다음 춤도 나랑 출 건데?"

그 말에 시그리드가 당혹하며 댄스 부채를 펼쳤다. 부챗살에는 이미 이름이 죽 적혀 있었다.

"베라무드, 하지만 순서가—"

베라무드가 그녀의 손에서 부채를 빼앗았다.

"그러니까—"

베라무드가 부챗살의 글씨를 읽는 척하며 남성을 바라보고
웃었다.

"글랜 남작?"

글랜 남작이 대답해야 하나 말아야 하나 망설이고 있는데 베
라무드가 그의 이름이 적힌 부챗살을 뚝 부러트렸다. 주변에 있
던 사람들 모두가 경악하며 그 장면을 바라보았다.

글랜 남작은 입을 떡 벌렸다. 베라무드는 부챗살의 이름을 하
나씩 부르며 살을 부러트렸다. 마지막으로 손안에서 부채를 으
스러트려 가루로 만든 후 손을 털고 베라무드가 싱긋 웃었다.

"미안하지만 순서는 없는 것 같네만."

글랜 남작은 멍하니 베라무드를 보다가 시그리드에게 횡설수
설하고는 떠나갔다.

베라무드의 행동은 무례한 일이고 장갑을 던질 만한 일이지
만, 감히 흑기사에게 장갑을 던질 자는 없었다.

한 사람만 빼면.

시그리드는 베라무드에게 가까이 다가섰다.

그리고 치마로 발이 가려지는 걸 이용해서 사정없이 그의 발
을 밟았다. 만약 베라무드가 아니었다면 비명을 지르면서 발을
잡고 뒹굴 만한 힘이었다.

"윽—!"

대신 그는 신음을 내뱉으며 몸을 움츠렸다. 시그리드가 말했
다.

"베라무드 루나틸 지금 뭐하는 거예요?!"

"경계?"

"그 부채 마리쉐즈에게 빌린 거라고요!"

"아—"

"아, 가 아니거든요? 아아, 어쩜, 어쩌지?"

"아니, 괜찮아. 원래 댄스 부채는 일회용이야. 이름 적는 용도라고."

"……정말입니까?"

"그래. 세상에, 맙소사. 발등뼈 부러지겠네."

"안 부러졌잖아요."

"그래, 내가 마스터인 게 다행이지."

"오러를 넣지도 않았어요."

"그래, 힐에다가 전력으로 힘을 모아서 꽂아 넣은 것만 빼면."

"베라무드가 잘못했잖아요."

"물론입죠."

베라무드가 끙끙거리며 대답했다. 시그리드의 치켜 올라간 눈썹이 슬그머니 내려왔다.

"많이 아파요?"

"만약에 그게 스틸레토 힐이었다면, 내 부츠를 관통했을 거야."

"그렇게 심하게는 안 했거든요?"

"너무 아파서, 다음 춤을 추면 좀 나아질 것 같아."

베라무드가 손을 내밀며 말했다. 시그리드는 우습기도 하고 어처구니도 없었지만, 어깨를 축 늘어트리고 한숨을 내쉬며 그 손을 잡았다.

정말이지 이 남자에게는 약하다고 생각하면서.

무도회장에서 이 일은 3초도 되지 않아 플로어 이쪽 편에서 저쪽 편까지 퍼졌고, 시그리드의 춤이 끝났을 때는 이미 모두가 흥미진진한 얼굴을 하고 있었다.

"시리."

부드러운 목소리에 시그리드는 휙 돌아섰다.

"모리스!"

모리스가 싱긋 시그리드에게 웃어 보이고 베라무드를 보았다. 그가 시그리드에게 손을 내밀며 말했다.

"다음 순서가 없다며?"

"없어."

대답하며 시그리드가 그의 손을 잡았다. 잡고 나서 갸웃하며 베라무드를 바라보았고 그는 한숨을 내쉬고 말했다.

"가서 추고 오시죠."

시그리드의 '친구'와의 교류를 막으려고 했다가는 무슨 일이 생길지 모른다.

시그리드는 베라무드를 향해 웃어 보이고 모리스와 함께 플로어로 들어섰다.

"다리는 괜찮아?"

"다 나았어."

"다행이다."

"다행이긴. 부상당하고, 네 도움도 못 되고. 짐만 잔뜩 됐지."

자조 섞인 말에 시그리드는 고개를 흔들었다.

"아냐, 내가 미리 말하지 않았으니까 어쩔 수 없지. 너도, 알케르토도, 내가 사실을 숨긴 것에 대해서 이해해 줘서 내가 다 고마워."

"임무였잖아. 그 정도로 꽉 막히지는 않았어."

"그래도."

시그리드가 웃었다. 샹들리에 불빛에 그녀가 반짝이는 것처럼 보였다. 주홍색 눈 때문일까? 아니면 드레스? 아니면 머리 장식? 그것도 아니면—

모리스의 시선이 시그리드의 앙가슴으로 떨어졌다가 다시 올라왔다. 얼굴이 달아오를 것 같았다.

굳이 말하자면 상상의 여지가 없는 옷이랄까. 마리쉐즈의 취향이 틀림없는 이 옷은 정말로 시선을 끌었다.

셔츠와 재킷 밑으로도 시그리드의 몸매는 충분히 알 수 있었다. 하지만 이렇게 노골적으로 드러나는 걸 보는 건 또 다르다.

모리스는 못마땅한 얼굴로 비딱하게 서 있는 베라무드와 시선이 마주쳐서 쿡쿡 웃었다.

"고생 좀 하겠네."

"누가?"

"그냥."

슬며시 말꼬리를 돌리고 그가 이어 말했다.

"그러고 보니, 전하께서 제안을 하셨어."

"제안?"

"황실 기사단 부단장."

"아, 내가 전에 말했었잖아. 모리스는 부단장 정도는 금방 할 거라고."

의기양양한 목소리에 모리스는 웃고 말했다.

"날 추천한 게 너라고 하시던데?"

"아닌데? 모리스가 어떠냐고 물어봐서 사실대로 대답한 것뿐 이야."

"그랬군."

"그래서? 할 거야?"

할 거지?

그런 어조로 시그리드가 조심스럽게 물어 와서 모리스는 되 물었다.

"시그 생각은 어떤데? 내가 잘할 수 있을까?"

"그 이상도 할 수 있을 거라고 생각해."

시그리드가 단호하게 말했다. 모리스가 피식 웃었다.

"딱히 네 앞에서 활약한 적도 없는데, 어째서 넌 날 이렇게 믿 어 줄까?"

"난 잘 알아."

시그리드가 고개를 끄덕이며 하는 말에 모리스는 가볍게 숨 을 내쉬었다.

"그래."

네가 그렇게 말해 준다면, 나도 그렇게 있을 수 있을 것이다.

"그렇다면 받아들여야지."

"다음에 한턱내."

"백작이 된 네가 쏘는 게 아니라?"

"아, 맞아."

시그리드는 '그러네.' 하고 고개를 끄덕였다. 모리스가 물었다.

"어때? 콘월스령은 그래도 황실 영지 중에서는 관리가 잘되던 편이었는데."

"그래?"

"그래. 문제가 일어나서 회수된 게 아니라, 후계자가 없어져서 황실로 자연스럽게 흡수가 된 거니까."

"그랬구나. 사람들을 추천받기는 했는데, 그래도 한 번 내려가 봐야 할 것 같아."

"그렇군."

대답하고 모리스는 한 박자 멈췄다가 이어 말했다.

"루나틸 경에게 도와 달라고 하면?"

"베라무드에게?"

"공작가 자제잖아. 나도 그렇지만, 영지 관리에 대해서는 훈육을 받으니까. 아마 나보다도 더 잘 알걸."

"그렇구나……."

자신이 그런 교육을 받아 본 적 없으니, 생각도 못 했다. 시그리드는 고개를 끄덕였다.

"그래야겠네. 고마워."

"별말씀을."

모리스는 친구가 되기로 한 이상, 치졸한 친구는 되지 않을 작정이었다. 시그리드가 언제든지 기댈 수 있는 친구가 되어야지.

그녀를 사랑하지만, 그렇다고 이미 거절된 사랑과 끈끈한 우정 사이에서 갈등하다가 둘 다 말아먹는 사람이 되고 싶지는 않았다.

친구로 남을게, 라고 말했다면 정말로 친구로 남아야 하는 것이다.

"부단장이 되면 나도 남작 작위 정도는 받을 것 같으니까. 둘 다 영지를 가지고 고민하자고."

모리스가 웃으며 하는 말에 시그리드는 한숨과 함께 고개를 끄덕였다.

춤을 끝내고 모리스는 베라무드 앞까지 시그리드를 데려다주려가 "이런." 하고 속삭였다.

"아무래도 마리쉐즈에게 당하고 있는 것 같지?"

시그리드는 베라무드와 마리쉐즈가 나란히 서 있는 모습을 보고 고개를 끄덕였다.

베라무드는 불편한 얼굴이었고, 마리쉐즈는 환하게 웃는 얼굴이다.

당하고 있는 게 틀림없다.

이제 친구 사이에서 눈치라는 것이 상당히 자라난 시그리드였다. 그녀는 걸음을 살짝 빨리해서 두 사람에게 다가섰다.

"어머, 시리? 다 췄어?"

"응."

"노래가 짧아서."

모리스의 말에 마리쉐즈가 싱긋 웃었다. 상아로 만들어 자개로 무늬를 넣은, 그녀의 새하얀 쥘부채가 한들한들 흔들렸다.

"시리, 다음 곡은?"

"아, 좀 쉴래. 연달아 춰서."

마리쉐즈가 그 말에 고개를 끄덕이며 물었다.

"그럼 샴페인?"

"레모네이드로."

시그리드가 고개를 저었다. 아무래도 길어질 것 같으니 술은 자제하는 게 좋을 듯했다. 술을 마시고 나서 좋았던 경험은 없었다.

"내가 가져올게."

모리스가 말하고 마리쉐즈에게 "너는?" 하고 물어 마리쉐즈는 "샴페인." 하고 짧게 대답했다. 베라무드의 주문은 듣지 않고 모리스는 몸을 돌려 사라졌다.

마리쉐즈가 다시 베라무드에게로 눈을 휙 돌렸다.

"다시 한 번 경고하는데, 만약 제 소중한 친구를 벽의 꽃으로 만들고 싶으신 거라면, 당장 그만두라고 말씀드리겠어요."

"그럴 의도는……."

"모두가 보는 앞에서 댄스 부채를 부서트린 게 말이지요?"

마리쉐즈는 딱 버티고 섰다. 187cm의 남자 앞에 선 150cm 후반대의 여성은 지극히 작아 보였지만, 마리쉐즈는 한 치도 밀리지 않았다.

검도 오로도 필요 없는, 혀와 명분의 격전지인 이 사교계에서는 그녀가 밀릴 이유가 전혀 없는 것이다.

마리쉐즈가 부채로 툭 자신의 입가를 가리며 말했다.

"아니면 뭔가 다른 뜻이라도 있으셨나요? 루나틸 경? 약혼자도 아니면서 선을 넘으셨다고는 생각하지 않으셨나요?"

베라무드는 뭔가 변명하려고 했지만, 변명거리가 떠오르지 않았다. 시그리드가 대신 말했다.

"마리쉐즈, 난 괜찮아. 어차피 내내 춤추지는 못할 거였고."

"시리, 하나도 괜찮지 않아."

마리쉐즈가 눈을 찌푸렸다. 그녀가 부채로 얼굴을 반쯤 가리고 시그리드에게 소곤거렸다.

"같이 사교계를 흔드는 거 아니었어?"

"그거랑 춤이랑 관계가 있나?"

"시그리드, 저기 이글거리는 저 남자들의 눈빛을 보라고. 그리고 난 그 옆에서 떨어진 걸 먹기로 했잖아."

"그, 그랬나?"

"춤 정도 춘다고 안 죽어. 게다가 어차피 시리는 베라무드랑 결혼할 것도 아니잖아."

"어―"

의외의 허를 찔려 시그리드는 입을 벌렸다. 마리쉐즈가 이어 말했다.

"그러니까 다음 상대들도 미리미리 물색해 보란 말이야."

크흠, 하고 베라무드가 헛기침했다.

"죄송하지만, 잉글렛 백작 영애, 마스터는 귀가 좋아서……."

"어머? 딱히 틀린 말 한 것도 아니잖아요?"

마리쉐즈는 흥 하고 당당하게 말했다.

"무슨 말인데?"

알케르토가 불쑥 끼어들며 말했다. 그가 마리쉐즈에게 샴페인 잔을 내밀었다. 모리스가 레모네이드 잔을 시그리드에게 건네며 말했다.

"저기서 만났어."

"유명인들만 모여 있어서 끼어들 수가 있어야지."

알케르토가 시그리드에게 눈을 찡긋했다. 시그리드가 픽 웃으며 말했다.

"말도 안 되는 소리."

"아니, 진짜라니까?"

심장 떨려서, 하며 알케르토가 가슴께에 손을 댔다. 마리쉐즈가 힐끗 알케르토를 보았다.

"언제 온 거야?"

"좀 전에."

"유명인이라서 안 온 게 아니라, 여자들과 인사하느라 안 온 거겠지."

마리쉐즈가 툭 부채로 그의 가슴을 가볍게 치며 타박했다.

"아냐. 첫 춤도 아직인데."

억울하다는 얼굴로 알케르토가 항변했다. 마리쉐즈가 "그래?"

하고 빤히 그를 보았다.

무슨 뜻인지 충분히 알 수 있는 시선이었다.

알케르토가 잔을 옆의 시종에게 내어 주며 한숨을 내쉬었다.

"추시겠습니까?"

마리쉐즈는 그 한숨에 마음이 상했다는 듯 답했다.

"억지로는 안 춰."

"아니, 너랑 첫 춤을 추면, 다음 상대는 재미가 없어지거든."

그 말에 마리쉐즈가 씩 웃고 잔을 단숨에 비워 시그리드에게 내밀고는 알케르토의 손을 잡았다.

"그렇다면야 춰 주지 않을 수가 없네."

"심술쟁이."

"원래 장미는 가시가 있는 법이거든?"

마리쉐즈와 알케르토 두 사람이 플로어로 나가자 모리스, 시그리드, 베라무드만 남은 묘한 조합이 되었다. 베라무드가 두 사람의 뒷모습을 힐끗 보고 물었다.

"저 두 사람 혹시……?"

시그리드는 갸웃했다가 알아듣고 고개를 저었다.

"아뇨. 그건 아니에요."

"아, 그래?"

베라무드가 고개를 끄덕였다. 그때 마리쉐즈가 떠난 걸 지켜본 한 무리의 여자들이 살그머니 다가왔다.

"루나틸 경, 오랜만이에요."

"새 여자 친구를 소개해 주지 않겠어요?"

"데포레스트 경, 안녕하신가요."

풍성한 레이스에 화려한 꽃잎 같은 드레스에 둘러싸여, 그녀들이 제각기 화려한 부채를 흔드는 걸 보고 있기만 해도 다른 세상에 온 것 같았다.

"시그리드 앙케르트나입니다."

차례로 인사하니 슬그머니 한 명이 베라무드에게 달라붙는 것이 보였다.

베라무드는 움찔하며 조심스럽게 거리를 벌렸다. 그녀가 입을 삐죽였다.

"애인이 생겼다고 재미없는 남자가 된 건가요? 루나틸 경?"

"그게 재미없는 거면, 전 원래 재미없는 남자였던 것 같은데요."

"아아, 참—"

그녀가 후훗 웃으며 시그리드를 위아래로 쭉 훑어보았다. 그리고 베라무드의 팔을 부채로 쓸어내리며 말했다.

"자리 비면, 어떻게 연락하는 줄 알죠?"

"어머나? 어떻게 연락하는지 꼭 듣고 싶은데요, 리안데 남작부인?"

로웬그린이 우아하게 웃으며 이야기에 끼어들었다. 그녀의 등장에 모두가 화들짝 놀라 인사했다.

"알세키드나 후작 영애."

"오랜만이에요, 다들."

쭉 눈으로 그들을 훑고 로웬그린이 시그리드를 돌아보았다.

"시리는? 궁금하지 않아? 두 분이 어떻게 연락하시나요?"

"연락해 본 적이 없어서 모르겠군요."

베라무드가 희미하게 미소를 띠며 대답했고, 리안데 남작 부인의 얼굴은 붉게 달아올랐다. 그녀가 말했다.

"전 이만 가 봐야 할 것 같습니다."

"나이가 있으시니 몸조심하셔야죠."

싱긋 웃으며 로웬그린이 말하자 남작 부인과 그 일행은 인사를 남기고 사라졌다. 로웬그린이 시그리드를 보며 말했다.

"왜 당하고 있는 거야?"

"그런 거였어?"

"그래. 대놓고 네 앞에서 루나틸 경에게 치마를 흔들어 보였잖아."

"도움 감사합니다. 알세키드나 후작 영애."

빤히 보이는 수작이었지만, 그렇다고 자신이 나설 수는 없었던 베라무드였던지라 그는 감사했다. 로웬그린이 피식 웃으며 말했다.

"그냥 로웬그린이라고 부르세요. 그리고 시리."

"어? 응."

"엉뚱한 소리를 들으면 그냥 넘어가지 말고 되물어."

"되물어?"

"그래, 지금 무슨 말 하신 거예요? 어라, 그게 무슨 뜻인데요? 하고 되물으라고. 보통 헛소리 하는 상대는 그렇게 되물으면 어물어물하다가 사라지니까."

"알았어."

왜인지 그 시선도, 말도 기분 좋지 않더라, 하고 시그리드가 고개를 끄덕였다.

로웬그린이 피식 웃고 탁 하고 가볍게 털 부채로 시그리드를 치며 말했다.

"물론 너에게 그런 재잘거림이야 신경 쓰이지도 않는 일이겠지만."

그 말에 시그리드가 고개를 살짝 좌우로 저으며 말했다.

"아냐, 신경 쓰였어."

그녀의 말에 로웬그린이 "어머?" 하고 눈을 반짝 빛냈다.

'그러니까 자기 일은 신경 안 쓰이지만, 루나틸 경 일이면 신경 쓰인다?'

그걸로 놀려 주고 싶은 마음이 들었으나, 베라무드 본인 앞이었기에 로웬그린은 참았다.

이렇게 보니까 꽤 괜찮은 한 쌍이란 말이지…….

마리쉐즈는 베라무드가 마음에 안 드는 것이 확실했지만, 로웬그린이 보기에는 나쁘지 않았다.

'센스도 괜찮고. 게다가 시그리드 상대니까…….'

고지식한 상대보다는 이런 쪽이 더 나을지도 모른다.

위아래로 베라무드를 훑어보고 로웬그린이 말했다.

"그러고 보니 전하께서 새 재정 장관을 모집한다고 하던데요?"

"새 술은 새 부대에 담그는 거죠."

"거기에 곰렛 남작이 유력한 후보라는 이야기를 들어서요."

로웬그린의 말에 베라무드가 싱긋 웃으며 말했다.

"어디서 그 이야기를 들으셨는지 궁금한데요."

"이야기의 출처는 이야기죠. 아닌가요?"

"후보는 후보일 뿐이죠."

"아—"

로웬그린이 옆의 시종에게 손짓해서 잔을 하나 들었다. 그걸 눈높이로 들어 올려 건배하듯 하며 말했다.

"그럼 좋은 운이 따르기를 바라야겠군요."

"로웬그린같이 아름다운 아가씨가 운을 빌어 준다면, 가능성도 커지겠죠."

베라무드의 말에 로웬그린이 우아하게 웃었다.

이야기가 정치로 넘어가자 시그리드는 둘의 대화에 집중하려고 노력했지만, 아직 정치적인 은유와 비유, 별명에는 익숙하지 못했다.

그래서 입을 다물고 두 사람의 대화를 경청하는데 살그머니 누군가가 다가와 시그리드는 반사적으로 휙 돌아섰다.

허리에 손을 얹었지만, 당연히 검은 없었다.

그 동작에 놀란 것은 상대도 마찬가지였다. 살그머니 다가온 소녀는 놀라 고개를 숙이며 말했다.

"아, 안녕하세요. 앙케르트나 백작님."

"뒤에서 살금살금—"

다가오지 말라고 말하려다가 시그리드는 한숨과 함께 입을 다물었다.

여기는 무도회장이고, 싸움터가 아니다.

"죄송합니다."

소녀가 다시 꾸벅 인사를 했다. 이제 열넷? 열다섯쯤 되었을까?

마리쉐즈의 덕분에 단련된 시그리드의 눈이 그녀의 옷차림을 자동으로 스캔했다.

올이 굵은 무명옷, 비싸지 않은 단색 염색, 장신구는 낡아 빠진 브로치 하나고, 머리 장식은 이 계절에 흔한 생화뿐.

게다가 시그리드에게 먼저 말을 걸었다.

아는 사이가 아니라면, 말을 거는 것은 불가능한 것이 관례였다. 그래서 시그리드에게 말을 하고 싶어 하는 사람들이 마리쉐즈와 로웬그린에게 달라붙는 것이다.

시그리드는 아는 사람인가 하고 빤히 그녀를 보았지만, 아는 얼굴은 아니었다.

게다가 결코 귀족이 아닌 차림새였다.

마리쉐즈라면 이 시점에서 코웃음을 치면서,

"좋은 예절 선생님을 찾는 거라면 앙트레 부인을 찾아가세요."

하며 ―예의를 배우고 오라는 말을 돌려서― 말하고는 바로 무시해 버렸겠지만, 시그리드는 시그리드다.

"우리가 아는 사이인가요?"

"아뇨, 아닙니다. 오늘 처음 뵙는 거예요."

"아."

시그리드가 고개를 끄덕이자 소녀가 재빠르게 말했다.

"저, 저는 콘월스에서 왔습니다."

"아."

두 번째로 시그리드는 입을 벌렸다. 이제 로웬그린과 베라무드는 자신들의 이야기를 멈추고 이쪽을 빤히 바라보았다. 게다가 슬슬 다른 사람들의 시선도 쏠리기 시작했다.

로웬그린이 시그리드에게 속삭였다.

"장소를 옮기는 게 좋을 것 같은데. 여성 휴게실로 가는 게 좋겠다."

"그래야겠다."

"안내해 줄게."

로웬그린의 말에 시그리드가 고개를 끄덕이고 베라무드를 보았다.

"잠시 실례할게요."

"기꺼이 기다리죠."

베라무드가 인사했고 시그리드는 피식 웃고는 로웬그린의 뒤를 따라갔다.

로웬그린은 회장을 빙 돌아 최대한 사람들의 시선을 피해서 밖으로 나갔다.

여성 휴게실은 한두 개가 아니었고, 그중에서 가장 먼 장소를 고른 로웬그린은 꽤 걸어서 도착한 휴게실의 문을 열었다.

"아무도 없네."

시그리드의 말에 로웬그린이 고개를 끄덕였다.

"이제 막 물이 오르기 시작했으니까. 굳이 이런 먼 휴게실까지 올 필요는 없지."

"고마워, 로웬그린."

"별말씀을. 그래서 같이 있을까? 아니면—"

"혼자서도 괜찮아."

"알았어. 그럼 너무 오래 비우지는 말고. 넌 지금 스타니까, 빈 자리는 금방 티가 나거든."

"응. 고마워."

재차 시그리드가 인사하자 로웬그린은 싱긋 웃고, 소녀를 한 번 바라보았다가 휴게실을 나갔다. 드레스를 살랑살랑하며 나가는 그 뒷모습에 시그리드는 감탄했다.

'어떻게 걷는 것뿐인데, 저렇게 우아하게 드레스를 움직이게 할 수가 있을까?'

밖으로 나간 로웬그린이 달칵하고 작은 소리를 내며 문을 닫았다. 시그리드는 소녀를 향해서 돌아섰다.

"그래서, 성함이……?"

"아, 네. 죄송합니다. 바이올렛 리반스라고 합니다."

"리반스."

시그리드는 익숙한 성을 입 안으로 읊조렸다.

"콘월스 영주관의 집사인 리반스 경 말인가요?"

"네, 그분이 제 부친 되십니다."

바이올렛이 고개를 숙이며 대답했다.

리반스라면 서류에도 이름이 올라와 있던 사람이라 시그리드도 잘 알고 있었다.

콘윌스 영주관의 집사로 영주관의 모든 일을 총괄하는 사람이었다. 가령(家令)이라고 해야 할까? 아니면 영주 대리인?

영주 대리인이라고 하기에는 영주관 안에서만 권력을 가지고 있는 사람이기는 하지만 말이다.

"그렇군. 그래서? 리반스 경의 딸이 내게 무슨 일이지?"

"영주님께서 모든 사람을 다 바꾸려고 하신다는 이야기를 들었습니다. 아버지에 대한 소문 때문이라면 저희 아버지는 무고하다고 밝히기 위해서 왔습니다."

소문? 무슨 소문?

시그리드가 눈을 찡그리자, 그걸 다른 의미로 받아들인 바이올렛은 황급히 변명을 시작했다.

"저희 아버지는 정직하게 영주관을 운영하셨어요. 다른 가솔들에게 인망도 두터우시고요. 아버님에게 시비를 걸고 있는 사람은 세무관인 에인츠입니다. 그 사람은 항상 저희 아버지를 눈엣가시로 생각했어요, 절대로 아버지는 그런 분이 아니십니다."

에인츠.

그 이름 역시 서류에 들어 있었다. 황실에서 파견한 세무관으로, 세금을 걷는 역할을 하는 사람이었다. 그러니 황실에서는 가장 중요한 사람이고.

황실에게 영지에서 세금을 걷는 것만큼 중요한 일은 없으니 말이다.

"아버지가 부탁한 건가?"

"아닙니다!"

바이올렛이 펄쩍 뛰며 말했다. 그녀가 치맛자락을 찢을 듯 움켜쥐며 말했다.

"아버지는 제가 여기서 이런 말을 하고 있다는 걸 아시면 절절대로 가만두지 않으실 거예요. 백작님 제가 여기 왔다는 건 비밀로 해 주세요. 제발요."

사실일까? 하고 시그리드는 그녀를 바라보았다. 바이올렛은 몸을 떨며 말했다.

"여기까지 올라온 것도, 다 숨긴 겁니다. 정말이에요. 믿어 주세요. 백작님."

"하고 싶은 이야기는 그게 끝인가?"

시그리드의 말에 바이올렛은 침을 꿀꺽 삼키고 고개를 끄덕였다. 시그리드는 "알겠네." 하고 그녀에게 말했다.

"그런데 한 가지 궁금한 게 있는데."

"네, 네."

"회장에는 어떻게 들어온 거지?"

리반스 경이라면, 절대로 이 무도회의 초대장을 받을 수 없는 신분이다. 그렇다면 초대장도 없이 이 회장에 들어왔다는 이야기인데, 아까부터 시그리드는 그게 신경 쓰였다.

그 질문에 바이올렛은 안절부절못하며 말했다.

"그게, 그, 식료품이 들어오는 곳으로……. 앞치마와 머릿수건을 두르고 들어왔습니다."

"그리고 들어와서는 그 두 가지를 벗었고 말이지."

"네, 네."

"알았네."

시그리드는 싱긋 웃었다.

오늘 무도회장의 경호는 당연히 근위대가 맡고 있었다. 책임자는 부대장인 자신과 대장인 베라무드다.

"그럼 가 보는 게 좋겠군."

시그리드의 말에 바이올렛은 연신 고개를 숙여 보였고, 시그리드는 휴게실을 나와서 빠른 걸음으로 자리를 옮겼다.

그녀는 시종과 시녀들이 무도회장으로 출입하는 문으로 향했다. 갑작스러운 귀부인의 등장에 병사들은 경례를 붙였다.

"한 명은?"

시그리드의 목소리가 날카로워졌다.

"예?"

얼빠진 목소리로 혼자 남아 있던 병사가 되물었고 시그리드가 다시 물었다.

"경비는 둘이 서는 걸 텐데? 다른 한 명은 어디 갔지? 그리고 이쪽 구역 책임자인 솔리드 경은 어디에 있고?"

그 말에 병사는 멍하니 시그리드를 보다가 화급히 경례를 붙여 보였다.

"앙케르트나 부대장님!"

"말하게."

화려한 옷을 입고, 장신구로 장식하고 있었지만, 시그리드의 눈에서 뿜어져 나오는 기백은 주변을 압도하기에 충분했다.

병사는 시그리드의 말에 어찌할 줄 모르다가 그들이 간 곳을 자그맣게 털어놓았다. 시그리드는 고개를 끄덕이고는 드레스 자락을 휘날리며 빠르게 걷기 시작했다. 얼마 가지도 않아서 언제 왔는지 베라무드가 따라붙었다.

"왜? 무슨 일이야?"

"보안에 구멍이 생겼습니다."

"뭐?"

베라무드가 눈을 찌푸릴 때, 시그리드가 닫힌 방문 앞에 멈춰 섰다. 그리고 드레스 자락을 움켜쥐더니 그대로 발로 문을 걷어 차서 열었다.

쾅―!

요란한 소리와 함께 문이 부서지듯 열렸다.

안은 연기와 술 냄새로 가득했고, 테이블에 앉아서 카드놀이 를 하던 기사와 병사들이 입을 헤 벌리고 입구를 바라보았다.

"자기 구역 경비는 어쩌고 여기서 뭘 하고 있는지 듣고 싶군."

시그리드가 싸늘한 어조로 말했다. 순간 시그리드를 알아보 지 못한 사람들도 금방 베라무드는 알아보았다.

다들 놀라 자리에서 일어나는데 만취한 것인지 몸을 못 가누 는 사람도 많았다. 베라무드는 눈을 덮으며 신음을 내뱉었고 시 그리드는 짙게 미소 지었다.

"아, 앙케르트나 부대장……? 오늘 미인이시네요."

분위기 파악을 하지 못한 기사 한 명이 딸꾹질하며 시그리드 를 칭찬했다. 시그리드가 입을 열었다.

"솔리드 경."

"네!"

뻣뻣한 자세로 차렷 자세를 하며 솔리드가 대답했다.

"보안이 뚫렸네. 시종들이 드나드는 입구로 말이지."

그 말에 솔리드의 얼굴이 창백해졌다.

"몇 잔이나 마셨지? 오늘 그대는 더는 필요 없는 사람인 것 같군. 나가게."

"부대장님……."

솔리드가 변명하려고 했으나 시그리드의 냉랭한 눈동자에 고개를 떨궜다. 그렇게 안에 있는 인원들을 전부 점검하고 나서, 시그리드는 호위 구역을 살짝 바꾸고 할당량을 조금씩 늘려 솔리드의 빈자리를 커버하게 했다.

그러며 경비를 점검하고 돌아다니는 내내 어쩐지—

"앙케르트나 경?"

하고 되묻는, 놀랍다는 시선을 많이 받았지만 말이다.

일이 끝나고 다시 무도회장으로 돌아왔을 때는 시간이 한참 지난 후였다.

시그리드는 일행을 찾으려다가 마리쉐즈와 로웬그린이 사람들에게 파묻혀 있는 것을 보고 한숨을 삼키고는 그쪽으로 향했다. 마리쉐즈가 고개를 들어 아는 체를 하자, 둘러싼 사람들이 거짓말처럼 길을 열어 주었다. 마리쉐즈가 물었다.

"시리, 뭐 하느라 이렇게 늦었어?"

"일하느라, 좀."

"이런 때까지 일이라니, 앙케르트나 백작님도 너무 재미없게 사시네요."

한 명이 부채질하며 까르르 웃었다.

"맞아요. 그런 건 아래에 맡겨 두고 오늘은 놀아요."

"오— 아냐, 이분이 얼마나 무서우신 분인데. 바닥에서 올라오신 분인걸."

시그리드의 평민 신분을 꼬집는 발언을 하자 마리쉐즈가 눈을 찌푸리며 한 소리 하려는데 시그리드가 먼저 입을 열었다.

"뭐라고요?"

로웬그린은 웃음을 삼켰다. 발언했던 사람은 움찔하며 부채질을 빠르게 했다.

"네?"

"아뇨, 방금 뒷이야기를 잘 못 들어서요. 뭐라고 말씀하셨나요, 아틸라 백작 부인?"

방금까지, 부대장으로서 밑의 애들을 눌러 주고 왔던 터라, 시그리드에게서는 아직도 그 기백이 묻어나고 있었다.

주홍색 눈은 싸늘했고, 입가의 우아한 미소에는 흔들림이 없었다. 칼을 들고 마수와 맞서고, 전쟁터에서 선두에 서는 자의 기백이다.

귀부인들이 맞설 수 있을 리가 없었다.

"그, 아뇨, 아무것도 아닙니다."

입꼬리를 파르르 떨며 아틸라 백작 부인은 고개를 숙였다.

"아무것도 아닌 일이라 다행이네요."

시그리드가 웃으며 말하고 마리쉐즈에게 시선을 돌렸다.

마리쉐즈가 생글생글 애교 있는 웃음을 지으며 시그리드의 팔짱을 꼈다.

"그래서 마음에 드는 사람은 찾았어?"

노골적인 말에 베라무드가 신음을 흘리며 말했다.

"제가 있는데 말인가요?"

그 말에 귀부인들은 그제야 웃음을 터트렸다. 일부러인 듯 더 큰 웃음이었다. 연애 가십은 항상 즐거운 이야기인 법이다.

"앙케르트나 백작님과 루나틸 경이라니, 전 상상도 못 했어요."

"아, 댄스 부채를 부러트리시는데 제 심장이 다 떨리더라니까요."

일행의 화제는 얼른 옮겨 갔다. 둘이 어떻게 만났고, 어디서 만났고, 고백은 누가 한 거예요? 하는 질문의 홍수에서 대부분의 대답은 베라무드에게서 나왔다.

시그리드는 반짝이는 눈을 한 귀부인들의 집요한 질문에 점점 궁지로 몰리고 있는데, 한 줄기 빛이 나타났다.

"어머, 다들 즐거운 이야기를 하고 있나 보군?"

"비전하."

"비전하를 뵙습니다."

모두가 공손하게 허리를 숙이며 자리를 비켰다.

"무슨 이야기를 하는 중이었나?"

에리얼이 묻는 말에 시그리드가 고개를 숙이자,

"앙케르트나 경과 루나틸 경의 연애담이요."

하며 얼른 한 명이 장난스레 대답했고 "오호라—" 하고 에리얼이 시선을 두 사람에게 돌렸다가 시그리드의 표정을 보고 웃음을 터트렸다.

"아무래도 내가 자네를 구해 줘야 할 것 같은데?"

"황공합니다, 비전하."

시그리드가 고개를 숙이자 에리얼은 다시 웃었다.

"그래서, 언제 같이 승마를 가자고 했던 약속은 어떤가?"

"죄송합니다. 비전하, 요즘 제가 영지 문제로 바쁜지라……."

시그리드의 거절에 모두가 숨을 삼키고 에리얼을 보았다. 에리얼은 별문제 아니라는 듯 여상하게 답했다.

"아, 그 문제가 마무리되면, 꼭 같이 어울리도록 하지."

"황공합니다."

"그대의 친구들도 말이야."

에리얼이 로웬그린과 마리쉐즈에게 시선을 돌렸다. 로웬그린은 고개를 살짝 숙였고, 마리쉐즈는 애교 있는 미소를 지으며 날아갈 듯 인사했다.

"황공합니다. 비전하."

에리얼이 자리를 뜨자, 마리쉐즈는 의기양양해졌다. 시그리드는 지금 이 자리에 있는 걸 누구보다 즐기고 있는 건 그녀일 거라고 확신했다.

황태자비가 알아봐 주고, 승마에 초대해 주기까지. 주변 사람들이 보내는 선망의 시선이 셋을 향했다. 마리쉐즈는 저절로 어깨가 으쓱해졌다. 그녀가 살짝 코끝을 치켜들며 말했다.

"그럼 잠깐 우리끼리 이야기 좀 할까? 실례할게요."

주변인을 물리치고 마리쉐즈와 로웬그린, 그리고 시그리드는 자리를 옮겼다. 사람들 사이에서 빠져나와 기쁜 시그리드가 한숨과 함께 말했다.

"남의 일이 뭐 그렇게 궁금한 거야?"

"원래 남의 일이 가장 재미있는 법이야."

로웬그린이 피식 웃음을 흘렸다. 베라무드가 셋의 뒤를 따라와 "휴—" 하고 과장된 한숨을 내쉬며 말했다.

"누님께 감사해야겠군요. 저기서 끄집어내 주셨으니까요. 물론, 잉글렛 영애에게도."

셋이 여자 무리와 떨어지자 슬그머니 알케르토와 모리스가 다가왔다.

알케르토가 고개를 흔들며 말했다.

"여자들끼리 몰려 있으니 말을 걸 수가 있어야지. 루나틸 경 존경합니다."

"저도 시리가 있으니까 괜찮았죠."

베라무드가 가슴을 쓸어내리며 말했다. 마리쉐즈가 콧방귀를 뀌며 말했다.

"그냥 말 걸면 되지 왜 못 걸어?"

"남자는 섬세하다고."

알케르토가 눈썹을 추켜세웠고 베라무드가 고개를 끄덕였다. 마리쉐즈가 흥 하고 웃었다.

"섬세한 게 아니라 겁이 많은 거겠지."

"아니거든? 섬세한 거거든?"

알케르토의 항의에 마리쉐즈는 다시 노골적으로 웃음을 흘렸다. 알케르토가 쿡쿡 모리스의 옆구리를 찌르며 말했다.

"뭐라고 말 좀 해 봐."

"알케르토, 우리가 마리쉐즈를 이길 수는 없어."

모리스가 진지하게 충고하자 알케르토는 "아." 하고 고개를 끄덕였다.

"그건 그렇지."

그 말에 마리쉐즈는 오호호호 하고 웃고 쿡 알케르토의 가슴을 찔렀다.

"알면 덤비지를 마세요, 경."

"알아 모시겠습니다. 아가씨."

알케르토가 과장되게 인사를 했다. 로웬그린이 시그리드에게 물었다.

"아까 그 여자애는 뭐였어?"

"아, 그게 뭔가 오해를 하는 것 같더라고. 자기 아버지가 영주관 집사인데 무고하다는 식으로 이야기하더라. 왜인지 내가 쫓아내는 거로 되어 있는 것 같던데."

"으음, 새 주인이 온다는 건 아랫사람들에게는 나름 압박이니까. 최대한 빨리 내려가는 게 좋을 것 같다. 그보다 그 소문의 출처가 궁금한데."

"그러게. 한번 물어볼 걸 그랬나. 그보다 그 여자애가 어떻게 여기를 들어왔는지가 신경 쓰여서……."

시그리드는 신음을 흘렸다. 모리스가 눈을 살짝 찌푸리며 물었다.

"보안에 구멍이 난 거야?"

"으응, 뭐. 다행히 별일 없었기 망정이지. 하여간 내일은 삥이 좀 돌려야겠어."

시그리드는 가볍게 말했다. 마리쉐즈가 "아ㅡ" 하고 말했다.

"그러고 보니 아까 잘하던데? 그런 식으로만 하면 될 것 같아."

"뭐가 말이야?"

"아틸라 백작 부인에게 한 방 먹였잖아! 그런 표정이랑 어조로 말할 수 있으면서! 게다가 분위기 대박이던데, 나 소름 쫙 돋았어. 역시 마스터가 다르기는 다르구나, 했다니까? 시그리드는 그런 콘셉트로ㅡ 아니, 콘셉트가 아니구나. 그런 식으로 나가면 될 것 같아."

"그래?"

시그리드는 '내가 어떻게 했더라.' 하고 고개를 갸웃거렸고 로웬그린이 고개를 끄덕였다.

"맞아. 만만하게 보고 있었는데, 상대가 입을 벌리니 송곳니가 잔뜩 나 있는 맹수를 본 듯한 느낌이었어. 잘했어, 시리."

"로웬그린이 잘 가르쳐 준 덕분이지."

시그리드가 싱긋 웃었다. 알케르토가 샴페인을 마시고 허리를 살짝 앞으로 숙이며 말했다.

"그런데 우와. 시선 진짜 장난 아니다. 나 이런 데서 이렇게 주목받아 본 거 처음인 것 같아."

모리스가 그 말에 그런가 했다가 곧 고개를 끄덕였다.

"그러네. 마치 고기를 눈앞에 둔 하이에나들 같아."

그 말에 시그리드가 신음을 흘리고 말했다.

"뜯기기 전에 이만 퇴석해도 될까?"

"뭐? 아직 안 돼."

마리쉐즈가 펄쩍 뛰었다. 모리스가 그 말에 살짝 눈을 찡그리는데 로웬그린이 먼저 입을 열었다.

"마리, 시리 좀 그만 착취해."

그 말에 마리쉐즈의 어깨에서 힘이 쭉 빠졌다. 그녀가 힐끗 시그리드를 보고 물었다.

"재미없어?"

"힘들어."

시그리드는 솔직하게 말했고 마리쉐즈는 고개를 끄덕였다.

"그럼 어쩔 수 없지. 한 바퀴 더 돌고 휴게실로 가는 척하면서 나가."

"한 바퀴?"

"춤."

"아. 알았어."

얼른 알케르토가 시그리드의 손을 잡았다.

"아직 안 춘 건 나뿐인 것 같은데."

"그래."

시그리드는 웃으며 고개를 끄덕였다.

둘이 플로어로 나가자 베라무드가 슬쩍 일행의 눈치를 보고
말했다.

"그럼 저도 이만 가 봐야겠군요. 만나서 즐거웠습니다."

"다음에는 좀 더 일찍 꽃을 보내요."

마리쉐즈의 말에 베라무드가 씩 웃으며 대꾸했다.

"영애가 시그리드에게 좀 더 가리는 옷을 입혀 주신다면 영애
에게도 한 다발 같이, 빠르게 보내죠."

그 말에 마리쉐즈는 눈썹을 추켜올렸다가 픽 웃었다.

"생각해 보죠."

"다음에 술 한 잔 같이할까요?"

모리스의 물음에 베라무드는 그를 잠시 보았다가 고개를 끄
덕였다.

"기대하고 있겠습니다. 그럼."

베라무드는 정중하게 인사하고 홀을 빠져나갔다. 그 뒷모습
을 보며 마리쉐즈가 히죽 웃었다.

"내일 시그리드 저택에 꽃이 가득 차면 속 좀 탈걸."

"이미 타는 것 같던데."

로웬그린의 말에 모리스가 쓰게 웃으며 말했다.

"지금 상황에서 속 타지 않는 사람은 바보일 거야."

알케르토와 춤을 추면서 아웬의 이야기를 나누고 춤을 끝낸
시그리드는 조심스럽게 여성 휴게실로 가는 척 그쪽으로 회장
을 나왔다.

"시리, 이쪽이야."

작은 목소리에 시그리드는 고개를 돌렸다. 어두운 정원 사이에 베라무드가 서 있었다.

"베라무드?"

"같이 돌아가자."

"벌써 가도 되는 거예요?"

"시리가 없는데 더 남아 있을 필요도 없지. 마차 가져왔어?"

"아뇨."

"그럼 내 마차로 데려다줄게."

"네."

시그리드가 고개를 끄덕이고는 오솔길로 내려왔다. 둘은 어두운 정원을 지났다. 가는 동안 베라무드는 몇 번이나 헛기침했다.

'이런 날 정원을 걷는 게 아니었나.'

술과 춤으로 달아오른 데다가, 어두운, 시야가 차단된 정원이다. 은근히 이쪽저쪽 구석에서 가냘픈 교성이 흘러나오고는 했다. 베라무드는 시그리드의 손목을 붙잡고 걸음을 빨리했다. 시그리드는 종종걸음으로 그를 따라갔다.

"베라무드?"

"아니, 빨리 좀 밝은 데로 나가자."

"아—"

시그리드가 갸웃하고 작게 말했다.

"일부러 어두운 데로 온 거 아니었어요?"

그 말에 베라무드의 발걸음이 딱 멈췄다.

"어?"

그가 숨 막힌 목소리로 대답하자 시그리드가 말했다.

"몰래 빠져나가려고요."

"아……."

썰물처럼 긴장이 빠져나가고 실망인지 뭔지 모를 것이 가득 그를 채웠다. 시그리드가 그에게 손짓했다.

"잠깐만요?"

"왜?"

베라무드가 고개를 숙이자 시그리드가 뒤꿈치를 가볍게 들어 그에게 키스했다.

"—?!"

베라무드가 놀라 눈을 동그랗게 떴다. 시그리드가 킥킥 웃고 말했다.

"키스할 때는 눈 감는 거라면서요?"

"눈 감아야지."

베라무드가 씩 웃고 시그리드를 잡아당겨 키스했다. 달콤한 샴페인 맛이 났다. 입술을 떼고 베라무드가 속삭였다.

"그런 건 어디서 배웠어?"

"뭘요?"

"사람, 들었다 놨다 하는 거."

"제가 어디서 배우겠어요? 베라무드에게 배우는 거죠."

그녀가 쿡 베라무드를 찌르며 말하고는 경쾌하게 앞장서서 걷기 시작했다. 베라무드는 피식 웃고 얼른 따라잡은 후 그녀의 허리를 감쌌다.

＊　　　＊　　　＊

아르카나가 시든 장미를 잘라 내는 작업을 하다가 고개를 돌렸다. 그의 옆에서 시그리드도 작업복을 입고 정원 손질을 돕는 중이었다.

시그리드라도 장미 덩굴과 잡초는 구분할 수 있었으니 말이다. 아르카나가 시든 장미를 가볍게 들어 올려 싹둑 잘라 내며 말했다.

"리반스? 그야 알지. 서류에 적혀 있었잖아? 거기에 탄핵서 같은 것도 같이 껴 있었는데 못 봤어?"

"탄핵서?"

"응. 주요 내용을 요약해 보자면 리반스가 집사라는 권력을 휘둘러서 영주관으로 가는 금액을 횡령했다는 이야기였어. 첨부된 증거가 빈약해서 내가 딱히 너에게 알리지는 않았지만. 그보다 오늘 오후에 면접 있는데 그 차림으로 면접을 볼 건 아니겠지?"

"갈아입어야지. 그보다 증거?"

"응. 하지만 내가 리반스가 그동안 써 왔던 표랑 대차대조해 봤는데 리반스가 워낙 꼼꼼하게 기록을 해 놔서, 그쪽 주장이 그렇게 일리가 있는 것 같지 않더라."

그러면서 아르카나는 상세한 가계부 내용을 읊었고 시그리드는 놀랐다.

"그거 다 외운 거야?"

"한 번 보면 보통 외우지 않아?"

"아니, 못 외워."

시그리드가 진지한 얼굴로 말하자 아르카나가 픽 웃었다.

"난 외워."

"그렇구나. 마법사는 대단하네."

"아니 사실 보통 마법사도 못 하지."

슬쩍 아르카나가 말을 바꿨지만, 시그리드는 별말 하지 않고 감탄했다.

"역시 아르카나는 대단하네."

시그리드가 고개를 연신 끄덕여 아르카나는 웃음을 터트렸다. 시그리드가 잡초를 뽑아내며 말했다.

"난 아르카나가 없었으면 큰일이었을 거야."

"나도 네가 없었다면 큰일이었을 거야."

아르카나가 그녀의 말에 마주 대꾸했다. 시든 장미를 깔끔하게 잘라 내며 그가 이야기를 계속했다.

"하지만 이유 없이 사람을 모함하는 경우는 없지. 그래서 오히려 세무관 쪽을 좀 조사해 봤는데 말야. 세무관 쪽이 오히려 금액을 횡령했던 것 같아."

"정말?"

"현물을 직접 만지는 직업이니까. 게다가 감시하는 눈도 없고."

당연히 벌어질 만한 일이 벌어졌다는 말투였다. 시그리드는 신음을 흘리고 말했다.

"역시 직접 가서 봐야겠어."

"오늘 면접은 보고 나서."

"그래야지."

시그리드가 자리를 털고 일어났다.

"그럼 가서 씻고 갈아입을게. 아르카나도 준비해."

"나도?"

"아르카나는 내 수석 마법사잖아?"

사실 더 마법사를 고용할 일도 없지만.

"원하신다면야."

아르카나는 고개를 끄덕했다. 시그리드가 장갑을 벗으며 말했다.

"그럼 먼저 들어간다?"

"그래."

아르카나의 대답에 시그리드는 가볍게 뛰듯이 걸어서 안으로 들어왔다.

세리아가 "냉차 드릴까요?" 하고 물어와서 시그리드는 고개를 끄덕였다.

얼음을—아르카나가 만든— 잔뜩 넣은 새콤달콤한 차를 얼른 세리아가 가지고 돌아왔다. 시그리드는 단숨에 잔을 비우고 "고마워." 하고 말하고는 욕실로 들어갔다.

씻고, 머리를 말리고, 간소하게 옷을 차려입고 머리를 땋았다.

아래층으로 내려왔을 때는 이미 아르카나도 깔끔하게 차려입고 있었다. 마법사 망토를 걸친 그는 한눈에도 고명한 마법사처럼 보였다.

"아르카나 옷 멋있다."

"정식 서임 받았으니까."

그 말에 시그리드가 눈을 동그랗게 뜨고 외쳤다.

"진짜?! 왜 말하지 않은 거야?!"

"이야기할 것도 없으니까. 얼음탑에서 받은 망토입니다."

"잘됐다. 대단해, 아르카나."

시그리드가 아르카나의 손을 덥석 잡고 위아래로 붕붕 흔들었다. 의미 없는 동작이었지만 기쁨은 충분히 전해져 왔다. 아르카나가 쿡쿡 웃고 말했다.

"이제 정식으로 시리의 마법사인 거지."

"망토가 없어도, 아르카나는 나의 마법사야."

"알아."

아르카나가 고개를 끄덕였다. 이어 그가 말했다.

"시리가 여기서 손님을 맞으면 좋지 않으니까, 이 층에 올라가 있어. 면접자가 오면 내가 응접실에 데려다 놓고, 널 부르러 갈게."

"알았어."

시그리드는 순순히 이 층으로 올라갔다.

혼자가 되어 의자에 앉아, 시그리드는 책상에 팔꿈치를 괴고 잠시 생각에 잠겼다. 영지나, 가신을 뽑는 문제가 아닌 다른 문제였다.

그때 마리쉐즈가 했던 그 말.

─베라무드랑 결혼할 것도 아니잖아?

물론, 얼마 전까지만 해도 결혼할 생각은 없었다.

일단 자식을 낳을 생각이 전혀 없었으니 말이다.

그런데 지금은 영지도 있고, 나름 가문도 꾸리게 되었다. 그런데 이걸 아무에게도 물려주지 않는다는 것이⋯⋯.

'양자라도 들여야 하는 건가?'

그래, 그건 그렇게 한다고 치자.

그럼 베라무드가 다른 사람이랑 결혼하는 건?

그건 전혀 다른 차원의 문제였다.

시그리드는 베라무드가 다른 여자와 결혼하는 것을 상상해 보았다. 신전에 나란히 선 두 사람의 모습을 생각만 해도 기분이 저조해졌다.

'싫다.'

생각하고 시그리드는 다시 한 번 생각했다.

'싫다.'

정말로 순수하게 그게 '싫었다.'

하지만 그렇다고 언제까지 베라무드와 함께 있을 수도 없지 않은가?

결혼할 것도 아닌데.

시그리드는 '으으.' 하는 소리를 내고 이마를 문질렀다. 앞 머리카락이 간질간질한 걸 보니 슬슬 또 자를 때가 된 모양이었다.

'그리고 그 말은 머리를 손질해 줘야 한다는 말이지.'

기름이라도 듬뿍 발라 줘야겠다.

마리쉐즈는 반짝이는 머리카락을 유지하기 위해서 이것저것 배합한 기름을 쓰는 모양이었다. 그걸 시그리드에게도 선물해 줘서 시그리드는 소중하게 그걸 보관하고 있었다. 향유는 몹시 비싼 물건이다.

'두 사람에게 의논해 볼까?'

의논해도 너무 뻔한 이야기이기는 하다.

결혼이라니.

그건 혼자서 결정할 수 있는 문제도 아니지 않은가? 게다가 시그리드 자신이 진짜로 결혼을 하고 싶으냐고 묻는다면, 그건 또 확신할 수가 없었다.

'베라무드와 결혼.'

나란히 신전에 서 있는 모습이라니.

상상하니 의외로 뚜렷하게 상상이 되어 시그리드는 고개를 휙휙 저었다.

"아냐, 아냐, 이게 아냐. 시그리드 앙케르트나."

지금 영지 문제도 바쁜데, 이런 고민을 할 시간은 없잖아?

없는데도 어째서 계속 이렇게 머릿속에서 끊임없이 떠오르는 것일까?

시그리드가 끙끙거리고 있는데 노크 소리가 가볍게 들렸다.

"시리? 면접자가 왔는데."

"아아, 웅!"

시그리드는 자리에서 벌떡 일어났다.

그래, 중요한 문제는 지금 눈앞의 문제잖아? 시그리드는 문을 열었다.

아르카나가 아래층으로 그녀를 안내했다.

1층의 응접실로 가니, 생각보다 훨씬 젊은 나이의 남자가 서 있었다.

"안녕하십니까, 백작님. 알렉스라고 합니다."

남자는 꾸벅 고개를 숙여 인사해 보였다.

성이 없으니 평민 출신이었다.

'황실에서 평민을?'

신기하게 생각하면서도 시그리드는 자리를 권했다.

"앉게."

알렉스는 자리에 앉았고, 시그리드 역시 이어 소파에 앉았다.

"뭔가 마실 거라도?"

"아무거나 괜찮습니다."

시그리드는 종을 흔들어 세리아에게 냉차를 두 잔 주문했다. 시그리드는 면접관인 자신이 긴장한 것이 들키지 않았으면 좋겠다고 생각했다.

세리아가 차를 가지고 돌아와, 그녀는 차를 들고 마른 입술을 축였다.

"서류는 받아 보았네, 꽤 훌륭한 인재인 것 같은데. 딱히 내 영지에 오고 싶은 이유가 있는가?"

"앙케르트나 백작님은 평민 출신이시니까요."

"흠?"

"절 차별하지 않으실 거라고 생각했습니다."

"그랬군."

알렉스는 직설적으로 말하는 상대였고, 시그리드는 그게 편했다. 하지만 귀족들 사이에서 그렇게 입을 놀리는 것이 좋지 않다는 걸 그녀도 지금은 잘 알았다.

한 번 이야기의 물꼬를 트니 면접은 수월하게 진행되었다. 아르카나가 옆에서 보조 질문을 몇몇 더 던졌고, 그때마다 시그리드는 생각을 정리할 수 있었다.

짧은 면접이 끝나고 시그리드는 자리에서 일어나며 손을 내밀었다.

"와 줘서 고맙네."

"아닙니다."

알렉스가 마주 잡아 악수를 하고 자리를 떴다.

아르카나가 물었다.

"어때?"

"영지에 관해서는 나보다 더 똑똑한 것 같아."

"마음에 들어?"

"응. 돌려 말하지 않는 것도 좋고."

"그럴 것 같았어."

아르카나가 씩 웃었다.

"면접 볼 사람 더 남았어?"

"나랑 알렉스 둘만 뽑을 생각이야? 적어도 네 팀을 꾸리려면 둘 셋은 더 뽑아야지 않겠어?"

"그렇군."

시그리드는 짧게 한숨을 내쉬었다.

"그냥 아르카나에게 전부 맡기면—"

"안 돼."

아르카나가 시원하고 단호하게 대답했다. 시그리드 역시 그 말에는 동조했다. 방금은 어리광이었다. 자신과 일할 사람— 그것도 오랫동안 함께할 사람을 만나 보지도 않고 뽑는다는 건 말도 안 되는 일이다.

"알았어. 그러면 면접을 대신 빨리 잡아 줘. 이번 주가 끝나면 내려가 보고 싶거든."

"상당히 서두르네?"

"수도에서 있어 봐야 더 할 일도 없는걸. 그리고 현장에서 일하는 게 최고야."

"그래. 내려가면 얼마나 있을 생각인데?"

"글쎄? 안정시키려면 상당히 오래 머무르지 않을까?"

"베라무드와는 이야기해 봤어?"

"어?"

"꽤 오래 떨어져 있게 되는 거 아냐?"

아르카나의 말에 시그리드가 "아—" 하고 입을 벌렸다. 항상 같이 있어서, 떨어진다는 생각은 하지도 못했다.

"그러네. 생각해 보니 부대장직도 있으니까, 영지에 오래 머무르는 건……."

직임을 사퇴해야 하나.

하지만 기사는 시그리드에게 가장 중요한 가치 중 하나였다.

'아니지, 부대장을 그만둔다고 기사가 아니게 되는 건 아니니까.'

시그리드는 한숨을 내쉬었다.

"정리를 좀 하고 가야 할 것 같네. 그럼 이 주 뒤로 미룰게."

"알았어."

아르카나가 고개를 끄덕이고 이어 말했다.

"오늘 비번이지? 베라무드를 만나러 가는 건 어때?"

"그럴까?"

"그래."

아르카나가 깊게 고개를 끄덕였다. 시그리드는 "알았어." 하고 대답하며 자신의 옷을 내려다보았다. 면접을 위해 갈아입은 옷이기 때문에 꽤 백작다운 위엄 있는 옷이었다. 아니 굳이 말하자면 화려한 코트를 걸쳤다고 해야겠지만.

"이 차림으로 가도 되겠지?"

"상관없지."

아르카나는 가볍게 말했다. 시그리드는 크라벳을 풀며 말했다.

"이건 답답해서 무리야."

"그럼 리본이라도 매고 가든가."

"그래야지. 고마워, 아르카나."

시그리드가 후다닥 위층으로 올라가더니 금방 리본으로 바꿔 매고 돌아왔다.

"다녀올게."

"다녀와."

아르카나가 뒷모습을 배웅하는데 의아한 얼굴로 세리아가 물었다.

"저 차림으로 애인 만나러 가시는 거야?"

"건전하잖아."

"그야 그렇지만······. 저번에 드레스 예뻤는데. 무도회 날 입고 돌아오셨던 거."

"너무 파였어."

"와, 그 발언 무슨 윤리 교사 같아."

"세리아."

아르카나가 그녀를 돌아보며 엄한 표정을 짓자 세리아가 킥 킥 웃고 자신의 성역인 부엌으로 다시 돌아가며 말했다.

"유행은 막지 못한다고요, 아저씨."

*   *   *

똑똑.

가벼운 노크 소리에 베라무드는 고개를 들었다.

"들어와."

문이 열리고 들어온 사람이 예상치 못한 사람이라, 베라무드는 자리에서 일어났다.

"시리? 어쩐 일이야? 오늘 무슨 면접 있다고 하지 않았어?"

"끝나서 얼굴 보러 온 거예요."

시그리드가 대답하고 들어와 문을 닫으며 베라무드 책상의 서류를 힐끗 바라보았다.

"전혀 줄지 않으신 것 같은데요."

"시리가 없으니까 일할 기분이 안 나."

"그러시면 안 되죠."

시그리드가 눈썹을 모았다. 베라무드가 그녀의 옷차림을 보고 웃었다.

"여백작님다운데?"

"그런가요?"

화려한 롱코트를 걸치고, 그 안에 조끼를 입고, 거기에 리본이라니.

베라무드는 '이런 옷이 이렇게나 귀여울 수 있다니.' 하고 감탄하며 그녀의 리본을 툭 건들며 물었다.

"이러고 면접자 본 거야?"

"아뇨. 제대로 크라벳을 맸습니다. 베라무드 만나러 오려고 바꾼 거예요. 크라벳은 너무 갑갑해서 말이죠."

"잘했어."

크라벳이라니, 그건 완전히 다르지.

베라무드는 고개를 끄덕였다. 시그리드가 걱정스럽게 서류를 바라보았다. 상당한 양이 쌓여 있었다. 시그리드가 저도 모르게 말했다.

"베라무드, 제가 사임하면 어떻게 하려고 그러십니까?"

"……사임?"

베라무드의 목소리가 날카로워졌다. 시그리드가 고개를 돌려 그를 보았다.

"영지 일과 부대장 일을 병행하기가 어려울 것 같아서 말입니다. 아무래도 영지로 내려가게 되면 오랫동안 있어야 할 테니까요. 부대장직을 그렇게 오래 비워 둘 수도 없고요."

베라무드가 비딱하게 섰다.

"적어도 나에게 의논은 해 볼 수 있는 일 아냐?"

시그리드는 고개를 기울이며 말했다.

"지금 의논하려고 하는 겁니다."

"일방적으로 '내가 사임하면 어쩌려고요?' 하는 게 의논이야? 그럼? 지금 내가 안 된다고 하면 사임하지 않을 거고?"

"그건—"

"이미 마음은 정해져 있는 거네. 그런데 그게 무슨 의논이야?"

베라무드의 목소리에 더는 날이 없었다. 어조는 부드러웠다. 하지만 그 눈이— 딱, 예전에 빈민가 소거 작업 후에 궁에서 마주쳤을 때의 베라무드의 눈과 비슷했다.

경멸이나 증오는 없었지만—

'화났다.'

그것도 아주 많이 화가 났다는 건 알 수 있었다. 시그리드는 고개를 흔들고 필사적으로 말했다.

"아뇨. 사실 저도 오늘까지 생각을 못 했습니다. 아르카나가 지적해 줘서 알았어요. 두 가지를 병행하기가 어렵다는 걸요. 그래서 바로 달려온 겁니다."

"그만두겠다고 말하려고?"

"아뇨, 의견을 물어보려고요."

시그리드가 다시 꾹 강조하며 말했다. 그 말에 베라무드는 책상에 반쯤 걸터앉으며 한숨을 내쉬었다.

"시리, 난 널 사랑해."

"저도 그렇습니다……."

시그리드가 항변하듯 말해서 베라무드가 피식 웃었다.

"그래서 내가 너에게 별로 중요한 사람이 아닌 것 같으면 괴로워. 내 말이나 내 뜻이 널 전혀 움직일 수 없다는 사실도 힘들고."

"그렇지 않습니다."

시그리드가 고개를 흔들었다. 베라무드가 희미하게 웃으며 말했다.

"그래? 내 의견도 그냥 네 절친인 친구들의 의견 중 하나와 별로 다를 바가 없겠지. 아니, 나보다 잉글렛 영애나, 로웬그린의 의견이 더 중요할지도 모르고."

"그런―"

시그리드는 눈을 깜박였다. 베라무드가 그렇게 생각하고 있을 거라고는 생각도 못 했다. 베라무드가 자신의 허벅지를 가볍게 두들겼다.

"아닌가? 이건 너무 내가 나를 비하한 건가? 아니면 사실이라서 당황했어?"

베라무드는 저도 모르게 그동안 담아 왔던 말을 쏟아 냈다. 시그리드는 우정을 소중히 여기고, 주변의 사람을 소중하게 생각한다.

그래, 자신도 그녀의 그런 점이 좋지.

하지만 그렇다면 자신은 뭐가 다를까? 그 모리스 데포레스트와 다른 게 뭐야?

키스한다는 것?

"넌 나를 위해서도 죽어 주겠지만, 다른 사람을 위해서도 그렇게 하겠지."

베라무드가 손바닥을 뒤집어 보이며 쓰게 웃었다.

"그냥, 그렇다는 이야기야. 그래서, 사임한다고?"

"콘월스 영지를 안정시키려면 시간이 오래 걸릴 것 같으니까요. 그런데 베라무드가 여기 있으면, 멀어지게 되잖아요. 저는……."

"헤어지자고?"

베라무드의 말에 시그리드는 벼락을 맞은 듯 전신을 움찔했다. 베라무드가 어깨를 으쓱했다.

"일을 못 하니까, 사임. 오래 못 보니까, 이별. 아냐?"

"아닙니다!"

시그리드는 버럭 소리를 질렀다.

"헤어지고 싶지 않습니다!"

소리치고 시그리드는 머뭇거리다가 물었다.

"……헤어지고 싶으신가요?"

"아니."

베라무드가 고개를 저었다. 시그리드의 외침에 안도하는 자신이 있었다.

어째서 계속해서 확인하는 걸까?

이유를 베라무드 자신도 모르는 것은 아니었다.

'불안한 거지.'

시그리드에게 당한 것이 어디 한두 번인가? 지금은 기적적으로 사귀고 있지만, 언제 또 '죄송합니다. 생각해 보니까 그냥 우정이었어요.' 하는 대답이 돌아오지 않을까 걱정되었다.

정말로, 그녀는 자신과 다른 사람을 얼마다 다르게 대하고 있는 걸까? 시그리드에게 연인이라는 건 키스하는 친구인 게 아닐까?

그런 한심하기 짝이 없는 걱정과 불안감.

베라무드가 낮게 말했다.

"나도 헤어지고 싶지 않아."

그 대답에 시그리드는 안도했다. 그러고 보니 계속 베라무드와 의논해야지 하고서는 의논을 하지 못했다. 가까이 있는 아르카나나 친구들에게는 편하게 말했지만…….

"저는 이야기에는 소질이 없지만."

시그리드는 힐끗 시계를 보고 말했다.

"오늘은 이야기해요. 끝날 때까지 기다리겠습니다."

"한참 걸릴걸."

"알겠습니다."

꾸벅 인사하고 시그리드는 방을 나갔다. 그녀가 문을 닫자 잠시 문을 바라보던 베라무드는 양손으로 머리를 마구 헤집었다.

"아, 진짜. 베라무드 루나틸—"

여유 있는 연애.

그게 자신이 자랑하는 거였다. 상대가 시그리드라고 해도, 이 스탠스를 유지할 수 있을 줄 알았는데. 지금 발언 뭐냐, 진짜 졸렬하잖아?

시그리드가 갑자기 큰 영지를 맡게 되었고, 그게 힘에 벅차다는 건 쉽게 알 수 있다. 그런데 애인이라는 작자는 이런 식으로 나오고…….

'한심해.'

좀 더 여유를 가지고, 지켜보면서, 옆에서 도와주고…….

하지만 자신과 가장 먼저 그렇게 하지 않았다는 게 화가 났다. 아르카나와 더 가까운 것 같았고, 다른 친구들과 더 가까운 것 같아서.

시그리드가 자신을 좋아한다는 건 알지만, 그녀는 결혼하지 않을 거고—

마리쉐즈 말마따나, 자신은 맨 처음의 사귀기 쉬운 애인일지도 모른다. 언젠가 헤어지게 될.

그런 생각을 하니 초조함이 몰려와서 참을 수가 없었다.

베라무드는 힐끗 책상을 넘겨보았다.

서류는 확실히 많고, 시그리드는 시간이 없다.

일이 끝날 때까지 정말로 기다릴까?

'아냐, 쟤는 온종일이라도 기다릴 거야.'

그리고 기다리게 했다고 화도 내지 않겠지.

'끝나셨습니까?' 하고는 이야기하러 가자고 할 거다. 베라무드는 얼굴을 문질렀다.

'그래도 거기까지 치졸해지면 안 되지.'

베라무드는 후크에 걸린 재킷을 가볍게 들어 걸쳤다. 베라무드가 방을 나가자, 방문 옆 대기자 의자에 앉아 있던 시그리드가 고개를 돌렸다.

"가자."

"벌써 말인가요?"

"일은 내일 처리하면 돼."

"베라무드."

"네가 더 중요해."

그 말에 시그리드는 입을 벌렸다가 다물었다. 그녀는 자리에서 일어났고 베라무드가 물었다.

"말 타고 왔지?"

"네."

"알았어. 그러면 우리 집으로 가자."

"네."

시그리드는 고개를 끄덕였다. 베라무드는 망설이다가 손을 내밀었다. 시그리드는 그 손을 잡고 활짝 웃었다.

그 얼굴을 보며 베라무드는 생각했다.

무슨 패를 내오더라도, 자신은 분명 그녀에게 질 거라고.

오는 내내 시그리드는 조용했다.

베라무드는 그녀의 눈치를 보았다. 무슨 생각에 빠진 건지 그녀는 말의 두 귀 사이에 시선을 고정한 채로 입을 꾹 다물고 있었다.

불안감이 엄습했지만, 베라무드 역시 침묵한 채로 둘은 말머리를 나란히 하고 달렸다.

베라무드의 집에 도착해 시그리드는 코트를 벗었다. 이 날씨에 입기에는 아무리 얇은 코트라도 더웠다. 그렇다 해도 예의니겉옷을 입지 않을 수는 없지만 말이다.

'전에 로웬그린이 사 준 튜닉을 입을 걸 그랬나.'

"앉아. 냉차지?"

"네."

시그리드가 고개를 끄덕였다. 베라무드가 집사에게 차를 두잔 주문하고 자리에 앉아서 한쪽 다리를 꼬았다.

"그래서―?"

베라무드의 말에 시그리드는 자신의 무릎을 보았다가 건너편의 베라무드를 보았다.

"나 아까 베라무드가 한 말을 생각해 봤습니다."

"무슨 말?"

"넌 날 위해서도 죽어 주겠지만, 남을 위해서도 그렇게 해 줄거라는 말이요."

"아."

베라무드는 자세를 고쳤다.

그냥 나온 말이야, 신경 쓰지 마, 그렇게 말할 타이밍일까?

하지만 그건 그냥 나온 말이 아니다. 계속 신경 쓰고 있었던 이야기다.

그때 시녀가 냉차를 가지고 돌아왔다. 유리잔 가득 담긴 얼음과 차가운 차. 시그리드는 희미하게 웃으며 그걸 받았다.

베라무드도 잔을 받으며 나가라고 시녀에게 손짓을 해 보였다. 응접실 문이 닫히고 주변이 조용해졌다. 시그리드가 손안에서 차가운 유리잔을 가볍게 흔들었다. 얼음이 경쾌한 소리를 냈다.

그녀가 고개를 들어 베라무드를 보았다.

"베라무드, 전 제 명예가 더럽혀지느니 죽을 거예요."

"……알아. 임무를 수행하기 위해서도 죽을 거고, 친구를 위해서도 죽고, 그렇겠지."

"그렇지만……. 아까 생각했는데……."

힘겹게 시그리드가 말을 이었다.

"왜, 날 위해서는 못 죽겠어?"

베라무드가 심각해지는 분위기를 가볍게 할까? 하고 농담을 던지자 시그리드가 눈을 동그랗게 떴다. 베라무드는 "어." 하고 저도 모르게 말했다.

"진짜?"

아, 와, 이거 상당히 아픈데?

베라무드가 잔을 들어 마시며 얼굴을 가렸다. 시그리드가 말했다.

"명예가 더럽혀지더라도, 베라무드와 함께하면 살 수 있을 것같아요."

"—!"

베라무드는 놀라 시그리드를 보았다. 잔을 든 손에 힘이 들어갔다.

시그리드는 곤란한 건지 아니면 당혹스러운 건지 모를 얼굴로 말했다.

"그건 진짜, 저는, 기사인 게 중요하고— 그건 참을 수 없으니까, 차라리 죽겠지만— 베라무드가 같이 살자고 하면……. 베라무드만……."

"……."

베라무드가 살짝 입을 벌리는데 시그리드의 얼굴이 새빨개졌다. 그녀가 눈을 꽉 감고 외치듯 말했다.

"그, 그리고 키스하거나 두근거리거나! 그런 거 다— 전부, 베라무드랑만 하고 싶다고요! 다른 사람이랑은 조금도 하고 싶지 않아요! 베라무드에게 그런 건 아무것도 아닐지도 모르지만, 저는, 전 다 너무, 중요하고— 맨날 베라무드 앞에서는 이상해지고—"

"시그리드."

베라무드가 조용히 그녀를 불렀고 시그리드는 입술을 깨물었다.

창피하다.

이렇게 다 뒤집어서 속마음을 털어 보인다는 건 부끄럽구나.

"시리."

베라무드가 다시 그녀를 불렀다. 시그리드는 새빨개진 얼굴이 좀 가라앉았기를 바라며 힐끗 그를 보았다.

"네—"

대답하는데 어째 목소리가 힉 하고 새어 나와 시그리드는 더욱 얼굴이 빨개졌다. 그녀가 양 뺨을 감싸며 말했다.

"그, 잠깐만요, 조금만—"

진정할 시간이 필요하다고 시그리드가 이야기하려는데 베라무드가 먼저 말했다.

"결혼하자."

"……."

시그리드는 저도 모르게 입을 헤 벌리고 베라무드를 보았다.

"아니, 결혼할래? 아니, 하자."

"네……?"

"알아. 아이는 안 낳는다고. 그래, 내가 둘째라서 진짜 다행이라고 생각한 건 지금이 처음이야. 나 영지 일도 상당히 잘한다? 분명히 도움이 될걸? 그리고—"

그리고 또 뭐가 도움이 될까? 베라무드가 열심히 머리를 굴리는데 시그리드는 그런 그의 모습을 멍하니 바라보았다.

결혼?

결혼?

결혼?

어째 머릿속이 잘 굴러가지 않는다. 시그리드가 버벅거리는 사이 베라무드도 버벅거리고 있었다. 갑자기 입에서 청혼이 튀어나왔다.

반지라도 준비하든가!

자신을 책망하며 베라무드는 필사적으로 시그리드에게 말했다. 여기서 거절당하면 정말 끝이다.

"시그리드가 기사 일 하는 것도 당연히 계속 지지해 줄 거고―"

"베라무드."

시그리드가 고개를 저으며 그를 부르자 베라무드는 토끼처럼 화들짝 놀라며 얼른 답했다.

"응?"

"그, 저기, 좀 더 생각해 보겠습니다."

"아……. 응……. 미안. 내가 너무 성급하게―"

정신이 든 베라무드는 어디 쥐구멍에라도 들어가고 싶은 심정이었다. 시그리드는 마리쉐즈의 말이 떠올라 피식 웃었다. 베라무드가 그녀의 눈치를 보며 물었다.

"왜……?"

"아뇨, 마리가― 전에 초는? 오케스트라는? 하고 목소리를 높였던 게― 아, 물론 그걸 원하는 건 아닙니다."

시그리드가 손을 저었다. 하지만 그 말로도 충분히 베라무드는 기절하고 싶어졌다.

이런 청혼이 정말로 어디에 있단 말인가?

생각해 뒀던 낭만적인 이벤트와 달콤하게 속삭일 말들은 전부 사라져 버렸다. 하지만 진심이었다. 그 말이 저절로 튀어나왔다.

너와 결혼하고 싶어.

평생 함께 살고 싶어.

죽을 때까지 같이 살자.

죽어서도 한곳에 묻히고.

서로에게 스쳐 지나가는 게 아니라, 영원히 묶이자.

베라무드는 한숨을 삼켰다. 시그리드가 차를 벌컥벌컥 마셔서 잔을 비우고 말했다.

"그, 그러면 다시 원래 이야기로 돌아가도 될까요?"

"아? 응응."

베라무드가 고개를 끄덕였다.

"그래서ㅡ! 일단은 콘윌스 영지로 한 달은 내려가 있을까 합니다."

"한 달이라면 휴가 줄게."

"괜찮으시겠습니까?"

"내가 좀 더 일하면 되지."

"일하는 거 싫어하시잖습니까?"

"싫어해. 하지만 그 정도는 해 줄 수 있어."

"알겠습니다. 만약에 한 달 이상 더 걸리거나 그럴 것 같으면 이야기하도록 하겠습니다."

"알았어."

베라무드가 고개를 끄덕였다. 그가 이어 슬그머니 팔을 벌리며 말했다.

"이리 안 올래?"

"?"

"여기, 옆자리로."

그 말에 시그리드는 주변을 저도 모르게 돌아보았다. 당연히 응접실에는 아무도 없었고 그녀는 자리에서 일어났다. 베라무드의 옆자리로 이동하려는데 베라무드가 먼저 그녀의 팔을 잡아당기며 그녀의 발목 쪽을 걸어 균형을 무너트렸다. 엉겹결에 쓰러지듯 그 무릎 위에 앉은 시그리드가 소리쳤다.

"베라무드!"

"왜?"

"이건 옆이 아니잖아요!"

"응, 내 윗자리지."

그녀를 자신의 무릎에 앉힌 베라무드는 싱글싱글 웃었다. 시그리드는 베라무드를 밀어내다가 한숨을 내쉬었다. 베라무드는 깍지를 낀 손으로 그녀의 허리를 감싸고 말했다.

"그리고? 그거 말고 또?"

"아, 어제 만났던 여자애가 영지 문제 이야기했다고 제가 그랬잖아요?"

"응."

"그거 아르카나가 그러는데요—"

시그리드는 간단히 사정을 털어놓았고 베라무드는 흠 하고 잠시 생각하다 고개를 끄덕였다.

"뭐, 금액적인 면에서는 아르카나가 맞을 수도 있는데, 리반스 경은 아마 선대에서부터 영주관을 관리해 왔을 거야. 그럴 경우에는 보통 두 가지 경우로 나뉘어."

"두 가지요?"

"하나는 대리라는 것을 잊지 않으면서 엄격하고 고지식한 사람이 되는 거지. 다른 하나는 정말로 그 세무관의 말처럼 권력을 휘두르는 사람이 되거나."

"그렇군요. 돈을 횡령하지 않았다고, 부당한 권력을 휘두르지 않았다고는 할 수 없겠죠."

"횡령하지 않은 건 확신해?"

"어제 그 여자애가 입은 옷 말이에요. 진짜 허름했어요. 만약에 제가 돈이 있는 아버지라면 딸에게 그런 옷을 입히지는 않을 거예요."

시그리드가 눈을 한 번 굴리고 속삭였다.

"예전의 저 같은 성격이 아니라면요."

"그런 성격의 사람이 둘이라고 하기는 어려우니까."

베라무드가 그녀의 관자놀이에 키스하며 웅얼거리듯 말했다. 시그리드가 간지러움에 킥킥 웃고 이어 말했다.

"하여간 그 문제도 정리해야 하고, 내일 또 면접이 있어요. 아르카나 말로는 적어도 네다섯은 되어야 하지 않겠느냐고 하네요."

"음, 그 정도면 좋겠지. 사실은 병사나 무력도 가지고 있으면 좋은데. 시리는 마스터니까."

마스터는 일당백. 일당천.

상대가 마스터가 아니라면 크게 걱정할 일은 없을 것이다. 게다가 아르카나도— 마법사도 따라가지 않는가?

"가서 거기 병사들을 제 사람으로 만들어야겠죠."

"마스터니까 그건 쉬울걸."

오러 사용자를 향한 존경의 눈초리는 검을 잡는 자들에게서는 쉽게 끌어낼 수 있는 거니까.

"무력을 잡으면, 그다음은 쉬워. 게다가 넌 이미 그곳의 영주잖아. 권력은 가지고 있으니까."

"그렇군요."

"음, 같이 갈까?"

"네?"

"한 달 동안 도와줄게. 언제 내려갈 생각인데?"

"이 주 후에 내려갈까 합니다만."

"그래? 그럼 같이 갈까~"

베라무드가 그녀의 관자놀이와 머리카락에 쪽쪽 키스하며 말하자 시그리드가 "잠깐, 베라무드." 하고 손으로 그의 얼굴을 밀어냈다.

"근위대장과 부대장이 동시에 자리를 비우다니 말도 안 됩니다."

"제2부대 대장에게 맡기면 되지. 나스는 원래 내 자리를 대신

해서 일을 많이 했는걸."

"그래도—"

시그리드는 제2부대 대장이 되어서 일이 줄었다고 기뻐했던 나스의 얼굴을 잠시 떠올렸다. 베라무드가 자신의 생각에 감탄하며 말했다.

"그사이에 내 서류 작업도 다 해 주면 좋겠군. 아, 진짜 괜찮은 생각인데?"

"베라무드."

"응, 분명히 잘해 놓겠지? 아. 괜찮은데. 나도 휴가가 좀 필요하고, 한 달 정도 쉬어도 되지 않을까? 요즘 너무 열심히 일했었고."

"베라무드—"

"왜? 맞잖아?"

시그리드는 뭐라고 해야 할지 모르겠다는 얼굴을 했고 베라무드는 고개를 끄덕였다.

"그래, 그게 좋겠다."

시그리드는 결국 푹 한숨을 내쉬었다. 사실 그가 같이 가는 게 싫지 않았다.

이런 문제에서 도움도 훨씬 될 테니까.

베라무드가 그녀의 턱을 잡아 돌려 가볍게 입술에 키스하고 말했다.

"그럼 더 이야기할 건 없는 거야?"

"아— 아웬에 대해서 이야기 들었죠?"

"들었어."

베라무드의 얼굴이 설핏 굳었다. 시그리드가 물었다.

"왜요?"

"아냐. 너무, 너무 세리오스가 원하는 대로 일이 굴러가서. 생각해 봐. 시그리드, 지금 너의 가장 큰 후견인은 세리오스야. 너에게 백작 작위를 준 게 세리오스니까. 에리얼도 너에게 호의적이지. 그런데 너에게 아웬을 맡긴다? 세리오스 자신의 감시 아래둔다는 것처럼 보이잖아."

"그런 의도는 아니었는데요. 아웬이 먼저 이야기를 꺼낸 거예요."

"그렇다면 아웬이 영리한 거겠지."

아르카나와 같은 의견이었다. 시그리드는 잠시 생각했다가 고개를 혼들었다.

"그렇게 계산하는 타입 같지는 않았는데요."

"그건 네 생각이잖아."

"그거야 그렇습니다만, 눈앞에서 어머니를 잃고 밤에 잠도 못 자는 아이잖습니까."

그 말에 베라무드가 희미하게 웃었다.

"그렇지. 그렇게 떨어진 시각에서 보면 동정할 만하지. 그래, 내가 너무 계산적인 걸지도 모르겠다. 하여간 아웬의 후견인이라니. 양육비는 꼭 받아 내라."

"안 그래도 알아서 주시겠다고 하셨습니다."

시그리드의 말에 베라무드가 "그래야지." 하고 고개를 끄덕였다.

"저녁까지 먹고 갈 거지?"

베라무드가 속삭여 시그리드는 고민도 하지 못하고 고개를 끄덕였다.

진짜, 이 남자 목소리는 왜 이렇게 좋은 거야?

예전부터 했던 생각을 다시 하며 시그리드는 억울하다는 얼굴로 베라무드를 보았다. 베라무드는 그저 싱긋 웃을 뿐이었다.

"그럼 먹기 전에 운동이나 좀 해요."

"상하 운동?"

베라무드가 웃으며 말하자 시그리드는 갸웃하고 말했다.

"아뇨, 검 대련 말입니다."

"물론 그러시겠죠. 안 통할 거라고 생각했습니다."

베라무드가 시그리드의 뺨을 가볍게 당겼다가 놓으며 되물었다.

"하지만 그 옷 입고?"

시그리드가 아차 하고 자신의 옷을 내려다보았다. 좋은 옷이다. 북부 산지에서 나는 비단 거미 실로 만든 실크 셔츠.

이건 빨기도 어렵다고 들었다.

"어쩔 수 없네요……."

시그리드는 푹 한숨을 내쉬었다. 이 옷을 땀에 젖게 할 수는 없었다.

"대신 나랑 이야기하자."

베라무드가 그녀를 꽉 끌어안으며 말해서 시그리드는 고개를 끄덕였다.

"네, 이야기해요. 아주 많이요. 그 전에 이걸 좀 풀어 주신다면 요."

"싫은데."

베라무드가 시그리드의 정수리에 키스하고 턱을 올린 후 말했다. 시그리드는 뚱한 얼굴을 했다. 하지만 감싸 안은 팔이, 꼭 달라붙은 몸이 싫은 건 아니었다. 시그리드는 손을 뻗어 베라무드를 끌어안았다. 베라무드가 움찔하는 게 느껴졌다. 그녀는 그를 끌어안고 푹 한숨을 내쉬었다.

'진짜 몸 좋다.'

여자와 남자의 몸은 어째서 이렇게 단련을 해도 차이가 나는 걸까? 자신이 아무리 노력해도 베라무드만큼 근육이 생기는 것은 무리겠지.

검을 위해 단련된 근육은 너무 크지도 않았고 실전용으로 균형 잡혀 붙어 있었다. 군살 하나 없는 몸을 시그리드는 옷감 위로도 충분히 느낄 수 있었다.

왠지 억울했다. 자신이 베라무드보다 적게 단련을 하는 것도 아닐 텐데.

"시리?"

"이것 봐요."

시그리드가 베라무드의 손목을 잡고 베라무드의 옆구리와 배를 만지게 했다. 베라무드는 의아해하면서도 순순히 그녀를 따랐다. 그리고서 시그리드는 그걸 옮겨서 자신의 몸을 이리저리 쓸었다.

"시리?"

"분명히 단련 시간은 비슷할 텐데, 완전히 다르잖습니까?"

"어, 응. 그래. 그러네."

"그나마 오러가 있어서 다행이죠."

시그리드가 푹 한숨을 내쉬었다.

"난 달라서 좋은데."

베라무드가 중얼거렸다. 그의 양손이 시그리드의 양 옆구리를 등에서부터 쓸어내렸다.

"부드러운 것도 좋고, 허리가 잘록한 것도 좋고—"

그의 시선이 시그리드의 가슴을 보았으나, 멘트는 날리지 않았다. 대신 오래 바라봐서 시그리드가 그의 고개를 손으로 밀어 옆으로 돌렸다.

"그만 봐요."

"음, 소리쳐 자랑하고 싶은데 동시에 보여 주고 싶지 않은 기분이야."

"그런 기분 필요 없습니다."

시그리드가 단호하게 말했다. 베라무드가 쿡쿡 웃었다.

둘은 저녁 식사가 나올 때까지 그렇게 앉아서 이야기를 나눴다.

5 장
콘월스 영지

아웬은 시그리드의 이야기를 듣더니 눈을 휘둥그레 떴다.

"정말?! 시그리드랑 같이 사는 거야??"

"네, 제가 가서 영지를 좀 안정시키고 난 후에요."

"시그리드!"

아웬이 그녀를 꼭 끌어안았다.

"시그리드, 진짜 고마워."

더는 말이 나오지 않아 아웬은 그녀의 품에 얼굴을 묻고 숨을 헐떡거렸다. 드디어 여기서 나갈 수 있다. 이 숨 막히는 곳에서.

"어, 언제? 언제쯤 돼?"

"적어도 두세 달은 걸릴 겁니다. 석 달 정도라고 생각해 두십시오."

"삼 개월······."

그렇게나 오래······.

하지만 그래도 지금보다는 낫다. 여기서 계속 산다는 것보다는, 나간다는 희망이라도 생겼으니까.

"잘되셨습니다. 황자님."

알케르토가 웃으며 말했다. 아웬이 품에서 힐끗 그를 돌아보았다가 시그리드를 보며 말했다.

"알케르토도 같이 가면 안 돼?"

시그리드는 고개를 저었다.

"그건 안 됩니다."

"하지만······."

"알케르토는 황실 기사단 사람이고, 그의 가족들도 전부 수도에 있습니다. 황자님이 부리는 개인 기사 같은 것이 아닙니다."

칼 같은 시그리드의 말에 아웬은 어깨를 움츠렸고 알케르토가 다가와 그를 번쩍 안아 들었다.

"괜찮습니다. 어차피 호위가 없는 편이 황자님도 더 좋으실걸요?"

싱글싱글 웃으며 그가 몇 번 아웬을 얼렀다. 아웬은 알케르토에게 "알케르토는 그냥 호위 같은 게 아닌걸······." 하고 작게 속삭였고 알케르토는 희미하게 웃었다.

"저에게도 단순히 호위 대상인 분은 아니십니다. 하지만 아직 우리가 함께할 시간은 석 달이나 남아 있잖아요?"

"응."

아웬이 고개를 끄덕였다. 알케르토가 그의 등을 다독이며 시그리드에게 물었다.

"루나틸 경도 같이 내려간다며? 지금 근위대 대장과 부대장이 동시에 휴가 신청했다고 난리 났던데."

그 말에 시그리드가 한숨과 함께 고개를 끄덕였다. 알케르토가 낄낄거리며 말했다.

"차라리 그냥 결혼을 해 버리지 그러냐?"

"……?!"

시그리드가 화들짝 놀라 알케르토를 바라보자 알케르토가 어라? 했다.

"진짜로? 결혼해?"

"아니, 안 해! 아니, 안 하는 건 아니고, 그게, 그러니까아—"

시그리드의 말이 점점 헛나가기 시작했고 알케르토가 어라? 어라? 하다가 되물었다.

"청혼받았어?"

"응. 아니, 뭐, 응. 그 비슷한 거."

"청혼이면 청혼이지 그 비슷한 건 또 뭐야?"

"하여간! 비밀이야 알케르토 대넘!"

시그리드가 빽 소리 지르자 알케르토가 고개를 끄덕였다.

"대넘 가의 명예를 걸고 약속하지. 그런데 나 진짜 성 잘 짓지 않았냐?"

"그래. 너에게 잘 어울려."

시그리드가 푹 한숨을 쉬며 말했다. 알케르토가 아웬의 호위를 계속해서 맡아서인지, 논공행상에서 알케르토에게도 준남작의 작위를 주었고, 알케르토는 그래서 얼마 전에 자신의 성을 등록했다. 계승도 불가능한 작위였지만, 알케르토는 만족했다.

"시그리드…… 결혼해……?"

떨리는 목소리가 아웬에게서 흘러나왔다. 시그리드가 손을 들며 말했다.

"아직 결정된 건 없습니다."

"루나틸 경이면…… 베라무드 루나틸……? 루나틸 공작가의?"

"네."

"그 사람이랑 시그리드랑―"

"연인 사이랍니다."

알케르토가 장난스럽게 말했고 시그리드가 "알케르토!" 하고 소리치자 그가 흐응― 하고 "아니야?" 하며 되물었다.

"아니, 아닌 건 아니지만."

시그리드는 한숨과 함께 어깨를 늘어트리고 말했다.

"황자님이 신경 쓰지 않으셔도 되는 일입니다."

"응……. 저기, 시그리드."

"네."

"내려가기 전에 인사하고 갈 거지?"

아웬의 말에 시그리드는 고개를 끄덕였다. 이런 어리광이라면 얼마든지 받아 줄 수 있다.

"네, 들렀다가 가겠습니다."

"응."

아웬이 고개를 끄덕였다.

시그리드는 싱긋 웃고 "그럼 전 다음 약속이 있어서 가 봐야겠습니다." 하고 인사했다. 아웬의 배웅을 받으며 시그리드는 황자궁을 나왔다.

다음 약속은 달빛궁. 그러니까 황태자비와의 만남이다.

"바쁠 텐데 오라고 해서 미안해."

"아닙니다."

에리얼은 품에 안고 어르던 루시를 옆의 유모에게 안겨 주었다. 이제 꽤 커서 앉아 있을 수도 있었다. 어리지만 벌써 미녀가 될 조짐이 보였다.

"자네에게 이걸 주고 싶어서 말일세."

에리얼이 옆의 시종을 보자 시종이 시그리드에게 서류 봉투를 건넸다.

시그리드가 의아해하며 봉투를 받아 들고 물었다.

"열어 보아도 되겠습니까?"

"물론일세."

시그리드는 조심스럽게 황태자비 인장으로 봉인된 서류를 뜯어 열었다. 안에서 두툼한 증서가 나왔다.

수도 1구역에 있는 저택의 소유 증서였다.

주소와 함께 적혀 있는 소유주 이름은 시그리드 앙케르트나. 자신의 이름이다.

시그리드는 몇 번 눈을 깜박이며 그 이름을 보았다.

"아웬을 데리고 있으니, 그 저택으로는 부족하겠지. 내 목숨과 루시의 목숨을 구해 준 값도 겸해서 내가 내리는 것이네."

"비전하— 이건……."

"지금 있는 방이 두 자릿수도 안 되는 검소하다 못해— 음, 하여간 그 집에 아웬을 데리고 있을 수는 없지 않겠는가?"

그거야 그렇다.

"그리고 나와 루시, 세리오스 목숨을 그대가 구했지. 우리의 목숨 값은 그렇게 싸지 않네. 안에 열쇠도 들어 있고, 이미 소유주 이전도 끝났네. 사실 그 집 말고 별장도 따로 내리고 싶었지만, 거기까지는 참은 거라네. 거절하고 내가 별장까지 주면 받겠는가, 아니면 그냥 지금 그 집만 받겠는가?"

"비전하……."

시그리드는 곤란한 얼굴로 증서를 보았다가 에리얼을 보았다. 하지만 도저히 황태자비를 이길 방법이 보이지 않았다.

"어쨌든 이제 내 손은 떠났네. 그대에게 준 거니까 쓰지 않고 비워 두든가."

시그리드는 신음을 흘렸다. 절대로 못 받는다고 엎드려서 항의해야 하나? 그래도 에리얼은 눈 하나 깜짝하지 않을 듯했다.

눈앞에서 증서를 쫙쫙—

아니, 그건 절대로 불가능하다. 시그리드의 성격상 상사의 뜻을 거절하는 건 어려웠다. 시그리드는 다른 핑계를 찾다가 조심스럽게 말했다.

"비전하, 죄송하지만 전 이런 큰 저택을 꾸려 나갈 능력이 없습니다. 이 저택은 관리도 분명히 힘들 텐데—"

"콘월스 영지에서 나오는 돈으로 충분히 꾸리고도 남네. 그리고 이미 고용인까지 딸려 있는 저택이고. 믿을 만한 사람들이니 걱정하지 말게나. 황실과 큰 인연도 없는 사람들이고."

미소를 지으며 쐐기를 박듯 에리얼이 마지막 말을 덧붙였다.

그 말에 시그리드는 증서를 바라보았다.

'세상에 공짜는 없어.'

로웬그린의 말을 상기하며 시그리드는 고민하다가 고개를 들어 말했다.

"저택은 감사합니다만 비전하, 덫만 잃으실 수도 있습니다."

그야말로 명백하게 도전적인 말이었다.

당신이 내게 호의를 베푼다고 그걸 내가 돌려줄 생각은 없다. 날 붙잡는 거라면 그 미끼만 잃을 수도 있다.

"덫이 아니네."

에리얼은 싱긋 웃으며 말했다.

"아웬 님은 저에게도 소중한 분이십니다."

만약에 날 통해서 삼 황자에게 손을 뻗을 생각이라면 그것도 안 된다, 하는 말이다.

"내게도 귀여운 도련님이시지."

에리얼의 말에 시그리드는 고개를 숙였다.

"포상은 감사히 받겠습니다. 비전하."

이건 내가 한 일에 대한 상이니 서로 빚진 건 아니라는 말.

에리얼이 피식 웃었다.

"왜 그대의 친구들이 그대를 좋아하는지 알겠어."

그 말에 시그리드가 갸웃하며 "그렇습니까?" 하고 되물었고 에리얼이 고개를 끄덕였다.

"성장하는 게 보이니 즐겁군."

심지어 좀 더 가르쳐 주고 싶은 생각마저 든다. 귀족 화법치고는 거칠기는 해도 꽤 돌려 말하는 법을 익혔잖는가?

"일이 끝났으니 나가게나. 난 좀 더 루시와 시간을 보내고 싶으니."

아니면 붙잡고 강의를 하고 싶어질 것 같다.

"네, 비전하."

시그리드는 절도 있게 인사하고 방을 나섰다. 손에 들린 증서가 무겁게 느껴졌다.

'하지만—'

자신이 할 수 있는 한 최선을 다했다. 로웬그린이나 베라무드라면 좀 더 매끄럽게 마무리 지었을지도 모른다. 그래도 이만하면 나쁘지 않은 게 아닐까?

생각하며 시그리드는 궁을 나섰다.

*   *   *

알케르토는 찻잔을 바라보았다.

분홍색 도트 무늬가 찍힌 사랑스러운 물결 모양의 찻잔. 그 찻잔의 주인이 지금 눈앞에서 차를 홀짝이고 있었다.

"왜?"

마리쉐즈가 되물어 알케르토가 웃으며 말했다.

"아니, 잔도 주인을 닮았구나 하고."

그 말에 마리쉐즈가 잔을 보았다가 말했다.

"귀엽지."

"응."

알케르토가 고개를 끄덕였고 마리쉐즈가 눈을 가늘게 뜨며 말했다.

"이건 데이트라거나 그런 거 아니니까—"

"알아, 알아."

알케르토가 다시 고개를 끄덕였다. 마리쉐즈가 다시 강한 어조로 말했다.

"그냥 너랑 관계 개선을 위한 거니까—"

"알고 있어. 네 눈에 내가 차겠어?"

"……알면 됐어."

마리쉐즈의 대답에 알케르토는 느긋하게 미소를 돌려줬다. 예전 같으면 그녀의 저 말에 울컥했겠지만, 뭐 어쩌랴. 자신도 이제 성을 가진 귀족이고, 봉록도 넉넉하다.

마리쉐즈가 가볍게 헛기침을 하고 물었다.

"삼 황자님 호위는 어때? 거기 진짜 조용하지 않아?"

"무덤처럼 조용해."

"그렇군. 알케르토 너도 빨리 빠져나오는 게 좋을 거야. 괜히 얽혀서 좋을 거 없어."

"어차피 이제 얼마 안 남았어. 시그리드가 데리고 갈 거니까."

"아아, 시리도 참. 골칫거리를 맡는 재주가 있다니까."

"그런 식으로 말하지 마."

알케르토가 눈을 살짝 찌푸렸다. 마리쉐즈가 "사실인걸." 하고 어깨를 으쓱했다.

알케르토가 잔을 내려놓으며 말했다.

"넌 그 자리에 없어서 몰라. 자신의 모친이 부친의 칼에 맞아 죽는 걸 보면서도, 비명 하나 지를 수 없는 그 상황을 알아?"

"……미안."

마리쉐즈는 사과했고 알케르토는 한숨과 함께 말했다.

"물론 네 시선이 일반적이겠지. 섭정 황태자 전하는 아직 보위에 오르지 않으셨고, 루디날 황자님은 황위 계승권을 박탈당한 후 신전으로 들어가셨고, 남은 사람은 아웬 황자님뿐이니까. 하지만 그냥 어린애이실 뿐이야. 시그리드가 후견인으로 임명되어서 난 다행이라고 생각해."

마리쉐즈가 잔에 설탕을 넣으며 말했다.

"이기적이라고 할지도 모르겠지만, 사실 난 나랑 나와 관련된 사람이 아니면 타인은 그렇게 걱정되지 않아. 물론 삼 황자님의 상황이야 가엾지. 가엾지만 그게 너와 시리를 힘들게 한다면, 난 싫은 거야."

마리쉐즈의 말에 알케르토가 웃으며 대꾸했다.

"힘들지 않아."

"좋아, 그렇다면 마음껏 삼 황자님을 불쌍하게 여기도록 하지."

마리쉐즈가 그 정도야, 하는 어조로 대답했다. 알케르토가 잔을 들며 장난스럽게 물었다.

"그래서, 요즘 남편 찾기는 어때?"

"아, 다들 쭉정이뿐이야. 사실 시리 덕 좀 보려고 했는데 말이지. 그놈의 베라무드 루나틸 때문에……."

마리쉐즈가 이를 악물었다.

"아, 그 댄스 부채 박살 사건?"

"그런 웃긴 이름이 붙었어? 하여간 그래서 구애하는 남자들이 팍 줄어 버렸어. 어휴, 사내들이 패기가 있어야지, 패기가."

"그 흑기사를 상대할 패기가 있는 남자는 드물지."

"알케르토도 물러날 거야?"

"루나틸 경을 상대로? 글쎄. 내가 구애할 상대가 누구냐에 달렸지."

"나라면?"

그 말에 알케르토는 눈을 깜박였다가 '그야 물러나면 너에게 죽을 테니까 어차피 죽는 거라면 차라리 흑기사 손에 죽는 게 나을 것 같고, 그러니까―' 하는 말을 단숨에 생략하고 말했다.

"안 물러나."

"흐음―"

마리쉐즈는 미심쩍다는 식으로 소리를 흘렸지만, 그녀의 양 입꼬리는 완벽하게 치켜 올라가고 있었다. 그녀가 차를 마시고 웃음을 지우며 말했다.

"좋아, 그럼."

마리쉐즈가 고개를 끄덕였다.

알케르토가 헛기침하고 말했다.

"시그리드는 지금쯤 영지에 도착했으려나?"

"글쎄? 일주일 정도 걸릴 테니까, 아직 도착하지 않았을걸."

"걔 성격이면 최대한 빨리 가야 한다고 서두를 것도 같아서."

알케르토의 말에 마리쉐즈도 "아." 하고 고개를 끄덕였다. 흐릿한 하늘을 바라보며 그녀가 이어 말했다.

"비 오는 계절이 오기 전에 내려가는 게 좋겠지."

"올라올 때쯤은 진흙탕 밭이겠군."

알케르토의 말에 마리쉐즈는 한숨을 내쉬고 말했다.

"비 오는 동안은 긴 휴가를 받았으면 좋겠어."

"거의 안 나오잖아?"

"그래, 하지만 그래도 나가야 하는 날이 있잖아?"

마리쉐즈가 한숨을 내쉬었다. 그 말을 듣고 알케르토는 픽 웃었다. 자신도 예전에는 저런 기분이었다. 놀고 싶고, 비 오는 날 훈련은 지겹고, 빠지고 싶고, 억지로 봉록 때문에 일하고, 가족이 없었다면 하는 생각을 툭하면 하고.

하지만 그것도 옛말이다.

'그러고 보면 내가 시그리드에게 한턱 쏴야 하는 거 아닌가.'

그녀 덕분에 인생이 바뀌었으니까.

"시그리드가 올라올 때는 좋은 날씨이길 빌자고."

가볍게 잔을 들며 알케르토가 말했고 마리쉐즈 역시 건배하듯 잔을 마주 들었다.

두 사람이 시그리드 여행길의 안전을 비는 동안, 시그리드는 경쾌하게 달리는 마차 안에 앉아 있었다.

마음은 전혀 경쾌하지 않았지만 말이다.

흔들리는 마차 안에서 시그리드는 답지 않게 반쯤 쿠션에 기대앉아 눈을 감고 이야기를 계속 듣고 있었다.

이야기하던 알렉스가 고개를 들고 물었다.

"그만할까요?"

"아니. 정리해 주는 건 고맙지."

영지의 주요 이슈들을 쭉 정리해서 영지로 내려가는 동안 그녀에게 브리핑하는 중이었다.

아르카나가 서류를 접으며 말했다.

"한 번에 너무 들어도 머리에 안 들어와. 잠깐 쉬자."

똑똑똑.

그때 마차 창을 두들기는 소리가 났고 아르카나는 픽 웃었다.

"타이밍도 좋지."

시그리드가 마차 창을 열자 시원한 바람이 밀려 들어왔다. 베라무드가 말했다.

"대충 하고 승마라도 하지? 벌써 세 시간째 얌전히 앉아 있잖아?"

"그게 힘들 거라는 듯이 말씀하시네요."

"아니야?"

베라무드가 히죽 웃으며 묻자 시그리드는 한숨을 내쉬었다. 그녀가 마부 쪽 창을 리드미컬하게 두들기자 마차가 멈춰 섰다.

"잠깐 쉬었다가 가자."

시그리드의 말에 아르카나가 고개를 끄덕이고 마차 문을 열었다. 그녀가 탈출하듯 마차 밖으로 나가자 알렉스가 아르카나에게 말했다.

"괜찮은 걸까요?"

"뭐가?"

아르카나가 그를 돌아보며 묻자 알렉스가 어깨를 으쓱했다.

"무관이신 분에게 이런 일을 하게 하는 게 너무 힘드시지 않을까 하고요."

"그게 의무라면 시리는 기꺼이 해."

그 말에 알렉스와 새로 뽑힌 리리아는 서로 마주 보았다가 고개를 끄덕였다. 싫은 일이더라도 그게 의무라는 것을 알고, 의무를 가볍게 여기지 않는 사람이라면 끝까지 일해 낼 터였다.

마차 밖으로 나간 시그리드는 크게 숨을 들이마셨다.

백작의 행렬치고 일행은 단출했다.

일꾼 서너 명과 마차 두 대가 전부였다. 그래서 기동력이 좋았고, 내일이면 콘월스 영지에 들어갈 예정이었다.

"어때? 할 만해?"

"그냥 이야기를 듣는 것뿐인걸요."

베라무드의 물음에 시그리드가 어깨를 으쓱하며 답했다. 베라무드가 픽 웃었다.

"경청하는 건 힘들어."

흘리듯 듣는 것과는 전혀 다른 얘기였다. 시그리드는 고개를 끄덕였다.

"조금은요. 그래도 저걸 정리한 사람보다는 낫겠죠."

"잘하면 내가 차를 나눠 줄게."

베라무드가 싱글싱글 웃으며 하는 말에 시그리드는 억울한 표정을 하며 말했다.

"저에게는 아무것도 없었는데요."

"그러게. 삼 황자님께서 왜 나에게만 선물을 주셨을까?"

웃으며 하는 말이 얄미워, 시그리드는 그의 배를 툭 때렸다.

시그리드가 여행을 떠나기 전에 약속대로 아웬을 찾아갔더니, 아웬은 작은 차 상자를 내밀었다. 상아로 세공된 보기에도 비싸 보이는 상자였다.

"루나틸 경에게 전해 줘. 선물이라고."

"루나틸 경에게요?"

"응."

아웬이 고개를 끄덕였다. 그가 덧붙였다.

"절대로 시그리드가 중간에서 가로채거나 혼자 먹으면 안 돼? 꼭, 꼭! 루나틸 경에게 줘야 해?"

"그런 짓 하지 않습니다."

시그리드는 억울해져서, '절 뭐로 보시고.'라고 하며 그 상자를 챙겼다. 그리고 약속대로 그것을 베라무드에게 전해 주었다.

베라무드는 선물에 놀랐고, 시그리드는 '사랑받아서 좋겠네요.' 하고 투덜거렸다.

뭐랄까?

아웬에게 가장 사랑받는 건 자신이라고 생각했는데, 예상치도 못한 사람이 나타난 듯한 기분이었다.

'하긴, 미워하는 것보다야 낫지.'

마음속으로 시그리드는 아웬이 베라무드에게 호의적인 것을 다행이라고 생각했다. 그녀가 베라무드에게 말했다.

"분명히 제 연인이라고 해서 챙겨 준 걸 겁니다."

"하하, 그럴지도 모르겠네."

베라무드가 순순히 고개를 끄덕였다. 그러자 시그리드는 오히려 김이 빠졌다.

'그러고 보니…….'

자신은 항상 이 남자가 싫었지.

자신보다 훨씬 더 좋은 혈통에, 능력에 —착각이었지만—신뢰도 더 받고 있다고 생각했다. 항상 라이벌이라고 생각했다.

'지금 생각하면 열등감이지만.'

시그리드는 의아한 얼굴을 한 베라무드를 빤히 바라보았다.

처음에는 전혀 자신을 신경 쓰지 않다가— 계속 자신과 부딪치게 되자 관계가 악화되었다가, 빈민굴 사건 이후에 최고조에 다다랐다. 그리고서 폐하를 졸라 베라무드의 작전에 따라가서, 고립된 그를 단신으로 구하러 갔을 때—

'구하러 갔는데 너 미쳤냐? 하는 말만 들었었지.'

그리고 부상당한 그를 데리고 적진에서 탈출하는 데 진짜 고생했었고.

"시리?"

베라무드가 결국 그녀의 이름을 불렀다. 시그리드는 저도 모르게 물었다.

"정말 날 좋아해요?"

"당연하지. 좋아하지 않는 여자에게 청혼하지는 않아."

베라무드가 낮은 목소리로 속삭였다.

내가 널 위해서 어디까지 선을 넘은 줄 알아? 같은 말을 할 수도 있지만, 그는 하지 않았고 할 생각도 없었다.

시그리드는 "그렇죠." 하고 진지하게 고개를 끄덕였다. 그녀가 "음—" 하고 슬쩍 그의 눈치를 보며 말했다.

"대답은 좀 더⋯⋯."

"알았어. 다른 일로 더 바쁘다. 이거지?"

"그게, 베라무드가 중요하지 않다는 뜻은 아니고요! 하지만 이건 진지한 문제니까, 진지하게 생각해서 대답하고 싶어요."

"알았어."

베라무드는 순순히 대답했다. 프러포즈하고 대답을 계속 미룬다면, 관계는 깨지거나 불안감으로 가득 찰 것이다.

하지만 시그리드가 말할 때는 전부 진심이라는 것을 알기에 베라무드는 길게 보기로 마음먹었다. 그리고 최대한 대답을 예스 쪽으로 받아 내려고 애썼고.

"그럼 다시 슬슬 출발할까요?"

"십 분 쉬었잖아?"

"최대한 빨리 영지에 도착하고 싶어요. 싸움에서 중요한 건 기동력이거든요."

"예정보다 훨씬 일찍 도착하면 확실히 허를 찌르기는 하겠지."

베라무드가 고개를 끄덕였다. 시그리드가 다시 마차에 올라타는 걸 보고 베라무드도 말에 올라탔다.

'생각보다 훨씬 일찍 도착하겠는걸.'

*　　*　　*

콘월스 영지의 대부분은 평지였고, 그 평지 가득 초록 밀밭이 물결치고 있었다. 이 영지가 얼마나 윤택한 곳인지를 단적으로 보여 주는 광경이었다.

그리고 그 영지의 영주를 위한 저택인 영주관이 위용을 자랑하며 서 있었다. 250개에 달하는 방을 가진 건물과 정원은 화려함을 자랑했다.

그 저택 앞에 백합 문장이 그려진 깃발을 휘날리며 마차 두 대가 들어섰다. 거의 기습에 가까운 도착이었는데 그녀를 맞이하는 시중인들은 놀랍도록 태연했다.

마치 몇 번이나 인사를 했던 것처럼, 나란히 저택 입구에 늘어선 모든 시중인을 보며 시그리드는 가볍게 마차에서 내렸다.

"백작님을 뵙습니다."

리반스인 게 틀림없는 중년의 남자가 깍듯하게 인사하자 사람들 역시 한목소리로 외쳤다.

"어서 오십시오."

보통의 평민이라면 여기서 기가 죽었겠지만, 기사단 사열을 받던 시그리드에게는 익숙한 장면이었다.

"만나서 반갑네."

시그리드는 대답하고 저택으로 쭉 걸어 들어가기 시작했고, 리반스가 재빠르게 따라붙었다.

"저택의 관리자인 아이작 리반스라고 합니다."

"이야기는 많이 들었네."

그때 맞은편 열에서 한 남자가 튀어나왔다.

"백작님."

"그대는 분명히 세무관인 에인츠겠군."

"알아봐 주셔서 황공합니다."

"그동안 수고했네. 이제 내가 데려온 사람이 그 일을 대신할 테니 그대는 떠나도 좋네."

"예?"

에인츠는 저도 모르게 목소리를 높였고 늘어서 있던 사람들 사이로 역시 술렁이는 기운이 퍼져 나갔다. 시그리드가 멈춰 서서 그를 돌아보며 말했다.

"수고했네. 더는 그 임무는 하지 않아도 좋네. 자넬 그 임무에서 배제하겠다는 말이지. 그럼 수고했네. 퇴직금은 황가에 청구하는 게 좋겠지."

입을 떡 벌린 에인츠를 뒤로하고 시그리드는 계속 걷기 시작했다. 횡령했다면, 더 이상 그를 내버려 둘 이유가 없었다.

그동안 횡령한 금액을 추궁해서 토해 내도록 해야겠지만, 그건 이미 황실 감사원에게 찔러 놨으니 그들이 알아서 할 일이다.

"아."

시그리드가 저택 현관을 들어가기 전에 돌아섰다.

"해산해도 좋아."

그녀는 딱 한마디를 던지고 현관문을 열고 안으로 들어갔다.

"관리는 잘되어 있네."

금방 따라온 베라무드가 옆에서 말하며 휙 홀을 둘러보았다. 시그리드가 고개를 끄덕였다.

"그러네요."

"기선 제압을 할 생각이었으면 끝내줬어."

베라무드가 낮게 속삭였고, 시그리드는 눈을 동그랗게 뜨며 마주 속삭였다.

"그럴 생각은 아니었는데요?"

"아니었어? 다른 말도 없이 최종 결정권자가 나타나자마자 구세력의 한 축을 잘라 버리고 시작한 건데?"

"아뇨, 그냥 구구절절한 게 귀찮아서."

중얼거리다가 시그리드가 눈을 깜박이고 물었다.

"인상이 안 좋았을까요?"

"그건 아닌 것 같아."

본능적으로 취한 행동이라면, 그쪽이 더 무섭지.

베라무드가 말을 끝내고 몸을 쭉 펴며 쉬어 자세를 취했다. 리반스가 허둥지둥 둘을 따라와 말했다.

"배, 백작님. 아직 사람들 소개를 하지 않았습니다만."

"한 명씩 내 방으로 불러서 이야기를 나눌 생각이야."

시그리드의 말에 리반스는 "그렇습니까." 하고 대답했다. 감정이 드러나지 않을 것 같던 그의 얼굴이 당혹감으로 물들었다.

"혹시 시장하시다면 식사 준비를 하겠습니다. 아니면 바로 집무실로 안내해 드릴까요?"

"집 안을 한 바퀴 둘러볼 수 있으면 좋겠어. 아르카나, 같이 갈 거지?"

아르카나가 조용히 대답했다.

"네. 영주님이 그렇게 빨리 걷지만 않는다면 말이죠."

다른 사람 앞이라 정중했지만, 멋대로 앞서 나간 시그리드를 비난하고 있는 건 확실했다. 시그리드는 공손히 대답했다.

"마법사의 속도에 맞추도록 하지."

뒤따라 온 알렉스와 리리아가 고개를 끄덕였다.

일행은 저택 전체를 돌아보고 —3시간쯤 걸렸다— 집무실로 향했다. 그리고 한 명씩 인터뷰를 시작했다.

한밤중이 되자 알렉스와 리리아는 깨달았다.

괜찮지 않은 건 시그리드가 아니라 자신들이라는걸.

'체력적으로 상대가 안 돼.'

평생 펜대만 잡아 오던 둘과 시그리드의 체력은 기초부터가 달랐다. 마차를 타고 영지까지 내려와서 짐을 풀 사이도 없이 일을 시작한 두 사람은 밤이 되자 서서히 졸음과 피로가 몰려오기 시작했다.

하지만 보스인 시그리드가 쌩쌩하니 이제 그만하고 내일 하자는 이야기도 꺼낼 수 없었다.

그 이야기를 꺼낸 건 베라무드였다. 호위처럼 뒤에 시립하고 있던 그가 허리를 숙여 시그리드에게 말했다.

"이제 그만하지. 다들 잘 시간에 가까운데."

"벌써 그렇게 됐어? 아르카나, 얼마나 남았어?"

"이제 얼마 안 남았는데? 열 명 정도?"

휙휙 종이를 넘겨 보이며 아르카나가 말했다. 시그리드는 으음 하고 눈을 가늘게 떴다.

"남기기에는 좀 그렇고, 처리하자니 새벽까지 가겠군."

어떻게 할까?

시그리드는 툭툭 펜으로 종이를 가볍게 두들겼다. 베라무드가 피식 웃으며 말했다.

"내일 아침에 해. 다들 집중력도 떨어지고, 그 나머지 사람들은 내일 아침부터 일해야 하잖아? 잠을 늦게 재우는 것도 아니지."

"하긴, 그건 그러네."

시그리드가 한숨을 내쉬고 설렁줄을 잡아당겼다. 즉각, 대기하고 있던 리반스가 하인용 문을 열고 나타났다.

"리반스."

"네, 백작님."

"남은 사람들은 내일 아침 다시 시작하도록 하지. 오늘은 이만 가서 쉬라고 전해 둬."

"알겠습니다."

"오늘 수고했네."

"아닙니다."

"나머지 사람들도 가서 쉬어. 야식 먹고 싶은 사람 있으면 지금 주문하고?"

알렉스와 리리아는 고개를 저었다.

"아닙니다."

"괜찮습니다."

그보다는 당장 침대로 가서 쓰러져 자고 싶었다.

"알겠네. 그러면 내일 아침 일곱 시에—"

"늦잠 좀 자고 열 시로 해 둬."

베라무드의 말에 시그리드는 그렇게 늦게?! 했다가 다시 한숨을 내쉬고 고개를 끄덕였다.

"그럼 열 시에 다시 시작하는 거로 하지."

"감사합니다!"

누구를 향한 감사인지 인사를 남기고 알렉스와 리리아는 얼른 자리에서 일어나 서류를 챙겨 들고 퇴실했다.

아르카나가 "이런." 하고 서류를 덮었다. 그 역시 눈이 피로해지는 참이었다.

"그럼 이만 쉬어."

아르카나가 말하고 나서 빤히 베라무드를 바라보았다. 베라무드가 "아? 어? 나도?" 하고 물었고 아르카나가 차갑게 말했다.

"그러면 고용인들이 모두 있는 이곳에서 시리랑 단둘이 남아 있을 생각이었나요? 더 뭔가 하고 싶은 게 있으면 날 사이에 둬야 할 겁니다."

베라무드는 끙 하고 신음을 내뱉고 시그리드의 이마에 키스했다.

"잘 자. 내일 보자."

"아, 네. 아르카나도 잘 자."

"잘 자, 시리."

인사하고 아르카나는 문을 열었다. 베라무드에게 휙 고갯짓해서 나오라고 하는 아르카나를 보고 베라무드는 아쉬움을 남기며 문을 나섰다.

복도를 나란히 걸으며 베라무드가 속삭였다.

"내가 시리랑 결혼하면 반드시 널 먼저 해고하라고 할 테다."

"하하하."

아르카나가 우스운 농담을 들었다는 듯 경쾌하게 웃고 말했다.

"이혼당하실 생각이면 그러시죠."

그 말에 베라무드는 입 안으로 투덜거리고 이어 말했다.

"괜찮은 것 같지 않아?"

"이혼이요?"

"아니, 그거 말고."

푹 한숨을 내쉬고 베라무드가 말했다.

"리반스 경."

"아아— 네. 면접자들의 이야기를 들어 보니 고지식하기는 하지만, 권력을 휘두르거나 사익을 추구하는 스타일은 아닌 것 같습니다."

"그렇지. 그런데 시리도 그런 타입이니까~"

베라무드가 한숨을 삼키며 중얼거리자 아르카나가 말했다.

"그래도 시그리드에게는 당신이 있으니까요."

"어."

베라무드가 멈칫하자 아르카나가 힐끗 그를 바라보았다.

"뭡니까?"

"아니, 네가 날 인정할 줄은―"

"그런 말은 한 적 없는데요."

"하지만 방금―"

"아닌데요."

"내가―"

"아닙니다."

"아, 그러셔."

베라무드가 쯧 하고 걷기 시작하자 아르카나가 따라 걸음을 옮기며 말했다.

"균형은 중요하니까요."

그 말에 베라무드가 힐끗 그를 바라보았다.

'그러니까 나름 인정은 하지만, 그걸로 절대 내가 좋아하는 꼴은 못 보겠다는 거군.'

뭐, 아예 인정도 안 하는 것보다야 낫다고 생각하며 베라무드는 어깨를 으쓱했다.

"그러면, 들어가서 쉬시죠. 수석 마법사님."

싱긋 웃으며 베라무드가 말하자 아르카나가 떨떠름한 얼굴을 하고 그를 보았다.

그가 한숨을 가늘게 내쉬고 말했다.

"그 호칭은 그만두죠."

"싫으십니까?"

"그 낯간지러운 높임말도요."

이제 표정이 '떨떠름'에서 '진짜 싫다'로 변해 있어서 베라무드가 얼른 말을 바꾸었다.

"왜 싫어? 높여 준다는데."

아르카나가 자신의 방문 앞에 멈춰 서서 싱긋 웃고 말했다.

"이쪽이 더 비꼬기 편하거든요. 그럼 안녕히 주무십시오. 흑기사님."

그러며 흠잡을 데 없이 우아하게 인사를 한 후, 자신의 방으로 쏙 들어가 버렸다. 복도에 남아 있던 베라무드는 "참나." 하고 푹푹 한숨을 내쉬고 자신의 방으로 향했다.

다음 날, 동트기 전.

언제나처럼 시그리드는 눈을 반짝 떴다.

'어제 개인 연무장이 있었지.'

저절로 입꼬리가 올라갔다. 그녀는 얼른 침대에서 일어나 후다닥 옷을 갈아입고 검을 찬 뒤 아직 깨지 않은 저택을 빠져나갔다.

얼마 지나지 않아, 시그리드는 영주관의 가장 좋은 점은 개인 연무장이라고 몇 번이나 생각했다. 정원에서 검을 휘두르는 것과는 완전히 달랐다. 넓이도 훨씬 넓어서 좀 더 간격을 벌린 가상의 싸움도 해 볼 수 있고.

"후—"

숨을 훅 내쉬며 시그리드는 검을 지팡이 삼아 섰다. 땀이 비 오듯 뚝뚝 떨어졌다. 이제 해가 완전히 떠올라 있었다.

"백작님, 차라도 올릴까요?"

옆에서 빼꼼히 고개를 내민 여자아이의 말에 시그리드는 그제 야 그녀에게 시선을 주었다. 있다는 건 알았지만, 검술에 열중하느라 잊고 있었다.

"아, 넌 그때."

"바이올렛 리반스입니다. 감사합니다. 백작님."

그녀가 얼른 수건을 가지고 종종걸음으로 다가와 말했다.

"아니, 그다지. 그보다 나도 감사해야지."

보안 구멍을 알게 해 줬으니.

"?"

그 말에 바이올렛은 갸웃했지만, 시그리드는 별말 하지 않았다. 대신 그녀는 궁금했던 걸 물었다.

"아직도 모르시나?"

"네?"

"네가 내게 왔었다는 거."

"네, 알면 아마 절 가만두지 않으실 거예요."

바이올렛이 떨며 말했다. 시그리드는 수건으로 땀을 훔치며 말했다.

"다음부터는 그렇게 무모한 짓은 하지 않는 게 좋아."

그녀는 세리아를 떠올렸다. 단순히 길을 가다가 봉변을 당할 뻔했지 않은가?

"좋은 사람만 있는 건 아니니까."

"네."

바이올렛이 가볍게 무릎을 굽혔다가 폈다. 하지만 여전히 떠나지 않고 눈치를 보고 있어서 시그리드가 물었다.

"더 할 말이라도?"

"아뇨, 아닙니다. 그 목마르지 않으세요? 차라도 한 잔 드릴까요?"

"음, 냉차 있어? 아니면 그냥 찬물이라도."

"알겠습니다."

바이올렛은 뒷걸음질 치다가 몸을 돌려서 사라졌다. 맞춘 건지, 아니면 타이밍이 좋은 건지, 바이올렛이 사라지자 베라무드가 모습을 드러냈다.

"아침 연습?"

"네. 좀 전에 끝났습니다만. 베라무드는 안 하십니까?"

"쉴래. 난 휴식도 중요하게 생각하는 편이라."

"그렇군요."

시그리드가 고개를 끄덕였다. 베라무드가 슬그머니 주변을 둘러보고는 말했다.

"시리."

"네."

"땀에 젖어서 다 비쳐 보여……. 다음에 연습할 때는 그 셔츠 안 입는 게 좋겠다."

"아."

시그리드가 자신의 옷을 내려다보았다가 수건을 망토처럼 두르고는 말했다.

"여기는 개인 연무장이라고요. 아무도 안 들어오게 해 두면 되죠. 어라? 아, 진짜 그래도 되네요. 와— 백작 좋은데요."

독점하는 개인 연무장이라니, 하고 감탄하며 시그리드가 고개를 끄덕였다. 베라무드는 저도 모르게 웃었다.

"그게 좋은 점이야? 다른 점은 없고?"

"글쎄요. 다른 건 아직 잘……. 음, 예쁜 옷을 좀 더 마음껏 살 수 있겠죠. 장신구도 사고, 친구들에게 선물도 해 줄 수 있고. 흠, 생각보다 장점이 꽤 되는걸요."

"하핫—"

베라무드가 다시 소리 내어 웃었다.

시그리드가 "왜요?" 하는 눈으로 그를 바라보자 베라무드는 고개를 저었다.

모두가 작위를 원한다.

작위를 원한다는 건 거기 따라오는 영지와 부를 원하는 것이기도 하지만 동시에 권력을 원한다는 이야기이기도 했다. 시그리드가 꼽는 좋은 점은, 백작위를 받은 사람이 꼽는 좋은 점이라고 하기에는 소박한 것들이었다.

"백작님, 여기 냉차를— 가져왔습니다. 안녕하세요."

바이올렛이 쟁반에 유리잔을 받쳐 들고 왔다가 베라무드를 보고 멈칫했다.

그녀가 베라무드의 눈치를 보며 다가와 물었다.

"경께도 한 잔 가져다 올릴까요?"

"아니, 난 괜찮아."

"괜찮대. 고마워."

시그리드가 잔을 들며 말했다. 베라무드가 말했다.

"아침 먹고, 다시 업무?"

"그래야죠. 식사는 같이 하실 거죠?"

"당연하죠, 아가씨."

에스코트하듯 베라무드가 팔을 내밀며 말했고 시그리드는 픽 웃었다. 그녀가 팔 위에 손을 얹으며 말했다.

"일단 먼저 씻기부터 하고요."

"거기에 나도 참여할 수 있으면 좋겠는데."

시무룩하니 베라무드가 말해 와 시그리드가 물었다.

"아직 안 씻었어요?"

"아뇨. 씻었습니다. 그게 아니라 몸종처럼 시그리드의 목욕 시중을 들고 싶다는 욕— 시리? 잠깐, 주먹은 내려놓고 이야기하자."

시그리드는 주먹 대신 그의 옆구리를 손날로 치고 말했다.

"그런 설명 필요 없습니다."

"네, 죄송합니다."

베라무드는 옆구리를 붙잡고 끙끙거리며 시그리드를 정중하게 방까지 에스코트해 주었다.

아침 식사를 하고 ─요리장은 꽤 기합이 들어간 모양이었다.─
시그리드는 다시 업무를 시작했다. 사실 하루아침에 모든 것을
파악할 수는 없었고, 인간관계를 구축하는 데 가장 크게 소요되
는 것은 시간이었다.

그래도 시그리드는 첫 단추부터 잘 끼우기를 원했고, 그래서
모든 것을 꼼꼼하게 조사했다. 그 결과 리반스 밑에서 일했던 기
존 인원들은 대부분 그대로 채용하기로 했다.

"생각보다 할 일이 없는데?"

아르카나의 말에 시그리드가 "그래?" 하고 고개를 들었다. 아
르카나가 고개를 끄덕였다.

"저택 내부의 일은 리반스 경이 잘 관리해 오고 있어서 별문제
없고. 세무 관계에서는 좀 갈아 치워야 했지만, 어차피 네가 오
자마자 그놈을 해고했으니까. 머리가 순식간에 툭 잘려서 헛짓
은 못 하겠고."

그 외에 중요한 관개나 건설이나 증축 등 영지와 관련된 모든
일 중에 새로 시작된 일은 없었다.

"돈을 들여서 새로 만드는 것보다는 보수하면서 질질 끌어왔
던 것 같아."

"그러면서 공사 대금은 착복하고?"

"그렇지. 그리고 새로 만들면 신경 쓸 일도 더 많으니까. 하지
만 덕분에 앞으로 일을 새로 시작하기는 해도, 딱히 정리할 일은
없어."

그나마 다행이지, 하고 아르카나가 어깨를 으쓱했다.

"그럼 이제—"

시그리드가 서류를 정리하고 말했다.

"영지 시찰이군."

영지민과 직접 만남을 가질 때다.

"앉아서 서류를 보는 거랑 현장에서 직접 보는 건 전혀 다른 이야기니까."

시그리드가 자리에서 일어났다.

"눈에 띄게 마차를 대동하지는 말고. 그냥 여행객처럼 하고 동향을 살필까 하는데? 그다음에 내 인장을 내보여도 되겠지?"

"감찰관처럼?"

아르카나의 말에 시그리드가 고개를 끄덕였다. 그 말에 알렉스가 저도 모르게,

"하지만 백작님, 호위는 중요—"

'중요합니다.' 하고 외치려다가 그는 얌전히 고개를 숙였다. 마스터 둘과 마법사 한 명이 빤히 자신을 보고 있다.

"—하니 잘 꾸리시는 게 좋을 것 같습니다. 특히 후계가 없는 지금은요."

그래도 그는 자신의 말을 마무리했다.

'후계라니.'

생각은 했지만 막상 그걸 자신의 부하에게서 들으니 신기한 기분이라 시그리드는 눈을 깜박였다.

"주의하도록 하지."

그녀의 대답에 알렉스는 "네, 영주님." 하고 공손히 대답했다. 그가 이어 말했다.

"리반스 경과 동행하는 것이 좋을 것 같습니다."

아르카나 역시 고개를 끄덕였다.

"영주관 내부의 일을 처리했다고 해도, 영주관 안의 일이 영지와 연결된 건 변함없으니까."

"알았어. 실무자를 동행하라 이거지?"

시그리드의 말에 아르카나가 "그거지." 하고 웃으며 답했다.

"그럼 빨리 움직이는 게 좋겠네."

시그리드가 씩씩하게 말했다.

가장 바빴던 이 주였다.

직접 영지를 돌아보며 리반스의 이야기를 듣는 건 서류로 상상만 하던 것보다 훨씬 도움이 되었다.

보수가 필요 없는 곳과 보수가 필요한 것, 개축이 필요한 것, 기타 등등을 서류에 표시하며 일행은 부지런히 움직였다.

보통 영주의 행차라면 기사와 병사를 거느리고 크게 깃발을 펄럭이며 다닐 테지만 시그리드의 일행은 달랑 넷뿐이었다.

시그리드는 신기한 기분이었다.

'내 영지라니.'

누가 이걸 상상이나 했겠는가?

끝없는 지평선으로 펼쳐진 초록빛 밀밭이 바람에 파도처럼 흔들리는 걸 보면, 이 땅이 전부 내 것이라는 게 영 실감이 나지 않았다.

"멋진 풍경이네."

베라무드가 그녀의 옆에 서서 중얼거렸다. 지평선 너머로 서서히 해가 지고 있었다.

"네."

시그리드는 고개를 끄덕였다.

베라무드가 웃으며 말했다.

"그거 알아? 해가 지고 뜰 때마다 네가 생각나."

"제가요?"

"네 눈 안에도 있잖아."

"아."

시그리드는 눈을 깜박였다.

평소라면 여기서 당황했겠지만, 시그리드도 그사이에 성장을 했다. 뭔가 자신도 베라무드를 칭찬해야 하지 않을까? 필사적으로 머리를 쥐어짜는데 그가 허리를 숙여 키스해 왔다.

입술이 부드럽게 와 닿고 혀가 조심스럽게 입을 벌리며 들어오자 시그리드는 하던 생각을 전부 멈췄다.

베라무드가 시그리드의 입술을 가볍게 물면서 입술을 떼었다. 몽롱함이 그녀의 눈에 담긴 걸 보는 게 좋았다. 그가 속삭였다.

"결혼하면 더 기분 좋은 것도 해 줄게."

그 말에 시그리드가 "베라무드!" 하고 그를 찰싹 때렸다. 베라무드가 웃음을 터트렸다. 그가 그녀의 어깨를 밀며 말했다.

"자, 자, 얼른 가서 쉬자고. 강행군 중이니 말야."

"정말이지."

시그리드는 투덜거렸지만 궁금하기도 했다.

'더 기분 좋은 게 뭘까?'

하지만 왜인지 물어보면 안 될 것 같아 시그리드는 그 질문은 마음속에 담아 두기로 했다.

'나중에 로웬그린에게 물어봐야지.'

하며 말이다.

이 주간의 강행군 동안 리반스 경이 가장 힘들어했지만 그래도 군말은 하지 않았다. 베라무드는 그 중년 남성의 엉덩이를 마음속으로 동정했다.

'갑자기 생긴 주군이 일 중독자라니 불쌍하기도 하지.'

하지만 베라무드의 생각과 달리 리반스는 일을 열심히 하는 시그리드를 경외하는 눈치였다.

그는 몇 번이나 모닥불 앞에서 그런 뉘앙스의 말을 슬그머니 털어놓고는 했다.

물론 시그리드가 없을 때만 그런 말을 했지만 말이다.

시그리드가 말을 모는 속도는 빨랐다. 그 덕에 이 주라는 시간 내에 영지 전체를 꼼꼼하게 둘러보는 게 가능했다.

그렇게 가져온 서류들을 다시 재분배하는 간단하고도 복잡한 과정을 거쳐 삼 주째가 되어서야 간신히 그녀는 쉴 수 있었다.

'휴가는 한 달이었으니까 간신히 일정에 맞추겠다.'

마지막 서류를 덮으며 시그리드는 안도의 한숨을 삼켰다.

어떻게든 병행할 수 있을 듯도 싶었다. 리반스는 꽤 믿을 만한 사람이었고, 측근들을 당분간 영지에 심어 놓으면 그럭저럭 굴러가지 않을까?

물론 최종 결정권자가 먼 곳에 살고 있다는 건 장점이 아니기는 하지만.

'마법으로 어떻게 안 되나? 아르카나에게 물어볼까?'

갸웃했다가 시그리드는 문득 떠오른 생각에 자신의 손을 내려다보았다.

인장 반지가 오른손 가운뎃손가락에서 묵직하게 빛나고 있었다.

자신은 백작이고, 권력도 있다. 수도에 일명 '잘나가는 친구'도 있었고.

'이런 식으로 권력을 써 본 적은 없지만.'

없지만 해야 할 일이다.

시그리드는 주먹을 살짝 쥐었다가 풀고 아르카나를 찾아 나섰다. 저녁 늦은 무렵이었다.

'집이 너무 커.'

방이 너무 많아서 적응하기가 힘들 정도였다.

시그리드는 복도 끝에 멈춰 섰다. 복도 가득한 유리창으로 쏟아져 들어오는 노을은 상당히 장엄했다. 복도에 부조된 흰 조각상들이 붉은색으로 타오르는 것처럼 보였다.

창문을 내다보면 넓게 대칭으로 쭉 관리된 정원이 한눈에 들어왔다. 공기에서 신록의 냄새가 난다. 잠시 밖을 보다가 시그리드는 다시 걸음을 옮겼다.

똑똑.

노크 소리에 아르카나는 고개를 들었다.

"누구?"

"나야."

"들어와."

아르카나는 자리에서 일어나지 않고 편하게 대답했다. 문이 열리고 시그리드가 고개를 내밀었다.

"일하는 중이야?"

"이제 끝났어."

아르카나가 탁 하고 공책을 접어 옆의 테이블에 올려놓았다.

"무슨 일이야?"

그의 물음에 시그리드가 슬금슬금 그에게 다가갔다. 아르카나가 웃으며 말했다.

"왜? 뭐? 청혼 문제라면 의논해 주지 않을 거야."

"응? 어째서?"

"그건 정말로 너 혼자 오롯이 결정해야 할 문제니까."

"너무하네."

시그리드가 어깨를 늘어트렸다. 그녀가 고개를 흔들고 말했다.

"하지만 그것 때문에 온 건 아냐."

"그래?"

"응."

시그리드가 바싹 다가섰다. 아르카나는 의아한 얼굴로 그녀를 올려다보았다.

"나 말이야. 백작이면 권력이 좀 있잖아?"

"있지."

"괜찮은 친구들도 있고."

"그렇지."

"난 권력을 휘둘러 본 적이 없지만. 아니, 이건 권력을 휘두르는 게 아니라 정당한 일이라고 생각하거든."

"무슨 일인데?"

아르카나가 다시 물었고, 시그리드가 낮게 속삭였다.

"누구야?"

아르카나는 단숨에 그녀의 말뜻을 알아들었다. 그녀의 주홍색 눈이 빤히 그를 바라보았다.

"누군지 말해 줘. 아르카나."

"난⋯⋯."

"아르카나 넌 포기했지. 여동생을 지키기 위해서, 마법사가 되려고. 하지만 난 포기하지 않았어. 난 서약도 하지 않았어. 그리고 넌 내 소중한 가족이나 마찬가지야. 피값을 내게 넘겨. 그 개새끼들이 값을 치르게 해 주겠어."

"난."

아르카나는 다시 말을 꺼냈다가 입을 다물었다. 이 일을 그녀에게 넘기는 것이 옳은 것일까? 하지만 넘기지 않기에는 너무나도 강렬한 유혹이었다.

아르카나는 시그리드를 바라보았다. 그녀는 심판자와 같이 그에게 죄인의 이름을 내놓으라고 말하고 있다.

복수를 타인에게 맡기거나 미루는 건 쉽지 않은 결정이었다.

하지만 시그리드는 타인인가?

"두 사람이야."

아르카나는 작게 신상 명세를 털어놓았고 시그리드는 귀담아들었다. 그녀는 만족스럽게 이름을 머릿속에 넣고 몸을 숙여 그의 뺨에 키스했다.

"고마워, 아르카나."

복수를 나누는 건, 목숨을 나누는 것만큼 어려운 일이다.

시그리드는 자신이 거기까지 들어갈 수 있도록 해 줘서 아르카나에게 감사했다.

"내가 고맙지."

아르카나가 희미하게 웃었다. 그가 손을 뻗어 그녀의 손을 잡고, 손등에 키스했다.

"내 기사님."

"맡겨 둬."

시그리드가 단호하게 말하고 웃었다. 노을에서 피비린내가 나는 듯한, 그런 웃음이었다.

"대가를 치르게 될 거야."

"네 뜻대로 될 거야."

아르카나가 답했다. 그가 그녀의 손을 잡은 채로 이어 말했다.

"난 사실 찬성인데."

"응?"

"베라무드 루나틸."

"아? 아, 아! 그, 그래?"

펄쩍하고 시그리드가 뛸 듯이 되물었다. 아까와는 전혀 다른 모습이라 아르카나는 웃었다.

"그래."

"어? 왜?"

"시리, 네가 그 사람을 좋아하니까. 아냐?"

"그야 좋아하기는 하지만. 하지만― 아르카나 그러니까…….
난 아이를 낳지 않을 거야."

"그래?"

"응. 기사 일을 계속하고 싶은데, 출산하고 나면 아무래도 어렵잖아? 몸이 안 좋아지니까."

"그거라면 내가 도와줄 수 있는데?"

아르카나가 갸웃하며 말했다. 시그리드가 "어?" 하고 되물었다.

"회복 마법으로 고쳐 줄 수 있어. 도로 쌩쌩하게."

피임을 하라는 말이 아니었던 이유는, 그녀가 아이를 '낳기 싫다.'라고 하지 않아서였다. 그의 예상대로 시그리드는 '그게 아니라' 하는 대신에 눈을 크게 떴다.

"어? 진짜?"

"정말로. 그러니까 그 변명 말고 다른 변명을 말해 봐."

"그게—"

시그리드는 상당히 당황해 어쩔 줄 모르는 얼굴을 했다. 그녀가 푹 한숨을 내쉬고 말했다.

"그게, 꼭 결혼해야 한다는 법은 없잖아."

"그야 그렇지. 하지만 헤어지는 건 싫잖아."

"……맞아."

시그리드는 끙끙거렸다.

"사실은 계속 생각했어. 그때 그 무도회에서 말이야. 베라무드가 다른 사람과 사귄다고 생각을 하는 것만으로도 싫어서. 하지만 그건 너무 내 이기적인 생각이라고 생각했는데, 베라무드가 청혼을 한 거야. 그래서, 하지만, 괜찮을까?"

"뭐가?"

"솔직히 말해서, 아르카나."

"응."

"난 보통 여자랑은 다르잖아."

아르카나가 그녀를 위아래로 훑어보았다.

"어디가?"

"아니, 겉이 아니라. 그러니까 잘 꾸미지도 못하고, 애교 있게도 못하고—"

"마리쉐즈 양처럼?"

"그래! 그렇다고 로웬그린처럼 차분한 것도 아니고—"

그 말에 아르카나가 웃음을 터트렸다.

그러나 시그리드는 진지한 얼굴이었고 아르카나 역시 웃음을 멈췄다. 시그리드가 말했다.

"난 그런 시선 신경 써 본 적이 없어. 앞으로도 신경 쓸 일은 없을 거라고 생각했고."

다른 사람의 시선을, 어떻게 자신을 보는지에 대해서 신경 써 본 적은 없었다.

"난 기사고, 그러니까 거기에 충실하면 된다고 생각해. 음, 지금은 영주이기도 하니까 거기에도 충실해야겠고. 하지만……."

아르카나가 조용히 말했다.

"베라무드가 여자로서 널 어떻게 보는지는 신경 쓰인다는 거구나."

"그래. 지금은 처음이니까. 새롭고 신기한 검술을 처음 보면 배우고 싶고 그렇잖아? 하지만 결국 연마하게 되는 건 익숙하고 오랜 전통을 가진 검술이야."

아르카나가 희미하게 웃으며 말했다.

"시리. 그래서 내가 널 좋아하는 거야. 그리고 베라무드도 물론 그렇겠지. 만약 애교 있고, 잘 꾸미고, 사교계를 장악하는, 그런 사람을 찾았다면, 네가 아니라 다른 사람을 골랐을 거야."

"그건……."

"그는 권력에 목매서 널 고르지도 않았고, 여자가 궁해서 널 고른 것도 아니잖아?"

"응……."

"그럼 차라리 그 점에 대해서 솔직하게 물어보는 게 어때."

물음에 시그리드는 망설이다가 되물었다.

"그럴까?"

"그래."

어째서 그 남자 일만 되면 한 걸음 물러서는 걸까?

그만큼 그를 사랑하고 있다는 뜻이겠지만.

아르카나는 웃으며 말했다.

"물론 네가 그를 찬다고 해도 난 기쁘게 뒤에서 손뼉을 쳐 줄 거야. 솔직히 말하면 바람둥이고, 가볍고, 일도 빈둥빈둥하는 것 같은걸."

"그렇지 않아. 베라무드는 뜻밖에 성실하다고."

시그리드가 저도 모르게 변호했다.

"뜻밖에 말이지."

"아르카나!"

"하하하."

아르카나가 소리 내서 웃고 자리에서 일어났다. 그가 말했다.

"그러니까 돌아가서 지금 이야기해 보는 게 어때?"

"지금?"

"그래. 말 나온 김에, 단숨에."

아르카나가 그녀의 양쪽 어깨를 잡고 문밖으로 그녀를 밀어냈다.

"너무 오래 기다리게 하는 것도 실례야. 거절할 거면 차라리 썩 거절해 버려."

"으—"

그거야 청혼에 대한 대답을 정말로 끌 만큼 끌어왔다는 건 시그리드도 잘 알았다. 그사이 베라무드는 불평 한마디 없었고, 꾸준한 애정을 보여 주었다.

영지 일에서 그가 많은 도움을 준 것도 사실이었고, 물심양면으로 신경을 써 주었다.

시그리드는 깊게 숨을 들이마시고 말했다.

"알았어. 갈게."

"좋아."

아르카나가 그녀의 어깨를 주물러 주고 몇 번 두들겼다.

"가 봐."

"응, 아르카나. 고마워."

"별말씀을."

아르카나가 싱긋 웃었다. 시그리드는 마주 웃고 걸음을 옮겼다. 아르카나는 끝까지 그 뒷모습을 바라보다가 조용히 문을 닫았다.

시그리드는 멀지 않은 베라무드의 방 앞에 서서 손을 들어 올렸다. 잠시 망설이다가 그녀는 똑똑 문을 두들겼다. 얼마 지나지 않아 문이 열렸다.

"시리?"

"베라무드."

베라무드가 웃으며 문 옆으로 비켜섰다.

"타이밍 진짜 좋네."

느닷없는 말에 시그리드는 갸웃했다.

"왜요?"

시그리드가 안으로 들어가 킁킁거렸다. 뭔가 좋은 냄새가 났다.

"꽃 가져다 둔 거예요?"

"아냐."

베라무드가 쿡쿡 웃고 테이블 위에 놓인 티포트를 가리켰다.

"지금 삼 황자님께 받은 차를 우리는 중이었거든."

"아앗―!"

"그래서 타이밍이 좋다고 그런 거야."

"혼자서 마실 생각이었어요?"

"내가 받은 거잖아?"

"그래도요. 같이 마셔야죠."

시그리드가 투덜거렸고 베라무드가 그녀에게 자리를 권하며 말했다.

"저절로 같이 마시게 됐잖아. 무슨 차인지는 모르겠는데 향기가 아주 좋네. 역시 비싼 차는 다른 건가."

"그러게요. 이렇게 달콤한 향기가 나는 차는 처음이에요."

티포트 쪽으로 갈수록 향이 진해졌다.

푹신한 소파에 앉자, 베라무드가 물었다.

"얼음 넣어 줄까?"

"있어요?"

"가지고 오라고 하면 되지."

"음, 아뇨. 오늘은 그냥 마실래요."

사람을 부르고 싶지는 않았다.

이제부터 할 이야기는 둘만의 중요한 이야기니까. 시그리드는 긴장을 풀기 위해 애썼다. 베라무드가 고개를 끄덕였다.

"그럴래? 하긴 향을 즐기려면 따뜻한 게 좋기는 하지. 이런 날씨라도."

"이런 날씨라도 말이죠."

베라무드는 웃고 티포트를 들기 위해 허리를 숙이며 그녀의 이마에 쪽 키스했다. 시그리드는 저도 모르게 이마를 문질렀다.

'생각해 보면……'

질릴 거면 진즉에 질리지 않았을까?

청혼하고 한 달이나 대답을 미루고 있는데도, 베라무드는 재촉 없이 조용히 기다려 주고 있다. 그 눈에 담긴 애정도 변함이 없었다.

'질문을 던지는 것이 아니라 믿을 때가 아닌가?'

문득 그런 생각이 시그리드의 머릿속을 스쳤다.

이미 베라무드는 충분히 보여 주지 않았나?

베라무드가 잔을 두 개 놓고 차를 차례로 따랐다.

금색 찻물이 일렁거렸다.

"그래서?"

베라무드가 자리에 앉아 잔을 들며 물었다.

"무슨 일로 온 거야?"

"일이 없으면 오면 안 되나요?"

"어? 아니, 물론 그건 아니지만. 나야 좋지. 그래, 나 보고 싶어서 왔어? 나도 보고 싶었어."

"좀 전까지 봤잖아요."

"그래도 보고 싶은걸."

베라무드가 쿡쿡 웃고 차를 마셨다.

'어라?'

달콤한 향에 비해서 맛이 씁쓸하다. 쓴맛의 차인가, 하는데 혀가 저릿해졌다.

"—!"

베라무드는 손을 뻗어 시그리드가 들고 있던 찻잔을 쳐 냈다. 와장창하고 요란하게 도자기 잔이 깨지는 소리가 났다.

"베라무드!"

땅이 휙 다가와 베라무드는 바닥을 짚었다. 자신을 붙잡은, 작지만 단단한 손이 느껴졌다. 가물거리는 정신을 붙잡으려고 그는 노력했다. 배 속이 산을 삼킨 것처럼 뜨거웠다. 손가락을 입 안에 넣고 먹은 것을 토하려고 했지만 잘 되지 않았다.

"베라무드!!"

시그리드는 웅크려 몸을 떠는 베라무드를 보자 머릿속이 새하얗게 변했다.

독.

독에는 어떻게 대처해야 하지?

그녀는 웅크린 그를 안아 들었다. 베라무드를 번쩍 들어 올리고 시그리드는 문을 박차면서 뛰어나갔다.

"아르카나!"

쾅—!

요란하게 문을 부수며 베라무드를 안고 들어온 시그리드를 보고 아르카나는 1초간 엉뚱한 생각을 했으나 곧, 베라무드의 상태가 안 좋다는 걸 알아챘다.

"시리? 어떻게 된 거야?"

"모르겠어. 가, 갑자기. 독인가 봐. 차를 마셨는데."

"같이? 넌?"

시그리드가 고개를 저었다. 베라무드가 새하얀 얼굴로 몸을 떨며 헐떡였다.

"좋아하는 여자에게…… 이런 식으로, 안기는…… 건 바라지 않았는데."

"베라무드!"

"의식은 있군요. 시리, 저쪽에다가 내려놔. 먹은 건 토했어?"

아르카나가 자신의 침대를 가리키며 말하고 설렁줄을 잡아당겼다. 시그리드는 고개를 저었다.

"아니, 안 토했어."

"그럼 토하는 게 좋겠네."

시그리드가 얼른 베라무드를 침대에 내려놓고 근처의 장식용 도자기를 들고 달려왔다.

"베라무드 여기다가 토해. 아니, 토하게 도와줘야 하나."

횡설수설하는 시그리드가 손목까지 집어넣어 자신의 입을 쑤실 기세라 베라무드는 손을 내저었다. 처음에는 엄청 당황했는데, 이제는 아프지만 상당히 괜찮아졌다.

즉,

'이 독에는 면역이 있다는 말이지.'

고위 귀족들은 어려서부터 조금씩 독에 면역력을 키운다. 결코, 쉬운 일은 아니었다. 몇 날 며칠 고통에 시달리고, 헐떡이고, 그렇게 해서 최대한 많은 종류의 독에 최대한 면역력을 길러 둔다. 어렸을 때는 정말로 내주는 독을 먹기가 싫었는데, 지금은 감사했다.

아르카나가 물병을 가져다주며 말했다.

"마시고, 전부 토하세요."

베라무드는 물병을 전부 다 비우고, 다 토했다.

"베, 베라무드으……."

"시그리드, 가서 찻잎 가져와. 무슨 독인지 알아야 하니까."

당장에라도 주저앉아 울 것 같은 그녀에게 아르카나가 명령했다. 시그리드는 명령에 기계적으로 반응해 후다닥 밖으로 뛰어나갔다.

그사이 시종이 들어왔고, 아르카나는 의사를 부르라고 명령했다. 시종은 창백한 얼굴로 서둘러 방을 나섰다. 베라무드는 복통에 인상을 썼다. 식은땀이 나고 어질어질하고—

"괜찮으십니까?"

아르카나의 물음에 베라무드는 신음으로 대신 대답했다.

"이거야!"

시그리드가 티포트와 차 상자를 동시에 들고 들어왔다. 얼마나 그녀가 당황했는지 알 수 있었다. 아르카나는 차 상자를 열어 보고 눈을 동그랗게 떴다.

"검은 광대를 우려 마셨습니까?"

"그, 그게 뭐야? 심각한 거야?"

"시골에서 여우나 늑대 잡을 때 쓰는 독이야. 향기가 좋지만, 독성도 강해서……. 제국 북쪽에서나 보는 풀인데."

"해독제는?"

"난 모르겠어. 의사는 알지도 모르겠다. 이게 왜 차 상자에 들어가 있는 거지?"

"아웬 님이 주신 거야."

시그리드가 홀린 듯이 중얼거렸다. 잠시 후 들어온 의사가 풀을 보고, 베라무드의 상태를 살피고는 말했다.

"다행히도 면역력이 있으신 것 같으니, 이건 체력 싸움이 될 겁니다."

"해독제는?"

"아직 개발되지 않았습니다만, 독을 중화시키고 기력을 보하는 약을 지어 올리겠습니다."

"알겠네."

아르카나가 대답했다. 시그리드가 얼른 침대가로 다가가 베라무드의 손을 잡았다. 그의 손이 엄청나게 뜨거웠다.

"죽지 마. 응? 베라무드."

"안 죽어……."

베라무드가 작게 말했다. 시그리드가 그의 손에 얼굴을 묻으며 말했다.

"결혼하자. 그러니까―"

그 말에 베라무드는 웃으려다가 실패했다.

"아…… 이래서…… 결혼하면…… 이득인가……? 근데, 난, 웃……. 하……. 이런 식인 건…… 좀……."

헐떡이며 하는 말에 시그리드가 고개를 휙휙 저었다.

"아냐, 사실 아까 대답하러 갔었던 거야. 그러니까, 응?"

"……괜찮다니까……."

베라무드가 희미하게 미소 지으며 눈물을 뚝뚝 흘리는 시그리드의 뺨을 쓸었다. 그녀가 마시지 않아서 다행이었다.

자신이야 면역력이 있지만, 시그리드는?

그녀는 당연히 이런 훈련도 받지 않았을 거고, 독을 마시고 나서 얼마 안 되어서 사망했을 것이다. 자신이 따라 준 차 때문에.

생각만 해도 몸이 떨렸다.

베라무드는 시선을 들어 아르카나를 보았다. 눈이 마주친 아르카나는 고개를 끄덕였다. 그가 시그리드에게 물었다.

"시그리드, 이거 삼 황자님이 준 거라고 했지?"

"응."

"꼭 베라무드에게 넘기라고?"

"응, 어, 설마……?"

시그리드는 고개를 들고 아르카나를 바라보았다. 베라무드의 손을 잡은 손에 힘이 들어갔다.

"삼 황자님이 베라무드를 살해하려고 한 건가?"

"아니면 누군가가 그분을 이용했을 수도 있겠지."

"하필 베라무드를? 차라리 나라면 이해를 하겠어."

"상황 파악을 해 봐야지."

아르카나가 고급스러운 차 상자를 바라보며 낮게 말했다. 시그리드가 말했다.

"베라무드가 나아지면, 그때."

"알았어."

아르카나는 고개를 끄덕이고 자리를 비워 주었다. 시그리드를 밤새 꼬박 침대 옆에서 밤을 새웠다. 한밤중에 열이 올라, 그녀는 '정말로 베라무드가 죽으면 어쩌지?' 하는 공포에 시달렸다.

'전에 베라무드가 왜 그렇게 화를 냈는지 알겠어.'

시그리드는 반성했다.

자신이 독을 먹는다는 걸 알았을 때도, 위험한 싸움터로 나갔을 때도 베라무드는 이런 기분이었을까?

이런 기분이었는데도 참고, 자신을 보내 주었다. 고집부리는 걸 들어줬다.

시그리드는 작게 흐느껴 울었다.

잔뜩 사랑받고 있었는데, 잘 몰랐다.

몇 번, 베라무드가 낮은 목소리로 웅얼거리듯 "울지 마." 하고 시그리드를 달랬다. 그녀는 "제 걱정이 아니라 몸 생각을 하십시오!" 하고 외치고 싶은 걸 꾹 눌러 참았다.

새벽부터 열이 떨어졌고, 통증도 잦아들었다.

아침이 되자 베라무드는 완전히 회복했다.

의사가 말은 못 하지만 '괴물 같은 회복력이다.' 하고 생각하는 게 얼굴에 보였다.

돌아온 왕성한 식욕을 자랑하며 베라무드가 말했다.

"제국 북부에서는 꽤 흔하게 구할 수 있는 독인 데다, 해독제가 없으니까. 어려서부터 면역력을 키운 독 중의 하나였어. 그나마 다행이지."

"어린애에게 독을 먹이는 귀족 문화는 끔찍하다고 생각하지만, 이 경우에는 다행이군요."

아르카나의 말에 베라무드가 피식 웃었다.

"시그리드가 아니라 내가 먼저 마셔서 다행이지. 게다가 많이 섭취하지도 않았고. 음식에 넣은 거면 오랫동안 모르고 더 많이 섭취했을 거야. 차니까 바로 알아챘지. 혀가 저릿하던걸."

"그건 그렇습니다."

아르카나가 고개를 끄덕였다. 정말로 죽일 생각이라면 음용이 아니라 다른 방식을 통하는 편이 나았을 것이다. 시그리드가 굳은 얼굴로 말했다.

"그러면 정말로 아웬 님이?"

"그게 가장 큰 의문점이지. 동기가 없잖아?"

베라무드가 갸웃하며 말했다. 아르카나가 곰곰이 생각하다가 말했다.

"베라무드가 라이벌이 된 거 아냐?"

"내가?"

"베라무드가?"

"삼 황자님에게 베라무드가 애인이라는 건 밝혔다고 했잖아.

그리고 그분은 너와 함께 영지로 내려와서 살기로 되어 있었고. 그래서, 베라무드를 질투한 거지."

"그렇다고 죽이려고 한단 말이야?"

시그리드가 기가 차 외치자 아르카나가 한쪽 입꼬리만으로 웃으며 말했다.

"그분이 자란 환경이 그런 환경 아닌가? 죽고 죽이는?"

"그래도—"

뭔가 더 말하려다가 시그리드는 고개를 떨궜다. 베라무드는 남은 베이글 샌드위치를 한 입에 털어 넣고 말했다.

"방식이 어설프기는 하니까, 그래도 모르니 확인은 해 봐야겠지."

"확인?"

시그리드가 "어떻게요?" 하고 물으며 베라무드를 바라보았다. 밤을 꼬박 샌 시그리드의 눈 밑에는 희미한 그림자가 드리워져 있었다.

"일단 한숨 자고, 그다음에 이야기하자."

시그리드는 고개를 끄덕였다. 그녀가 작게 말했다.

"같이 자요."

"풉—! 커헉, 쿨럭, 쿨럭."

"더럽군요."

옆에서 아르카나가 경멸조로 말했고, 시그리드는 얼른 베라무드에게 물을 건네주었다.

"괜찮아요? 어디 아픈 거 아니죠?"

물을 벌컥벌컥 마시고 베라무드가 대답했다.

"아니, 그냥, 사레들려서. 같이 자자고?"

"불안해서 못 잘 것 같아서……. 그냥 이 소파에서 자면 됩니다. 베라무드가 무사한 것만 확인할 수 있으면 되거든요."

"아니, 아니. 소파에서 재울 수는 없지."

"그럼 옆에서 자도 되나요?"

은근히 기대하는 눈으로 시그리드가 물어왔다. 아르카나가 생글 웃으며 물었다.

"자도 됩니까?"

베라무드가 두 사람을 번갈아 바라보다가 말했다.

"음, 아니, 그냥, 음."

그가 확답을 못 하자 시그리드가 가볍게 숨을 내쉬고 자리에서 일어났다.

"알겠습니다."

그녀가 손을 뻗어 베라무드의 어깨를 짚고 그의 입술에 허리를 숙여 가볍게 키스했다.

"그럼 쉬세요."

"시리는?"

"전 업무 조금만 처리하고요. 쉬세요."

베라무드는 아쉬운 건지 다행인 건지 알 수 없는 기분을 느끼며 고개를 끄덕였다.

"알았어. 무리하지 말고."

"네."

시그리드가 방을 나가자 한 박자 늦게 아르카나가 그녀를 따라 나가며 말했다.

"살아나서 다행입니다."

"방금도 죽음의 고비를 넘긴 것 같았어."

베라무드의 농담에 아르카나가 피식 웃고 방을 나섰다. 둘 다 나가자 베라무드는 눈을 문질렀다. 멀쩡한 척하기는 했는데 아직 두통이 좀 남아 있다.

'쉬었다가 한숨 자야지.'

그보다 시그리드는 자신에 대한 경계가 너무 없는 거 아닐까?

'그러고 보니 이건 청혼에 대해서 대답을 들었다고 해야 하나, 아니라고 해야 하나.'

대답을 들었다고 하자니 상황이 아니었고, 아니라고 하자니 그것도 모호하다. 그렇다고 확인을 하자니 혹시나 거절이 나올까 봐 그렇고.

자리에서 일어나 베라무드는 가볍게 스트레칭을 했다. 밤새도록 시달리기는 시달렸는지 관절과 근육이 욱신거렸다.

'이런 느낌 진짜 오랜만인데.'

특히 관절은 성장통 이후로는 처음으로 아픈 것 같다.

대충 몸을 풀고 베라무드는 다시 침대로 들어갔다. 생각보다도 훨씬 피곤했던 건지 그는 순식간에 잠에 빠져들었다.

한밤중 기척에 눈을 뜨기 전까지는 말이다.

슬그머니 침대 안으로 밀고 들어오는 기척에 베라무드는 상대를 잡아당겨 침대에 메다꽂으며 목을 잡았다가 눈을 동그랗게 떴다.

"시리?"

"그, 잘 자나 확인해 보려고요……."

"몇 시야. 아, 완전 깜깜하네."

"한밤중이에요. 미안해요, 깨워서."

말하며 시그리드가 슬슬 팔을 들어 베라무드의 목을 감쌌다. 베라무드가 피식 웃고 몸을 숙여 그녀에게 키스했다.

"침대로 들어와 주는 거면 기쁘지만."

"그럼 같이 자도……?"

시그리드가 그의 목에서 어깨로 손을 쓸어내리며 물었다. 베라무드는 신음을 내며 털썩 옆으로 누웠다.

"그래, 그래."

"아르카나 몰래 왔습니다."

그 정도 눈치는 있다고요, 하며 찡긋하자 베라무드는 더 힘이 빠졌다.

"어, 그래."

시그리드는 키득거리며 찰싹 베라무드에게 붙었다. 베라무드의 따뜻한 체온에 그녀는 금방 안심이 되었다.

"잘 자요. 베라무드."

"잘 자."

대답하며 베라무드는 자신은 절대로 자지 못할 거라고 생각했다.

6 장
확신

아웬은 시그리드가 왔다는 말에 후다닥 뛰어나왔다.

"시그리드!"

"잘 지내셨습니까, 황자님."

"응. 일은 잘 끝났어?"

"네."

시그리드가 고개를 끄덕이자 아웬은 뭔가 묻고 싶은 듯, 말하고 싶은 듯 어물어물하더니 그녀의 망토를 잡아당기며 물었다.

"오늘은 잘 입고 왔네."

머리를 틀어 올리고, 정복을 입고, 오른 어깨에 망토까지 두른 시그리드는 곧이라도 사열에 나가거나 훈장을 받으러 나갈 듯한 모습이었다.

"오랜만에 황궁이니까요."

시그리드의 대답에 아웬이 그렇구나 하더니 물었다.

"저기, 시그리드."

"네."

"그, 루나틸 경에게 차 줬어……?"

"네."

시그리드의 대답에 아웬의 어깨가 움찔했다. 그의 눈동자가 불안하게 흔들렸다.

"제가 그 차를 좀 얻어 왔습니다."

"어?"

펄쩍 아웬이 놀라 고개를 들었다. 시그리드가 고개를 들어 시녀를 바라보았다.

"가져가서 차를 끓이거라."

시그리드가 작은 주머니를 건네는 모습을 아웬은 창백해져서 바라보았다. 누가 보기에도 아웬의 상태가 심상찮다는 걸 알 수 있었다. 시녀가 주머니를 들고 머뭇거리자 시그리드가 눈을 찌푸렸다.

"뭐 하는 거지?"

"네, 네."

시녀는 얼른 주머니를 들고 사라졌다. 시그리드가 아웬을 보며 말했다.

"같이 한잔할까요?"

아웬이 주먹을 꽉 쥐었다.

"날—"

"삼 황자님?"

"날 죽이고 싶으면 그냥 죽어 달라고 말해!"

그의 외침에 시그리드는 눈을 휘둥그레 떴다. 알케르토가 더 놀라 "황자님?" 하고 저도 모르게 되물었다.

"시, 웃, 그리드도 이제 내가 귀찮은 거잖아—!"

"아닙니다!"

시그리드가 마주 소리쳤다. 아웬이 숨을 헐떡이며 그녀를 바라보았다. 그의 검은색 눈에 눈물이 일렁였다. 그가 눈을 빠르게 깜박이고 말했다.

"거짓말."

"아닙니다."

시그리드는 주변을 둘러보았다. 그녀와 시선이 마주친 시중들은 여지없이 빠르게 방 밖으로 나갔다. 시그리드가 한쪽 무릎을 꿇어 아웬과 시선을 마주쳤다.

"그럼 그 차가 독이라는 걸 알고 계시는군요."

"……."

"솔직한 게 좋다고, 황자님이 처음에 저를 만나셨을 때 그러셨죠. 그러니 황자님도 저에게 솔직해 주셨으면 좋겠습니다. 베라무드를 죽이려고 하셨습니까?"

아웬의 눈에서 눈물이 주르륵 떨어졌다.

"흑, 으흑— 그, 그냥, 없어졌으면 좋겠다고 생각해서—"

"그게 죽이려는 거지요."

두 사람의 대화에 알케르토는 입을 떡 벌렸다. 그는 잠시 어쩔 줄 모르다가 얼른 문가로 가서 섰다. 다른 누가 듣거나 들어오는 걸 막아야겠다는 생각이었다.

아웬이 도리질을 쳤다. 눈물이 뺨을 타고 뚝뚝 떨어졌다.

"아냐, 나느은……."

"왜 그러셨습니까? 누가 시켰습니까? 아니면……."

아웬은 고개를 들어 시그리드를 보았다가 다시 고개를 숙였다.

"어마마마도……."

어마마마? 전 황후마마 말인가?

그 이야기가 왜 나오는 걸까? 하면서도 시그리드는 가만히 아웬의 이야기를 기다렸다.

"아바마마를, 웃, 좋아해서……. 난 항상 뒷전이었고……. 결국…… 아바마마가아……."

아웬은 서럽게 울음을 터트렸다. 작은 손으로 양 얼굴을 가리자 그 밑으로 동글동글한 눈물이 흘러내렸다.

"다…… 날…… 미워…… 엄마도 날 미워하……. 아무도 날 사랑하지 않……고……. 시그리드도……. 결국 그 남자 때문에……."

시그리드는 멍하니 그를 바라보다가 말했다.

"황자님. 태후마마께서는— 황자님의 어머님은 황자님을 그 무엇보다도 사랑하셨습니다. 미움받는 걸 감수할 만큼이요."

"어, 떻게 알아?!"

"황후마마를 만났었습니다."

그 말에 아웬이 고개를 번쩍 들었다. 시그리드가 낮게 말했다.

"따로 저를 만나서 말씀하셨습니다. 아웬 님을 사랑하신다고요. 아웬 님을 지키기 위해서 그러시는 거라고 저에게 그러셨습니다. 결코, 황자님을 버리거나 하신 게 아닙니다."

"정말……?"

"네."

말하는 게 좋은 것인지 아닌지 알 수 없었다.

계속 어머니가 자신을 좋아하지 않았다고 생각한다면, 어머니가 돌아가신 충격도 덜하지 않을까? 하는 바보 같은 생각을 했다.

그게 아니었는데.

"정말입니다. 황자님을 무엇보다도 더, 이 세상에서 가장 소중하게 생각하셨습니다. 그래서 저에게 황자님을 지키라고 명령하셨고, 전 그 약속을 지킬 겁니다."

"왜……."

아웬이 흐느꼈다.

"왜 우리 어머니는 못 지켜 줬어! 왜! 왜!"

아웬이 주먹을 들어 시그리드를 때리기 시작했다. 시그리드는 아프지 않은 그 주먹을 맞으며 아웬을 끌어안았다.

"죄송합니다."

"어흐흑, 어헉, 엄마, 엄마, 보고 싶, 어허……."

아웬은 그녀를 끌어안고 엉엉 울었다. 울다가 그 목소리는 곧 사과로 바뀌었다.

"잘못, 했어. 미안해에— 으흑, 시그리드도 날 미워할까 봐, 나 너무 무서워서, 잘못했어—"

시그리드는 속으로 한숨을 내쉬었다.

독을 주면서 죽일 생각은 아니고 없앨 생각이었다니.

하지만 그가 그런 짓을 한 이유가 아예 이해가 가지 않는 것도 아니었다. 또한, 그렇다고 해서 그냥 넘어갈 수도 없는 일이고.

시그리드는 아웬의 양 뺨을 감쌌다.

"황자님. 이런 방식은 옳지 않습니다. 사람을 죽여서 해결되는 일은 없습니다. 그리고 그렇게 사람을 죽이시면 살인입니다. 아시겠습니까?"

"잘못……했어……."

훌쩍이며 아웬이 말했다.

"다시는 이런 일을 벌이시면 안 됩니다."

"응. 약속할게."

"그 사과는 베라무드에게도 하시길 바랍니다."

"응."

아웬은 고개를 크게 끄덕였다.

"그런데 대체 그 차는 어디서 나신 겁니까?"

"아버님께 받았던 거야."

"황제 폐하께요?"

"형님께 선물하라고……."

"아."

황제 개새끼.

속으로 한 번 더 말해 주고 시그리드가 물었다.

"그런데 간직하고 계셨던 거군요?"

"나도…… 이상한 건 아니까…… 잃어버렸다고 했어……."

"그러셨군요. 잘하셨습니다."

시그리드가 고개를 끄덕였다.

아웬이 머뭇거리며 아이다운 가느다란 팔을 뻗어 시그리드를 안았다.

"그럼 이제 용서해 주는 거야?"

시그리드는 잠시 천장을 바라보았다가 다시 아웬을 보았다.

용서하고 두 번째 기회를 준다.

"네."

자신도 그 두 번째 기회를 받았었다. 그런 자신이 남을 두 번 봐주지 않는다는 건 말이 안 됐다.

"고마워, 시그리드."

"하지만 베라무드에게도 사과하셔야 합니다. 그리고 아직 그가 용서했다는 말은 안 했고요."

그 말에 아웬은 움츠러들었지만, 곧 고개를 끄덕였다.

그가 조심스럽게 물었다.

"그럼 시그리드……."

"네."

"나, 날 미워하지 않는 거지……?"

그 작게 속삭이는 듯한 물음에 시그리드는 잠시 아웬을 바라보았다.

어머니를 잃고, 주변에는 자신을 이용하려는 사람들뿐이고, 믿을 만한 사람은 시그리드 자신 하나뿐인 —알케르토도 있지만— 어린아이.

'확신을 줬으면 좋았을걸.'

베라무드와 결혼한다고 해서 아웬을 향한 마음이 변하는 건 아니다. 하지만 아웬에게는 그 확신이 없었고, 그래서 불안해져서 베라무드를 없애려고 한 거고.

"황자님."

"응······?"

"저는 황자님을 좋아합니다."

아웬이 눈이 동그랗게 변했다. 마치 그런 말은 기대도 하지 않았다는 듯한 얼굴이었다.

"정말입니다."

"정말?"

"네."

"정말? 정말? 시그리드에게 아이가 생겨도? 내가 장난치거나—"

"상관없습니다. 뒤에서 제 험담을 하시거나 해도요."

"안 해!"

"절 죽이려고 하거나 주변 인물을 죽이려고—"

"절대로 안 해!"

아웬이 다시 소리쳤다. 시그리드는 고개를 끄덕였다.

"전 황자님을 좋아합니다."

"나, 나도 시그리드가 좋아."

"그렇군요."

시그리드가 웃으며 자리에서 일어났다. 문밖에서 노크 소리가 들렸다.

"차를 가지고 왔습니다."

아까 나갔던 시녀의 목소리였다. 알케르토가 시그리드를 바라보았고 그녀는 고개를 끄덕였다. 알케르토가 문을 열었다. 시녀는 안으로 들어와 테이블에 다기를 차례로 내려놓았다. 시그리드가 차를 찻잔에 따랐다. 그녀가 물었다.

"알케르토도 마실래? 이거 맛있어."

알케르토는 "어?" 하고 되물었고 시그리드가 말했다.

"베라무드가 준 건데― 잎 자체에 달콤한 맛이 있는 거라고 하는데 맛있더라."

그녀가 잔을 세 개 채운 후 자신의 몫을 집어 들고 한 모금 마셨다.

"시그리드!"

놀란 아웬이 소리치자 시그리드가 갸웃하고 말했다.

"맛있는걸요."

"아……."

그제야 아웬은 처음부터 자신이 준 찻잎이 아니었다는 걸 깨달았다. 그의 어깨가 축 늘어졌다. 알케르토가 다가와 자신의 잔을 들고 물었다.

"서서 차를 마시는 건 예법에 어긋나는 거 아닐까?"

"꼭 앉아서 마시라는 법은 없잖아?"

"너무 당연한 거라서 적어 두지 않았던 것 같은데."

알케르토는 대답하고 차를 마셨다. 은은한 단맛이 입 안으로 퍼졌다.

"아, 진짜 단맛이 나네?"

"그지? 황자님도 드셔 보세요."

시그리드가 잔 받침을 들어 건네며 말했다.

"황자님은 앉아서 드시는 게 좋을까요. 예법에 따르면."

아웬은 대꾸 없이 잔을 들어 차를 마셨다. 정말로 맛이 달아서 아웬은 눈을 깜박이며 중얼거렸다.

"……이거 맛있다."

"그죠?"

"셋이 서서 차 마시는 거 이상해."

알케르토가 결국 웃었다. 시그리드가 "그럼 앉을까?" 하고 자리를 잡았다.

테이블에 앉아 셋은 찻잔을 전부 깔끔하게 비웠다.

시그리드의 설명을 아르카나와 베라무드는 아무 말 없이 들었다. 시그리드가 어깨를 축 늘어트리고 한숨을 내쉬며 말했다.

"그렇게 된 거야."

"시그리드, 정말로 괜찮은 거야?"

아르카나의 물음에 시그리드가 고개를 돌렸다.

"뭐가?"

"황자님을 영지로 데리고 가는 거."

"괜찮아."

"한 번 했으니 두 번이 없으리라는 법은 없잖아."

"실수를 바로잡을 기회도 줘야지."

시그리드의 말에 아르카나는 가볍게 한숨을 내쉬었다.

"알았어."

대답은 했지만, 그는 당분간은 삼 황자에게서 눈을 떼지 않을 생각이었다.

"그리고 내가 용서 못 한다고 하면 난 기회를 주지 않은 나쁜 사람이 되는 건가?"

베라무드의 말에 시그리드가 눈을 동그랗게 뜨고 그를 향해 돌아섰다.

"그건 아닙니다. 그건 베라무드와 황자님 사이에 문제라고, 제가 못 박아 뒀습니다."

"그래, 하지만 그런 압박으로 들려."

"아닙니다."

답하고 시그리드가 이어 말했다.

"앞으로 주의하겠습니다. 하지만 베라무드, 진짜 아닙니다."

그녀의 주홍색 눈이 곤란함을 가득 담고 그를 바라보았다. 소파 등받이에 걸치듯 앉아 있던 베라무드가 웃었다.

"알아. 하지만 주의해야 한다는 거야. 이제 넌 위에 서는 입장이니까."

"네."

시그리드는 한숨을 내쉬었다. 베라무드는 주먹을 쥐었다가 펴 보았다.

"사실 내가 정말 용서 못 하겠는 건, 그 차를 너도 마실 수 있었다는 거야. 시리."

"베라무드도 죽을 뻔했죠."

시그리드가 우울하게 내뱉었다.

"만약에 베라무드가 죽었다면, 그게 아니라도 무슨 일이 생겼다면. 제가 두 번째 기회를 주겠다고 말할 수 있을지 모르겠습니다."

"넌 했을 거야."

"베라무드."

"날 가볍게 여긴다는 게 아니라, 넌 그런 사람이니까."

공평하고, 곧고, 항상 사람을 똑바로 보는, 그게 내가 좋아하는 사람이니까.

베라무드가 씩 웃고 말했다.

"그럼 일단 황자님의 사과를 받고 나서 그다음을 생각해 봐야겠는데. 그래도 괜찮지?"

"네."

시그리드가 고개를 끄덕였다.

아르카나가 방을 둘러보고 말했다.

"비전하의 선물은 훌륭하군요. 이런 저택이라니."

"이유 없는 선물은 없어."

시그리드의 대답에 아르카나가 "그걸 모르는 사람은 없죠."
하고 싱긋 웃었다. 베라무드가 어깨를 으쓱해 보이며 말했다.

"삼 황자를 시그리드가 치워 주는 대가지."

시그리드가 한숨을 푹 내쉬었다. 수도의 중심이라고 할 수 있
는 제1구역에 위치한 4층짜리 이 거대한 저택은 모든 것이 깔끔
하게 관리되고 있었다. 짐만 가지고 바로 이사를 오면 될 정도였
다.

"치운다니 이상하네요. 전 그냥 그분의 후견인일 뿐이에요."

시그리드는 그렇게 말하고 헛기침을 했다. 그녀가 베라무드
를 힐끗 바라보고 말했다.

"음, 오늘 마리쉐즈와 로웬그린이 오기로 했는데 말이죠."

"수도에 올라오자마자 둘을 만나는 거야?"

"네. 그, 중요한 이야기가 있지 않습니까?"

"중요한 이야기?"

"네. 그래서ㅡ 음, 그 전에 혹시 저에게 주실 게 있나 하고."

시그리드의 말에 베라무드는 갸웃하며 그녀를 바라보았다.
시그리드는 그를 빤히 보다가 "아." 하고 고개를 저었다.

"아뇨, 아무것도 아닙니다."

그때 시종이 들어와 두 사람이 저택에 들어왔음을 알렸다.

"잉글렛 백작 영애와 알세키드나 후작 영애께서 오셨습니다."

"음, 그럼 나는 재빠르게 도망가야겠는걸."

베라무드가 어깨를 으쓱하며 엉덩이를 털고 일어났다. 시그
리드가 그에게 손을 내밀자 그는 그 손을 살짝 잡아당기며 이마

에 키스했다.

"나중에 보자."

"네."

아르카나가 걸어가 문을 열어 주었고 베라무드가 문을 나서자 그가 따라 나와 문을 닫으며 말했다.

"머릿속이 비었습니까?"

"……뭐?"

베라무드는 자신이 잘못 들었나 하고 상대를 돌아보았다. 아르카나가 한심하다는 얼굴로 그를 보다가 콧방귀를 뀌고 말했다.

"비었나 보군요."

베라무드가 눈을 찌푸렸다.

"무슨 소리야?"

"한번 잘 생각해 보시죠."

아르카나는 차갑게 말하고는 쌩하니 사라졌고 베라무드는 얼결에 공격당한 기분이 되어 그 자리에 서 있다가 올라오는 인기척에 이크 하고 복도를 빠져나갔다.

그가 사라지고 얼마 되지 않아 마리쉐즈가 새로 맞춘 드레스를 입고 복도 끝 계단으로 올라왔다.

"제발 이 층에 있다고 해 줘."

마리쉐즈의 말에 로웬그린이 쿡쿡 웃고 말했다.

"이 층에 있을 거야, 당연히."

시종이 그들을 방으로 안내했다. 둘은 본 시그리드가 활짝 웃으며 다가왔다.

"마리쉐즈, 로웬그린."

"오랜만이야."

"시그리드, 너 좀 탄 거 아냐?"

"아무래도?"

"으, 모자를 좀 쓰고 다니라고 충고해 주고 싶구나."

마리쉐즈가 한숨 섞인 목소리로 말했다. 말하고 그녀가 불쑥 시그리드에게 고개를 디밀었다. 시그리드가 놀라 몸을 뒤로 뺐다.

"마리쉐즈?"

"왜 기분이 별로야?"

"어?"

"그렇게 보이는데?"

로웬그린은 그 말에 "그래?" 하고 시그리드를 바라보았다. 시그리드는 잠시 뭐라고 말할지 망설이다가 한숨을 내쉬고 말했다.

"일단 앉아."

로웬그린과 마리쉐즈는 서로 마주 보았다가 그녀가 권하는 대로 자리에 앉았다. 시그리드가 물었다.

"뭔가 마실래?"

"맡길게."

"그럼 산딸기 주스로 세 잔."

시그리드가 시종을 돌아보며 말했다. 시종은 공손하게 허리를 숙여 보이고 물러났다. 시그리드가 자리에 앉았다. 마리쉐즈가 손가락을 흔들며 말했다.

"내 눈을 속일 생각은 하지 마. 이건 뭔가 연애 문제인 느낌이 난단 말이지."

그 말에 시그리드는 입을 벌렸다.

"아, 역시?"

마리쉐즈가 싱긋 웃었다. 사교계의 가십에 귀 기울인 지 어언 십여 년. 그녀는 표정만 봐도 지금 일어나고 있는 일이 가십거리인지 아닌지 알 수 있었다.

게다가 그게 자신이 신경 쓰고 있는 사람이라면 더욱더 민감해질 수밖에 없다. 로웬그린은 그런 마리쉐즈의 능력을 신기해하며 시그리드를 보았다.

"베라무드와 문제가 있는 거야? 같이 영지에 내려가니까 뭔가 달랐어?"

"전형적인 연애를 할 때는 좋았는데 매일 보니까 별로더라, 하는 이야기인가?"

마리쉐즈의 말에 시그리드는 고개를 획획 저었다.

"그게 아니라, 나 사실 청혼받았었어."

"청혼?!"

마리쉐즈가 놀라 목소리를 높였다가, 가슴에 손을 얹으며 작게 말했다.

"맙소사, 언제? 어디서? 어떻게?"

"영지 내려가기 전에, 이야기하다가 갑자기 튀어나와서."

흐음— 하고 단번에 마리쉐즈의 눈이 가늘어졌다.

"무릎 정도는 꿇었겠지?"

"그—건 아니었어."

"아, 정말이지."

마리쉐즈가 푹 한숨을 내쉬며 세상에 낭만이 다 어디로 갔는가? 하고 연극조로 말하고는 이어 말했다.

"그럼 받아들인 거야? 같이 영지로 내려갔잖아? 그런데 우리에게 한마디도 안 했어? 아니지, 설마 파혼하고 싶은 거야?"

"아니, 아냐."

"마리, 이야기 좀 들어 보자."

로웬그린의 말에 마리쉐즈는 흠, 하고 고개를 끄덕이며 허락하듯 오른손을 들어 올렸다.

"좋아, 그럼 계속 얘기해 봐."

그때 시녀가 주스를 가지고 돌아와 한 잔씩 앞에 두었다. 시녀가 나가고 나서 시그리드는 이야기를 계속했다.

"대답은 미뤘었어. 알다시피 영지 문제로 너무 바빴잖아? 게다가, 난 결혼할 생각이 없다고 전에 그러기도 했고."

"아아, 아이 낳을 생각이 없다고 그랬지."

로웬그린이 고개를 끄덕였다. 시그리드가 "그래, 그 문제도 있어서 말이야." 하고 한숨을 내쉬었다.

"잠깐, 그럼 지금까지 대답을 미루고 있는—"

"마~리~"

"알았어. 이야기해."

마리쉐즈는 주스 잔을 들며 말했다. 새빨간 주스는 설탕을 아끼지 않고 넣어서 상큼하면서도 달달했다.

"어머? 이거 맛있다."

"그지? 세리아가 새로 만든 레시피라는데 맛있어."

"응. 산딸기 주스는 처음인데 맛있네."

마리쉐즈가 고개를 끄덕였다. 시그리드가 웃으며 이어 말했다.

"그래서 대답을 미뤘는데, 그래도 도와주겠다고 해서 함께 영지로 내려가게 된 거야. 거기서 진짜 바빴고………. 그런데, 음. 아이를 낳아도 괜찮을 거라는 걸 알게 됐어. 난 기사를 계속해야 하니까 싫다고 했던 건데, 아르카나가 도와줄 수 있다고 하더라고. 그래서—"

시그리드는 목소리를 낮췄다.

"여기서부터는 기밀이야. 하지만 둘에게는 믿고 이야기해도 될 거라고 생각해."

두 사람은 고개를 끄덕이며 상체를 앞으로 숙였다. 시그리드는 작게 아웬이 베라무드를 살해하려 했던 이야기를 해 주었다. 로웬그린이 놀랐다가 고개를 끄덕였다.

"그거라면 나도 면역이 있어. 확실히 목숨을 노렸던 대상이 귀족이라고 하면 어설픈 방법이네. 황자님 단독 범행이겠군."

시그리드는 "로웬그린도?" 하고 놀라 그녀를 보았다가 마리쉐즈를 보았고 마리쉐즈는 고개를 저으며 말했다.

"독에 대한 면역을 키우는 것도 아무나 하는 게 아냐. 그건 진짜 위험한 일이니까 숙련된 의사와 오랜 시간 함께해야 하고, 독도 꾸준히 구해야 하잖아? 금전적으로도 시간적으로도 투자가 상당한 일이야. 백작가 셋째 딸에게는 무리지."

"그렇구나……."

몰랐던 사실이라 시그리드는 고개를 끄덕이고 이어 말했다.

"그래서, 베라무드가 아파서 내가 결혼하자고 말했단 말이야. 원래도 그 말을 하러 간 거였는데, 정말로 그가 죽는다고 생각하니까 너무 무서워서……."

시그리드의 말꼬리가 떨렸다. 그녀가 후— 하고 숨을 가지런히 정돈하고 고개를 들었다.

"그런데 그 뒤로 딱히 우리 사이에 아무런 일도 없어."

"없다고?"

마리쉐즈가 고개를 갸웃했다. 시그리드는 손가락을 꼼지락거리며 말했다.

"그, 청혼하고, 내가 하겠다고 하고, 그다음은 어떻게 진행되는 거야? 난 청혼받아 본 게 처음이라서 어떻게 되는 건지 전혀 모르겠어. 원래 그냥 이렇게 잠잠한 건가? 하지만, 그 결혼식 준비라든가……. 그런데 난 그걸 어떻게 해야 하는지도 전혀 모르겠고."

시그리드의 목소리가 점점 줄어들었다.

"역시 결혼이라니 좀 이상하기는 해. 내가 결혼이라니? 이상하지 않아?"

"전혀 안 이상한데. 베라무드를 사랑하는 거잖아? 함께하고 싶은 거고?"

마리쉐즈가 명랑한 목소리로 말했다. 시그리드가 그녀를 보았다가 고개를 끄덕였다. 마리쉐즈가 자신의 가슴을 두들기며 말했다.

"나에게 맡겨."

"마리쉐즈……."

"걱정하지 마. 내가 도와줄게. 그나저나 나보다 먼저 시그리드가 결혼하다니. 결혼을 하다니!"

마리쉐즈는 푹 한숨을 내쉬며 소파 팔걸이에 몸을 기댔다.

"이게 될 사람은 어떻게든 된다는 이야기인가."

"마리쉐즈도 곧 좋은 사람을 만날 거야."

시그리드가 위로하자 마리쉐즈가 싱긋 웃었다. 조금도 자신감을 잃지 않은 미소였다.

"나도 그렇게 생각해."

로웬그린이 호언장담하는 마리쉐즈를 보았다가 다시 시그리드를 보고 말했다.

"나도 조금 거들 테니까, 너무 걱정하지 마."

"응, 둘 다 고마워."

시그리드는 활짝 웃었다. 마리쉐즈가 다른 걸 물었다.

"그래서 영지는 어땠어? 괜찮았어?"

"응, 생각보다도 일은 훨씬 잘 풀렸어."

시그리드가 고개를 끄덕였다. 셋은 영지 이야기에서 요즘 유행하는 드레스 이야기로, 거기서 결혼식 드레스 이야기로 옮겨

갔다. 그렇게 수다를 떨고 나서 마리쉐즈와 로웬그린은 자리에서 일어났다.

"그럼 시리, 너무 걱정하지 마."

"그래."

로웬그린이 마리쉐즈의 말에 고개를 끄덕였다. 시그리드가 두 사람을 배웅했다. 마리쉐즈는 마차가 시그리드의 저택을 벗어나자마자 마부 창에 대고 말했다.

"루나틸 경의 저택으로!"

그녀가 팔짱을 끼고 다리를 꼬며 말했다.

"머릿속이 어떻게 된 거 아냐?! 아직까지 반지도 없어?!"

"음, 아마도 루나틸 경은 시그리드의 대답에 확신하지 못한 게 아닐까. 그가 아플 때 한 대답이잖아."

"그러면 다시 한 번 묻기를 하든가!"

"그랬다가 거절당할까 봐 겁이 났을 수도 있지."

"아, 로위. 상처받을 걸 감수하지 않고서는 아무것도 얻을 수가 없어."

"그래, 하지만— 진짜로 좋아하는 사람에게는 상처받고 싶지 않으니까."

"그래도 그렇지. 이 상황으로 계속 가면 시리가 먼저 나가떨어질걸?"

"그러니까 우리가 있는 거지."

로웬그린이 싱긋 웃었다.

"그래, 시리에게는 우리가 있지."

마리쉐즈 역시 빙긋 웃었다. 마차 안에서 두 여성의 경쾌한 웃음소리가 터져 나왔다.

베라무드는 자신의 집 응접실에서 앉지도 않고 버티고 선 두 여성을 보고 침을 삼켰다. 그가 미소를 지으며 응접실로 들어섰다.

"안녕하신가요, 아가씨들."

"안녕 못 하는데요."

"안녕하세요, 베라무드."

마리쉐즈와 로웬그린이 번갈아서 인사했다. 베라무드가 자리를 권하며 말했다.

"앉아서 이야기하는 게 어떻습니까?"

"앉아서 우아하게 할 만한 이야기는 아니거든요."

마리쉐즈가 말하며 한 발, 앞으로 나섰다.

"베라무드 루나틸 경. 지금 뭘 하고 계신 건가요?"

"뭘 말입니까?"

"시그리드에게요."

순간 베라무드는 말문이 막혔다. 그가 헛기침을 몇 번 하고 말했다.

"만약에 분위기 없는 청혼에 대한 이야기라면—"

"아, 물론 그것도 끔찍하죠. 하지만 그거에 대해서 말하러 온 게 아니에요."

마리쉐즈가 손을 휘둘렀다.

로웬그린이 이어 말했다.

"그게 아니라, 왜 아무런 행동도 취하지 않으시냐고 물으러 온 거예요."

"……네?"

"시그리드가 결혼하겠다고 대답을 했는데, 당신이 아무런 행동도 하지 않는다고 하더군요."

"네?"

"심지어 아직 반지도 준비하지 않았던걸요~"

마리쉐즈가 빈정대는 게 분명한 어조로 말했다. 베라무드는 숨이 턱 막혔다. 마리쉐즈가 그의 가슴을 꾹 찌르며 말했다.

"뭐하고 있는 거예요, 베라무드 루나틸? 부채를 부러트릴 때의 그 패기는 어디로 간 거죠?"

"난—"

"확신을 못 했죠?"

로웬그린이 살짝 웃었다가 엄한 얼굴을 하고 말했다.

"저와 시그리드는 그렇게 오랜 시간 알고 지낸 게 아니에요. 하지만 그녀가 당신에게 있어서만은 용기를 잃고, 이성을 잃고, 이상해진다고 말하면서 당황스러워한다는 건 알아요. 그녀에게 당신은 중요한 사람이죠."

"그건, 압니다."

베라무드는 저도 모르게 답했다. 시그리드가 자신에게 확실하게 말해 주지 않았는가?

"그럼 대체 뭘 기다리는 거예요?"

마리쉐즈가 토끼처럼 탕탕 발을 굴렀다. 보통이라면 웃음이 나올 행동이었지만 그녀에게는 아주 잘 어울렸다.

"당장 움직이겠습니다."

베라무드의 약속에 마리쉐즈가 고개를 끄덕였다.

"좋아요. 그럼 우리도 돕도록 하죠. 그나저나, 그 청혼, 다시 할 생각 없어요?"

그 말에 베라무드는 웃음을 머금고 고개를 끄덕였다.

"약속하죠."

"알겠어요."

마리쉐즈가 고개를 끄덕이고 로웬그린을 보았다. 로웬그린이 어깨를 으쓱하고 말했다.

"더 이상 할 말은 없네요. 저희는 이만 돌아가도록 하죠."

"가자."

마리쉐즈가 말하고 응접실을 나가다가 뒤를 돌아보고 말했다.

"저희가 이렇게 말하는 게 싫다고 해도 좋아요. 하지만 난 시리 편이니까요."

베라무드가 고개를 젓고 웃으며 말했다.

"아뇨, 감사합니다. 시그리드는, 그녀는 혼자죠. 그녀에게는 지지자가 필요하고, 그 일을 기꺼이 맡아 줘서 오히려 제가 고맙습니다."

마리쉐즈가 눈을 동그랗게 뜬 후에 웃었다.

"지금 나에게 십 점 얻었어요, 베라무드 루나틸."

그리고 마리쉐즈는 경쾌한 걸음으로 응접실을 빠져나갔다. 베라무드가 눈을 굴리며 로웬그린에게 물었다.

"십 점이면 높은 겁니까?"

로웬그린이 웃음을 터트렸다.

"처음으로 얻은 점수라고 해 드리겠어요."

"귀중한 십 점이군요."

"그런데 반지 사이즈를 알려 줄 필요는 없나요?"

"없습니다."

"좋군요."

싱긋 웃고 로웬그린이 덧붙였다.

"시그리드가 좋은 사람을 만나서 기뻐요."

"고맙습니다. 좋은 사람 주변에는 좋은 사람이 생기는 법이죠. 시그리드 옆의 당신들처럼요."

자신과 시그리드와 마리쉐즈를 한 번에 칭찬하는 방식이다. 로웬그린이 쿡쿡 웃으며 응접실을 빠져나갔다.

베라무드는 둘이 빠져나간 응접실에 잠시 멍하니 서 있다가 허둥지둥 시종을 소리쳐 불렀다. 그리고 당장 보석상으로 나갈 채비를 시작했다.

*   *   *

시그리드는 머리에 달린 깃털 장식을 불안한 표정으로 바라보았다. 이 커다랗고 화려한 색채를 가진 깃털은 배를 타고 먼

남국에서 온 물건이었다.

물론 가격은 눈이 튀어나올 만큼 비쌌다.

마리쉐즈가 만족스러운 얼굴을 하고 거울을 보았다.

"좋아, 시리. 아주 예뻐. 역시 은발이라서 이렇게 색감이 강한 것도 잘 받네. 금발은 의외로 강렬한 색이 잘 안 받아서……."

마리쉐즈는 고개를 저었다. 시그리드가 조심스럽게 깃털을 톡톡 쳐 보고 물었다.

"이렇게 비싼 걸 받아도 될까?"

"괜찮아. 어차피 나도 받은 거니까."

"정말?"

"응. 황태자비 전하에게. 두 개 받았는데, 이건 나에게 안 어울려서. 시그리드 줘도 좋다고 하셨으니까 괜찮아. 이렇게 비싼 건, 나도 못 사지."

마리쉐즈가 활짝 웃으며 말했다.

로웬그린이 시그리드의 옷자락을 정리해 주었다. 시그리드는 긴 글러브가 불편했다. 이걸 끼고 검을 잡으면 손잡이가 미끄러질 것 같다.

로웬그린이 싱긋 웃고 말했다.

"그럼 시그리드, 재미있게 놀고 와."

"응, 두 사람 다 고마워."

시그리드가 꾸벅 고개를 숙이자 깃털 장식이 앞으로 쏠렸고, 그녀는 놀라 고개를 번쩍 들었다. 마리쉐즈가 깔깔 웃고 말했다.

"괜찮아, 머리를 사방으로 흔들어도 안 떨어질 거야."

"정말? 알았어."

"그렇다고 정말로 흔들지는 말고."

"안 흔들어."

마리쉐즈의 걱정스러운 말에 시그리드가 웃으며 대꾸했다. 그때 가벼운 노크 소리가 들리고 문이 열렸다.

"준비는 다 끝났어?"

아르카나였다. 시그리드는 고개를 끄덕였고 아르카나가 웃었다.

"아주 예뻐서 내 눈이 멀어 버리겠는걸. 가기 전에, 자. 선물."

아르카나가 내민 것은 단도였다. 마리쉐즈와 로웬그린의 표정은 미묘해졌고, 시그리드의 얼굴은 확 밝아졌다.

"단도?"

"응, 검 없이 치마 입는 게 항상 불안하다고 했잖아. 허벅지에 맬 수 있게, 이렇게 가죽으로 홀더도 만들었어. 전에 네가 쓰다가 부러진 검 있지?"

"아, 응."

"그걸로 만든 거야. 마법으로 재조합한 거니까, 강도는 걱정하지 않아도 괜찮아."

마법이라는 말에 마리쉐즈의 귀가 쫑긋했다. 로웬그린도 흥미진진한 얼굴로 단도를 바라보았다. 마리쉐즈가 말했다.

"설마 혼자 움직여서 첫날밤에 시리를 과부로 만들거나 하는 건 아니겠지."

시그리드가 "마리쉐즈!" 하고 찰싹 그녀의 팔을 때리며 항의했고 마리쉐즈가 살짝 혀를 내밀며 말했다.

"무례했다면 사과할게."

아르카나가 "그런 건 아닙니다." 하고 시그리드에게 단도를 건네주었다. 시그리드가 단도를 빼 보았다. 사르릉 하는 아주 부드러운 소리와 함께 단도가 뽑혀 나왔다.

"예쁘다……."

시그리드가 날을 바라보며 황홀한 목소리로 중얼거렸다. 아르카나가 말했다.

"날카로움도 날카로움이지만, 주인에게 다시 돌아오는 마법이 걸려 있어."

"돌아온다고?"

"어디서 잃어버리든, 어디에 가져다 놓든, 그건 너에게로 돌아올 거야."

"신기하네."

시그리드는 단도를 다시 도집에 넣으며 말했다.

"고마워, 아르카나."

"아냐. 있는 걸 고친 것뿐인걸. 자, 여기 홀더."

양가죽으로 살이 쓸리지 않게 부드럽게 만들어진 홀더였다. 시그리드는 왼쪽 다리를 스툴에 올려놓고 치마를 올리기 시작했고 아르카나는 예의 바르게 돌아섰다. 로웬그린이 조용히 말했다.

"시그리드, 지금 그 행동은 부적절했어."

"어?"

"치마를 걷어 올려서 외간 남자에게 허벅지를 보여 주면 안 되지."

"아르카나는 외간 남자가 아닌걸."

"그럼 남편 외의 다른 남자라고 해 두자."

로웬그린의 말에 시그리드는 얌전히 스툴에서 다리를 내렸다. 마리쉐즈가 마무리했다.

"선물 고마워, 나가 주면 좋겠어."

"네, 기꺼이."

아르카나는 방을 나갔고 시그리드는 다시 치마를 올렸다. 마리쉐즈는 한숨을 내쉬고 치마를 붙잡아 주었다.

"고마워, 마리쉐즈."

"아냐. 얼른 매기나 해. 그 흉흉한 걸 차고 있어야 안심이 된다니, 난 도저히 모르겠다."

"무기를 전혀 구할 수 없다면, 내가 무력해지는 것 같거든. 다 됐다. 고마워."

마리쉐즈가 치마를 놓고 다시 옷자락을 정리했다. 얼마 지나지 않아 시녀가 베라무드가 마중을 나왔다고 알려 왔다.

로웬그린이 싱글싱글 웃으며 말했다.

"그럼 잘 다녀와."

"응, 옷 입는 거 도와줘서 고마워."

"아냐, 우리도 즐거웠는걸."

둘은 시그리드를 방문 밖까지 배웅해 주었다. 가볍게 이 층 계단을 달려 내려가서, 현관에 서서 기다리던 베라무드에게 우아하게 인사하는 모습이 언뜻 보였다. 둘이 저택을 나가자 마리쉐즈가 손수건으로 눈가를 찍으며 말했다.

"우리 애가 벌써 저렇게 다 크다니."

"커서 시집을 다 가네."

로웬그린는 농담처럼 말했다가 당황했다.

"마리? 진짜 울어?"

"아니, 진짜 너무 대견해서~"

훌쩍하고 마리쉐즈가 고개를 저었다. 로웬그린이 웃으며 말했다.

"진짜 대견하기는 하지."

"그렇지. 그럼 가자."

"가?"

"당연히 뒤따라가 봐야지."

그 말에 로웬그린이 한숨과 함께 마리쉐즈의 팔짱을 끼며 말했다.

"아, 마리. 우리는 이만 폐업이야. 그냥 집으로 가서 차나 마시자."

"하지만―! 궁금하잖아?"

"그래, 그래. 내일 캐물어 보자."

로웬그린이 그렇게 말하고 마리쉐즈를 잡아당기며 아래로 내려갔다. 시녀들의 웃음 섞인 공손한 인사를 받으며 두 사람은 시그리드의 저택을 떠났다.

시그리드는 살짝 마차 창을 밀어 열었다.

여름밤의 숲 속 냄새가 마차 안으로 넘치듯 흘러들어 왔다. 기분 좋은 풀 냄새를 깊게 마시고 시그리드가 물었다.

"어디로 가는 거예요?"

"비밀이야."

베라무드가 대답하고 웃었다. 시그리드가 "그래요?" 하고 창밖을 내다보자 베라무드가 슬그머니 창문을 밀어 닫았다.

"보면 안 돼."

"하지만—"

"안 돼."

"알겠습니다."

시그리드는 마차 천장에 달린 동그란 조명구를 바라보았다가 말했다.

"이거 전에 봤던 그거네요. 요정의 돌? 이런 식으로도 쓰는군요."

"응. 흔들리는 마차에서 쓰기 딱 좋지."

초를 쓰면 불이 날 위험도 있으니 말이다.

"그러네요."

마차는 중간쯤 한 번 멈췄다가 다시 달리기 시작했다. 도시 안을 달린다고 하기에는 빠른 속도였고, 시간도 상당해서 시그리드는 수도 밖으로 나왔다는 건 알 수 있었다.

한참 후 마차가 멈췄다. 베라무드가 먼저 문을 열고 내렸고,

그의 손을 잡고 시그리드는 가볍게 땅으로 내려섰다. 시그리드가 주변을 둘러보았다.

"숲이네요?"

"응. 숲이지."

"깜깜해요."

"오늘은 초승달이니까. 가자. 다녀오지."

베라무드의 말에 마부는 모자를 벗어 공손히 인사했다. 베라무드가 시그리드를 어떻게 해야 할까 하고 보다가 한쪽 팔로 그녀를 안아 들었다. 마치 어린애를 안듯이 말이다.

"베라무드!"

"그 신발로 걷기 힘들잖아? 게다가 드레스를 입은 내 시그리드에게 흙길을 걷게 할 생각은 요만큼도 없네요."

그러며 그는 성큼성큼 걷기 시작했다. 시그리드는 베라무드의 어깨를 붙잡았다. 그녀가 말했다.

"제가 기대했던 데이트랑은 좀 거리가 먼 것 같은데요."

"아하하, 내가 좋은 거 보여 줄게."

"좋은 거요?"

"응."

얼마 걷지 않아 점점 시야가 트이기 시작하더니, 커다란 호수가 모습을 드러냈다. 시그리드는 눈을 크게 뜨고 탄성을 질렀다.

바람이 없어 수면은 잔잔했고, 그 수면에 하늘이 고스란히 비치고 있었다. 하늘에 있는 수천, 수만의 별이 수면에도 고스란히 비쳤다. 달마저도 호수 밑에서 떠오른 것처럼 선명하게 빛났다. 마치 호수에서도 빛이 뿜어져 나오는 것 같았다.

"이건, 이건 너무……."

시그리드는 작게 헐떡였다. 상상했던 어떤 광경보다도 더 비현실적인 광경이었다.

"시그리드에게도 보여 주고 싶었어."

속삭이고 베라무드가 호수가 기슭으로 다가갔다. 거기에는 보트가 준비되어 있었다. 숄과 푹신한 방석이 놓인 보트 위에 베라무드가 그녀를 내려놓았다. 시그리드 얌전히 자리에 앉으며 말했다.

"배를 타는 게 이렇게 기대되는 건 처음이에요."

"그거 다행이네."

베라무드가 웃으며 말뚝에 매인 밧줄을 풀고 보트에 올라섰다. 그리고 노로 보트를 밀어냈다. 수면이 일렁거리면서 수천의 별들도 함께 일렁거렸다.

시그리드는 하늘을 보았다가 다시 수면을 바라보았다.

검은 비단 위에 흩뿌려진 수정 조각들처럼 수면이 반짝거렸다. 시그리드는 장갑을 끼고 있다는 사실도 잊고 수면을 만지려다가 얼른 장갑을 벗었다. 베라무드가 불안해져서 말했다.

"너무 상체를 내밀지 마."

"네."

대답하고 시그리드는 손으로 수면을 건드렸다. 둥근 파문을 따라 별빛 달빛이 반짝였다. 하늘의 별이 바람을 따라서 반짝인다면, 호수의 별은 수면을 따라 반짝였다.

퉁—

가벼운 소리와 함께 배가 부딪쳐 멈춰 섰다. 시그리드가 고개를 들자 호수 가운데에 정자가 서 있는 것이 보였다. 넝쿨 모양으로 섬세하게 엮여 올라간 철제 정자였다.

"—?"

왜 정자가 호수 가운데에? 하는 생각도 들었지만, 이미 환상의 세계에 반쯤 들어온 기분이라 시그리드는 아무래도 좋다는 생각이 들었다. 베라무드가 정자에 배를 묶고 정자로 올라서서 시그리드에게 손을 내밀었다.

시그리드는 자리에서 일어나 조심스럽게 그의 손을 잡고 정자 위로 가볍게 이동했다. 바닥이 흔들리는 게 느껴졌다.

'뗏목 위인 건가?'

시그리드는 갸웃했다.

베라무드가 손을 뻗어 정자 기둥을 가볍게 두들겼다. 탁탁 두 번 두들기자 정자 여기저기서 빛이 들어왔다.

"—!"

시그리드는 주변을 둘러보았다. 정자 여기저기 요정의 돌이 끼워져 있었고 그게 동시에 빛을 내뿜기 시작한 것이었다. 새하얀 넝쿨무늬 정자 여기저기에서 빛이 나는 광경은 보기만 해도 황홀했다.

"베라무드……. 진짜 아름다워요."

시그리드는 자신의 타고나지 못한 말주변을 한탄했다. 마리쉐즈나 로웬그린이라면 이 광경을 좀 더 잘 표현할 수 있을 것 같은데. 아름답다는 말밖에 못하다니.

베라무드가 그녀의 손을 잡았다. 시그리드가 활짝 웃으며 그를 올려다보았다.

"고마워요. 기대했던 것보다 진짜, 너무, 너무너무너무 멋져요."

"아직 안 끝났는데."

베라무드의 말에 시그리드는 "그런가요?" 하고 갸웃했다.

이 이상 뭐가 있을까? 하는데 베라무드가 한쪽 무릎을 꿇었다. 시그리드는 허를 찔려 숨을 삼켰다. 베라무드가 주머니에서 얼른 상자를 꺼내서 열었다.

다이아몬드가 불빛을 반사하며 검은 벨벳 위에서 화려한 자태를 뽐냈다.

"나와 결혼해 주시겠습니까? 시그리드 앙케르트나 양?"

시그리드는 눈을 깜박였다. 입술이 파르르 떨렸다. 시그리드는 순간 자신이 숨 쉬는 법을 잊어버렸다고 생각했다. 그렇지 않으면 이렇게 숨이 막힐 리가 없다.

크게 숨을 내쉬고 시그리드가 대답했다.

"네, 네. 네!"

베라무드가 웃음을 터트리고 일어나며 그녀를 번쩍 안아 들어 빙그르르 돌렸다. 시그리드는 깔깔 웃었다. 기분이 고양되어 웃음이 저절로 터져 나왔다.

얼른 그녀를 땅에 내려놓고 베라무드는 반지를 빼 들었다. 시

그리드는 장갑을 벗어야 하나 했지만, 베라무드는 장갑 위로 반
지를 끼웠다. 사이즈는 딱 맞았다.

시그리드가 키득거리며 말했다.

"두 번 청혼 받을 줄은 몰랐어요!"

"나도 두 번 하게 될 줄 몰랐지."

베라무드가 웃으며 그녀에게 키스했다. 입술이 부드럽게 와
닿았다. 숨결이 섞이고 베라무드는 느리게 키스했다. 웃으면서
할 수 있는, 가볍게 나누는 친밀하고 다정한 키스였다. 적당히
눅진해질 만큼 달콤하고, 행복해질 정도로 기분 좋은. 그래서 시
그리드는 이런 키스라면 몇 시간 동안, 아니 하루 종일도 할 수
있겠다고 생각했다.

"이미 대답해서, 다시 청혼할 줄은 몰랐어요."

"음— 그 대답이 혹시 내가 아파서 나온 걸까 봐 걱정했거든."

베라무드의 말에 시그리드가 눈을 동그랗게 뜨고 베라무드를
보았다. 그의 청적색 눈동자는 어둠 속에서 보석처럼 빛났다. 다
정하고 상냥하고, 사랑스러운 걸 보는 듯한 눈동자에는 약간의
초조함이 서려 있었다.

그걸 보고 시그리드는 깨달았다.

내가 두려웠던 것만큼 베라무드도 두려웠구나.

내가 확신하지 못하고 있던 부분을, 그도 확신하지 못하고 있
었구나.

시그리드는 베라무드의 목을 감싸 안으며 키스했다. 키스하
고 시그리드가 말했다.

"사랑해요. 사랑해요. 사랑해요. 사랑해요. 꼭 결혼하고 싶어요."

힘주어 강조하는 말에 베라무드의 손으로 힘이 들어갔다. 시그리드의 입에서 설마 들을 거라고는 생각 못 한 말이다.

사랑.

베라무드는 저도 모르게 웃음을 터트렸다. 아니면 왜인지 울 것 같았다. 그는 거듭 그녀와 입술을 겹쳤다.

"내가 더 사랑해."

어린애 같은 말이었지만 시그리드는 "제가 더요." 하고 얼른 반박했다.

"아냐, 내가 더, 더."

두 사람은 웃었다. 베라무드가 속삭였다.

"사실 결혼 허가증도 받았어."

"벌써요?!"

보통 결혼 허가증이 나오려면 최소 2주는 걸릴 텐데? 일반적으로 한 달이고?

"세리오스 옆구리를 찔렀지."

권력은 이럴 때 쓰라고 있는 거란다, 하고 베라무드는 능글맞게 웃었다. 시그리드는 타박하듯 그를 툭 쳤지만 별말 하지는 않았다.

대신 그녀는 한 번 더 키스했을 뿐이었다.

*　　*　　*

―백작에게 장가를 보내는 거니, 결혼식 준비는 우리 쪽에서 알아서 하게 해 주십시오.

하는 내용의 편지가 루나틸 공작가에서 도착했고, 시그리드는 고민하다가 "알겠습니다. 도울 일이 생기면 뭐든 말씀해 주세요." 하고 답장을 보냈다.

결혼 준비를 어떻게 해야 할지는 도무지 감이 잡히지 않았기 때문이었다.

당장 마차를 타고 달려온 것은 루나틸 공작 부인이었다.

"안녕하세요, 멜로디언 라뒤레 루나틸이라고 해요. 친구들은 절 라뒤레라고 부른답니다."

우아하게 인사하는 공작 부인 앞에 시그리드는 얼른 가슴에 손을 대고 기사식으로 마주 인사를 했다.

"시그리드 앙케르트나입니다. 잘 부탁합니다."

"결혼식에 대해서 의논할까 하고 찾아왔답니다. 시간이 있으신가요?"

"점심 전까지는 괜찮습니다. 그 이후에는 부대장직 일이 있어서."

"나랏일이 중요하다는 건 저도 잘 알지요. 그럼 잠시 시간을 좀 빌릴까요."

공작 부인과의 시간은 순식간에 지나갔다. 라뒤레가 잔뜩 카탈로그를 남기고는 떠나며 말했다.

"적어도 콘셉트 정도는 잡아 주세요."

"네, 죄송합니다."

"아니에요. 하지만 빠를수록 좋겠어요."

"네."

공작 부인이 떠나고 나자 시그리드는 카탈로그 무더기를 노려보았다. 보통의 신부라면 여기에 푹 빠져들어 있을 것이다. 자신이 꿈꾸던 결혼식을 이루기 위해서 몇 번이나 들추고 비교하고 애쓰겠지만, 시그리드는 그것과 전혀 인연이 없는 사람이었다.

그녀의 바람은 최대한 어떻게든 간소하게였다.

사실은 식이고 뭐고 주변 사람들만 몇 명 초대해서 하고 싶었다. 사실 시그리드 자신이 초대할 사람도 많지 않았고 말이다. 하지만 라뒤레의 이야기를 들으니 아무래도 귀족은 결혼식을 그렇게 하면 안 되는 모양이다.

시그리드는 잠시 눈을 가늘게 뜨고 카탈로그를 바라보다가 시녀를 불렀다.

"마리쉐즈에게 전갈을 좀 전하고 싶은데."

그래서 시그리드는 자기 일을 대신해 줄 적임자를 불러들이기로 했다.

소식을 들은 마리쉐즈가 곧장 달려왔다. 시그리드는 "혹시 시간이 된다면—"으로 이야기를 꺼냈고 마리쉐즈는 흔쾌히 고개를 끄덕였다.

마리쉐즈는 카탈로그의 산을 보더니 흐뭇하게 웃고 거기에 집중하기 시작했고 시그리드는 도망치듯 일터로 향했다.

아웬은 침을 꿀꺽 삼켰다. 그는 시그리드보다 한참 더 큰 남자를 올려다보았다가 고개를 숙였다.

"미안해. 내가 한 짓은 나쁜 짓이었어. 사과할게. 다시는 그런 일이 없을 거야."

대답은 한참 동안 나오지 않았고 아웬은 계속 고개를 숙이고 있었다. 베라무드는 그 작은 정수리를 내려다보다가 한숨을 삼키고 한쪽 무릎을 꿇어 눈높이를 맞췄다.

"정말로 잘못했다고 생각하십니까?"

"응."

아웬은 깊게 고개를 끄덕였다. 그의 눈동자에 불안감이 가득 섞여 있었다. 베라무드가 천천히 말했다.

"시리는 용서해 주었지만, 전 그렇게 쉽게 깨진 신뢰는 회복할 수 없다고 생각합니다. 만약 저에게 정말로 무슨 일이 생겼다면 어떻게 되었을까 짐작하십니까?"

아웬은 고개를 젓다가 아차 하고 입을 열었다.

"아니."

"루나틸 공작가가 황자님의 적이 되었을 겁니다. 그건 황자님의 위치를 위험하게 만들었을 거고요. 그리고 황자님을 지키겠다고 맹세한 시그리드 역시 위험하게 만들었겠지요."

아웬은 움찔하고 "나는, 난 그럴 생각은—" 하고 웅얼거렸다. 그가 고개를 들어 힐끗 베라무드를 보았다가 눈이 마주치자 얼른 고개를 다시 숙였다.

눈동자 색이 이상해서 더 무서웠다.

베라무드가 낮게 말했다.

"하지만 관계는 개선될 수 있다고 생각합니다. 자신이 변하고자 하면, 스스로 바뀌고자 노력하면요. 하실 겁니까?"

"응, 할게."

아웬이 고개를 끄덕였다.

"좋습니다. 그렇다면 일단 제 부탁을 하나 들어주는 거로 시작하죠."

"부탁……?"

갸웃하고 아웬이 다시 고개를 들었다. 베라무드가 씩 웃고 말했다.

"저와 시그리드의 결혼식에서 꽃을 뿌려 주는 일을 하는 거로 일단 시작하는 게 어떨까요?"

"꽃?"

그런 어린애가 하는 일을? 하고 아웬은 눈을 찡그렸다가 얼른 미간을 펴며 고개를 끄덕였다.

"할게."

"좋습니다."

베라무드가 자리에서 일어났다. 그가 가볍게 아웬의 어깨를 두들기고 말했다.

"그럼 앞으로 잘 부탁합니다. 황자님."

"나도 잘 부탁하네, 루나틸 경."

"그냥 베라무드라고 부르셔도 됩니다."

"응, 베라무드."

아웬이 아까보다 밝아진 목소리로 대답했다. 베라무드는 그와 가벼운 이야기를 나누고 다시 근위대실로 돌아왔다.

근위대실에는 시그리드가 붙박이 가구처럼 붙어 있었다. 아까 나올 때와 똑같은 자세다. 베라무드가 의아해져서 물었다.

"아직도 안 들어갔어?"

"들어가기가 무섭습니다."

그 말에 베라무드가 웃음을 터트렸다. 시그리드가 울상이 되어 말했다.

"정말로요, 농담이 아니라요. 공작 부인과 마리쉐즈, 로웬그린에게 일을 맡겨서 괜찮을 줄 알았는데. 어째서 저에게까지 선택이 돌아오는지 모르겠습니다."

"그렇다고 퇴근을 하지 않으면 안 되지. 일도 다 끝났잖아?"

"요즘 업무가 너무 바쁘다고 하면서 도피 중입니다."

"아, 그래서 형수님이……."

베라무드가 신음을 내뱉었다.

라뒤레가 자신에게 생글생글 웃으면서 "새 신부에게 너무 일을 시키는 거 아닌가요?" 하고 날카롭게 말했던 것이다.

"그래도 할 일은 해야지."

"베라무드는 좋겠어요, 할 일이 없어서."

"아니, 그건 또 아닌데."

베라무드가 한숨을 푹 내쉬고 시그리드의 책상 앞으로 다가

갔다.

"황자님을 만나고 왔어."

그 말에 시그리드가 자세를 바로 하며 물었다.

"어떻게 되셨습니까?"

"일단은, 황자님이 우리 결혼식에 꽃을 부리는 시동을 하시는 거로 화해의 제스처를 취하기로 했지."

"그래도 되는 겁니까?"

"일단 네가 후견인이니까. 그 정도는 괜찮아."

"그렇군요······."

시그리드가 고개를 끄덕이고 웃으며 베라무드를 보았다.

"고맙습니다."

"딱히 네가 고마워하지 않아도 될 일인 것 같은데?"

"그래도요."

"음, 그럼 그 고마움을 받고 내가 한 가지 선언할 수밖에 없는 걸 용서해 줘. 시리."

"네? 뭔가요?"

"우리 이제 결혼식이 이 주 뒤잖아?"

"그렇죠······. 너무 빠르게 한다고 다들 난리가 났지만 말입니다."

"그래서 형수님과 네 친구가 너에게 휴가가 필요하다고 강력하게 주장해서 말이야."

시그리드의 얼굴이 새하얗게 변했다.

"설마, 설마, 설마—"

"그래서 내일부터 휴가를 주기로 했습니다. 신혼까지 해서 한 달간의 장기 휴가네요."

"베라무드 루나틸!"

시그리드가 비명처럼 외쳤다. 베라무드가 힘없이 고개를 저었다.

"미안하지만 나에게 그 여성들을 이길 힘은 없어서."

"하지만 그래도, 한 달이나 휴가를 가면ㅡ"

"그동안 네가 너무 오버 워크를 해서, 일은 널널해. 걱정하지 마."

"걱정하는 건 일이 아니라 접니다!"

"훈련이다 생각하고 버티는 거야. 앙케르트나 경."

시그리드는 신음을 뱉으며 양손에 얼굴을 묻었다. 그러다가 그녀가 씩씩한 얼굴로 고개를 들었다.

"그렇죠. 이 주만 버티면 되는 거니까요. 결혼식만 하면 끝납니다."

"응. 그렇지. 이 주. 딱 이 주야."

"좋습니다. 그렇죠. 네."

시그리드가 굳건한 얼굴로 자리에서 일어났다. 그렇게 늠름한 표정인 것은 처음 본다고 베라무드는 생각했다.

시그리드가 반 망토를 들어 조끼 위에 걸치고 말했다.

"그럼 전 이만 퇴근하겠습니다."

"응, 그럼 시리, 이 주 후에 보자."

"이 주 후에요?"

"그래. 당분간은 신부 모습을 보면 안 되는 게 관습이라."

"아아, 그렇죠. 그럼 아쉽네요."

시그리드가 어깨를 늘어트리자 베라무드는 뱃속의 짐승이 낮게 그르렁거리는 걸 느꼈다. 아, 진짜 먹어 치우고 싶게 귀엽다. 사랑스럽다.

베라무드가 그녀의 어깨를 잡고 키스했다. 그녀가 좋아하는 가벼운 키스가 아니라, 정신이 살짝 어지러워지는 깊은 키스였다.

업무 중에 나누면 배덕함이 느껴지는 그런 키스 말이다.

숨을 가볍게 헐떡이며 시그리드는 집요하게 밀고 들어오는 베라무드의 혀가 입 안을 훑고 자신의 혀를 찾아내 엉키는 것을 받아들였다. 키스가 끝났을 때는 심장이 높이 뛰고 있었다.

"그럼 첫날밤을 기대하면서."

"베라무드!"

"가자. 데려다줄게."

베라무드가 킬킬 웃으며 문을 열었다. 시그리드는 투덜거리면서 문을 나섰다. 그녀의 저택 앞에 도착하니 라뒤레와 마리쉐즈와 로웬그린이 나와서 기다리고 있었다.

"휴가는 내준 거겠죠? 도련님?"

"물론입니다, 형수님."

베라무드는 자신이 죄수를 넘기는 사람이 된 것 같다고 생각하며 굳은 표정의 시그리드를 인수인계했다.

"그럼 다음에 봐요."

"네."

베라무드는 인사하고 시그리드에게 입 모양으로 '힘내' 하고 말해 준 후 그녀의 저택을 빠져나왔다. 시그리드의 어깨에 마리쉐즈가 손을 올렸다.

"이제 좀 이야기를 할 수 있겠구나."

"사실 이제 이야기할 시간도 없지만."

로웬그린이 한숨을 내쉬었다. 안 그래도 결혼식까지의 일정이 빡빡해서 지옥 같았는데, 정작 당사자인 시그리드에게는 아무것도 하지 못했다.

라뒤레가 말했다.

"자, 일분일초가 아까우니 어서 들어가죠."

시그리드는 끌려 들어가는 것이 아니라 품위 있게 자신의 발로 걸어 들어가는 길을 택했다. 그리고 이 주 내내 그녀는 미용식이라는 이상한 맛의 음식을 먹으며, 온갖 미용술을 경험했다. 그걸 당하면서 그녀는 결정을 내려야 했다.

예를 들어, 엎드려서 마사지를 받는 동안 로웬그린과 마리쉐즈가 번갈아 드나들며 질문을 던졌다.

"초록? 아니면 연두?"

"흰색이랑은 연두가 더 낫지 않을까?"

"시리, 레이스랑 러플이랑 어느 쪽이 좋아?"

"은단추? 금단추? 아니면 보석 세공?"

시그리드는 자신이 뭐에 대한 결정을 내리는지도 알지 못할 때가 종종 있었다. 홀딱 벗고 남에게 몸을 맡긴다는 게 처음에는 어색했지만, 막상 계속 겪으니 별거 아니었다. 물론 전신의 털을 전부 제거할 때는 좀 아프기는 했지만, 그거 외에는 견딜 만했다.

시그리드가 머리에 향유를 듬뿍 바르고 가봉을 하고 있는데, 모리스가 들어왔다. 그가 그녀를 보고 웃으며 말했다.

"예쁜데?"

"고마워. 사실 난 이게 예쁜지 안 예쁜지도 이제는 모르겠어."

모리스는 부드러운 눈으로 시그리드를 보았다. 이제 전혀 아프지 않다면 거짓말이겠지만, 그녀가 행복한 모습을 보는 게 좋지 않다고 하는 것도 거짓말이리라.

"네가 부탁한 거 조사했어."

시그리드가 눈동자를 휙 돌렸다.

"어떻게 됐어?"

"네 말이 맞아. 여럿 죽였고, 지금도 죽이고 있었어. 그것도 농노나 아니면 화전민 위주로."

마리쉐즈가 탁 하고 샘플북을 닫으며 말했다.

"지금 우리 결혼 준비 하고 있거든? 피비린내 나는 이야기는 좀 이따가 하면 안 될까? 예를 들면 식이 끝난 후에 말이야."

"마리쉐즈, 잠깐만, 아얏—"

"움직이시면 찔려요."

가봉하던 시녀가 태연한 어조로 대답했다. 시그리드는 한숨을 푹 내쉬고 말했다.

"근위대는 수사권이 없거든. 그래서 황실 기사단인 모리스에게 일부러 부탁한 거란 말야. 그래서? 재판은?"

"결과가 나왔어. 그게—"

모리스가 눈을 굴려 주변의 눈치를 보더니 손가락을 움직였다. 아래로 내리긋고 이어서 동그라미. 확실하게 교수대를 그리고 있었다.

시그리드가 미소 지었다.

"고마워, 모리스. 내가 하나 빚졌어."

"달아 둬. 나중에 써먹을 거니까."

"그래."

시그리드가 고개를 끄덕였고 모리스는 싱긋 웃었다. 그가 마리쉐즈에게 말했다.

"그리고 이건 내 결혼 선물."

그가 마리쉐즈에게 봉투를 건넸다. 마리쉐즈가 "늦었어."라고 말하면서도 봉투를 받아 들었다. 모리스가 어깨를 으쓱하고 말했다.

"구하기가 힘들어서."

마리쉐즈가 봉투를 열어 선물 이름을 확인하고 웃음을 터트렸다. 그녀가 말했다.

"아, 정말, 모리스 데포레스트."

"왜? 시리는 좋아할걸?"

"그야 좋아하겠지만."

시그리드는 궁금해져서 물었다.

"뭔데? 뭔데?"

"빈달루 평원산 말."

"세상에—!"

시그리드는 환호성을 지르고 싶은 얼굴이었고 로웬그린은 웃음을 터트렸다. 빈달루 평원산 말은 물론 최고로 친다. 아름다운 생김새도 그렇고, 지구력과 속력도 물론 최고였다.

하지만 결혼하는 신부에게 말을 선물한다?

이중적인 의미가 될 수 있을 것이다.

'말을 타고 도망쳐라!'이거나 혹은 '밤에 이제 남편 위로 올라탄다'는…….

물론 선물하는 게 모리스니 후자보다는 전자 의미가 더 강하겠지만 말이다. 시그리드가 눈을 반짝이며 말했다.

"고마워, 모리스."

"별말씀을. 그럼 이만 가 볼게. 일도 진행되는 대로 알려 줄게."

"그래."

모리스가 다가와 그녀의 뺨에 가볍게 키스하고 물었다.

"행복해?"

"응."

시그리드가 웃으며 답하자 모리스가 "그럼 됐어." 하고 웃으며 방을 나갔다. 라뒤레가 "어머, 어머." 하고 물었다.

"이거 설마 도련님의 라이벌인 건가요?"

"예전에는요. 좋아요. 이제 가장 중요한 것만 하면 준비는 끝나요."

마리쉐즈가 샘플북을 테이블 위에 던졌다. 로웬그린이 말했
다.

"식사 말이지."

"그래, 식사."

마리쉐즈는 상당히 행복했다.

루나틸 공작가는 부유했고, 그들이 모든 결혼식 비용을 내고
있었다. 그러니 마리쉐즈는 돈에 구애받지 않고 자신이 원하는
결혼식을 마음껏 꾸밀 수 있었다.

그리고 모든 게 끝났다.

이제 음식 메뉴만 결정하면 되는 것이다. 마리쉐즈는 양손을
비볐다.

물론 아름다운 결혼식장도 중요하지만, 마지막에 기억에 남
는 것은 음식이다. 마리쉐즈는 메뉴판을 펼치며 미소 지었다.

이 둘이 결혼한다는 소식은 이미 사방에 전해졌고, 초대장도
다 돌렸다.

저 초대장을 구하기 위해서 귀족들이 연줄을 동원한다는 소
문이 돌 정도였다. 섭정 황태자와 황태자비는 결혼식에 참여할
수 없었다.

신하의 결혼식에 참여하는 군주는 없다.

대신 에리얼은 자신이 썼던 베일을 선물로 보내 주었다.

그야말로 황실의 총애를 받는 두 사람의 결혼식이니, 어떻게
든 이 둘에게 연을 대고 싶은 귀족들은 결혼 선물을 끊임없이 보
내왔다.

거기에 감사 답장을 보내는 일도 어마어마한 일이어서 아르
카나는 알아서 써지는 마법 펜을 발명하는 게 어떨까 하고 진지
하게 고민했다.

마지막 감사 편지에 인장을 찍고 아르카나는 인장 반지를 내
려놓았다. 시그리드에게 빌린 것이었다. 인장 반지를 맡길 정도
이니 엄청난 신뢰라고 가솔들은 생각했지만, 두 사람에게는 너
무 당연한 일이었다.

'조용하네.'

결혼식 준비로 시끄러웠던 저택은 오히려 전날 밤이 되자 고
요해졌다. 아르카나는 자리에서 일어났다.

복도를 걷다가 그는 테라스에 나와 있는 시그리드를 발견하
고, 문을 열고 나갔다.

"시리? 신부가 전날 밤에 뭐하는 거야?"

"아니, 내 방에 신부복이 걸려 있잖아? 보고 있자니 실감이 안
나서. 바람이나 좀 쐬려고 나왔어."

"싫으면 무를래?"

아르카나의 말에 시그리드가 웃고 고개를 저었다.

"아니, 그건 아니야."

"그래. 그렇다면 다행이고. 이 주간 고생했어."

"음, 그런데 생각해 보니까 그렇게 고생하지는 않았어. 남에게
몸을 맡기는 것도 의외로 기분 좋더라고. 피부도 완전히 깐 달걀
같이 맨질맨질하고. 나 머리카락이 이렇게 반짝이는 건 처음이
야. 손톱도 완전히 핑크색이 됐다고?"

시그리드가 팔짱을 끼고 말했다.

"왜 귀부인들이 느긋한 삶을 즐기면서 사는지 알 것 같아. 이런 것도 나쁘지 않은걸."

"그래?"

"응, 하지만 역시 난 기사다운 삶이 더 좋아. 어쩔 수 없나 봐."

시그리드가 가볍게 웃었다. 잠자리에서 그냥 나온 시그리드는 머리카락을 다 풀고 있었다. 긴 은발이 바람에 가볍게 나부끼며 은실처럼 반짝였다.

눈이 부신 듯 가늘게 눈을 뜨고 그녀를 보았다가 아르카나가 시선을 돌렸다.

"데포레스트 경을 통해서 소식 들었어. 그 두 사람을 체포했다고."

"아, 응. 모레 교수형에 처한대."

"고마워, 시그리드."

"아냐. 내가 아니더라도 언젠가 걸렸을 거야."

"걸릴 거라면 벌써 걸렸겠지. 상대도 기사인데. 네 이름이 아니었다면 그렇게 쉽게 가지 않았을 거야."

아르카나가 손을 내밀었다. 시그리드가 그 손을 마주 잡자 아르카나가 허리를 숙여 그녀의 손등에 키스하고 허리를 폈다.

"줄게. 넌 필요 없다고 했지만 말야."

"뭘?"

시그리드가 의아해져서 묻자 아르카나가 웃었다.

"그런 게 있어. 자, 얼른 들어가서 자. 오늘 늦게 자서 내일 컨

디션을 망치면 잉글렛 영애가 널 절대로 용서하지 않을 거야."

"하하, 맞아."

시그리드가 고개를 끄덕였다.

"잘 자, 아르카나."

"잘 자."

내 영혼을 가져간 아가씨.

아르카나는 싱긋 웃으며 손을 흔들었다.

*　　*　　*

신전에는 사람들이 가득 모여 있었다.

그 위로 길게 난 보라색 길 위로 시그리드는 한 발 내디뎠다. 이미 앞서서 아웬이 걸어가며 흰 꽃잎을 뿌리고 있었다.

시그리드가 천천히 걷기 시작하자 은거미 레이스로 만든 베일이 다이아몬드 가루를 뿌린 듯 반짝거렸다. 그녀의 드레스는 장식이 거의 없이 직선으로 심플하게 떨어졌고 뒤쪽에서 물결치며 길게 늘어지는 디자인이었다.

검의 여신처럼 보이는 그 모습에 마리쉐즈는 만족스러운 한숨을 내쉬었다. 시그리드는 연습한 대로 빠르지도 느리지도 않은 걸음으로 걸었다.

하지만 자신의 속도가 빠른지 느린지도 알 수 없었다. 느릿한 결혼식용 성가 때문에 발걸음이 더 느린 것 같기도 했다.

아니면 앞서 걷는 아웬이 너무 빠른 건가? 느린 건가?

'왜 이렇게 길이 긴 거야.'

시그리드는 그런 생각을 하며 길 끝을 바라보았다. 그 끝에는 베라무드가 서 있었다. 단에서 내려온 베라무드는 이미 신랑이 보통 신부를 마중 나오는 길 이상으로 마중 나와 있었다.

이 주만에 보는 것이 너무 오랜만으로 느껴져서 시그리드는 뛰어가고 싶은 마음을 억눌렀다.

천천히 걸어 들어오는 시그리드를 보며 베라무드는 정신이 흐릿해지는 걸 느꼈다. 당장 가서 끌어안고 키스하면서 하객들에게 '내 아내입니다!' 하고 소리 지르고 싶었다.

'하지만 그럼 안 되지.'

그는 손을 꽉 쥐었다.

간신히 시그리드가 가까이 와서 손을 잡았을 때, 베라무드는 숨을 삼켰다. 그녀에게서 빛이 나오는 것 같다.

아니, 나오겠지. 시그리드에게서 빛이 나는 건 당연한 거 아냐?

사제의 축성을 듣는 동안 내내 베라무드는 시그리드를 뚫어져라 바라보았다. 사제가 몇 번 헛기침했지만 아랑곳하지 않았고, 하객석에서 가벼운 웃음이 터져 나왔다.

축성이 끝나고 나서 사제는 둘의 팔을 흰색 넓은 끈으로 감아 둘이 부부가 되었음을 선언했다. 베라무드는 시그리드의 손을 꽉 쥐었다.

"그럼 두 사람은 맹약의 키스를 하십시오."

사제의 말이 끝나기가 무섭게 베라무드를 그녀의 허리를 붙잡고 키스했다.

사방에서 환호성이 터져 나왔다.

'이제 손에 넣었다.'

베라무드 역시 그 하객들과 함께 환호성을 지르고 싶었다. 두 사람이 다시 길 끝까지 도달하는 동안 꽃잎이 한없이 뿌려졌고 박수와 환성 역시 끝나지 않았다. 두 사람이 길 끝에 도달하자 환성은 멈췄지만 식은 이제부터 시작인 것과 다름없었다.

이어진 결혼식 파티에서 춤을 추고, 인사를 하고, 옷을 갈아입고―

파티는 밤까지 이어졌다.

그러고 나서야 간신히 결혼식은 끝났고 마리쉐즈와 로웬그린, 라뒤레는 기진맥진해서 나가떨어졌다.

이들에 비해서 기초 체력이 있었던 신랑 신부 두 사람은 그나마 쌩쌩했고, 마리쉐즈는 졸음을 참으며 두 사람이 마차로 여행을 떠나는 것을 배웅했다.

자신의 영지로의 밀월이라니, 제발 일은 하지 말고 쉬기를 바라면서 말이다.

마차에 올라타 시그리드는 한숨을 내쉬었다.

"드디어 끝났네요."

베라무드가 "그러네." 하고 고개를 끄덕였다.

"시그리드."

"네."

"시그리드 루나틸."

"시그리드 루나틸 앙케르트나예요."

정정에 베라무드가 씩 웃었다.

"중간까지만 불러 보는 거지. 이리 와요, 부인."

베라무드가 팔을 벌리며 하는 말에 시그리드의 얼굴이 달아올랐다.

부인.

그렇구나. 이제 부인인 거구나.

시그리드는 팔을 뻗어 순순히 베라무드에게 안겼다. 그녀가 숨을 길게 내쉬며 말했다.

"엄청나게 오랜만인 것 같아요."

"안는 게? 나도 그래."

베라무드가 부드럽게 시그리드의 등을 쓸었다. 여름용 드레스의 얇은 천 위로 느껴지는 체온이 기분 좋았다. 이제 이 천 밑도 전부 볼 수 있다. 전부 자신의 것이다.

얼마든지 핥고 물고 빨아들이며 맛볼 수 있다.

허기가 느껴져 베라무드는 그녀에게 키스했다.

'하지만 영지까지 오 일은 걸리겠지.'

마차 안이나 여관에서 그녀를 안을 수는 없잖은가?

오히려 날이 코앞이니 더욱더 격렬하게 욕망에 불이 붙었다. 이제는 정말로 손을 대도 괜찮다. 아무도 뭐라고 하지 않는 데다가 심지어 이건 결혼의 의무 아닌가?

하지만 베라무드는 자신이 오 일간 인내할 거라는 걸 알았다. 알기에 더욱 괴로워 그는 한숨을 내쉬었다.

영지에 도착하자 시중들이 마중 나와 있었다.

저택은 신혼부부를 맞이하는 의미로 새 단장이 되어 있었다. 리반스가 미소 지으며 말했다.

"목욕과 저녁 식사가 준비되어 있습니다."

목욕은 기분 좋았고, 식사도 맛있었지만, 베라무드는 식사의 맛을 잘 알 수가 없었다. 식사를 끝내고 자신의 침실에서 옷을 갈아입고 베라무드는 부부 침실로 이어지는 문고리를 잡았다.

'이런.'

자신의 손이 희미하게 떨리는 걸 보고 그는 웃었다. 주먹을 쥐었다가 펴고 베라무드는 문고리를 잡아 돌렸다.

침대 끝에는 이미 시그리드가 앉아 있었다.

얇은 가운을 입고 있는 시그리드는 문이 열리는 소리에 화들짝 놀라 뒤를 돌아보았다.

"베라무드."

"시리."

베라무드는 마른 입술을 핥았다. 자신이 오히려 긴장하면 안되는데. 시그리드의 긴장을 풀어 줘야 하는데.

"그, 음. 어떻게 하는지는 이야기를 들었어요."

그 말에 베라무드는 눈을 휘둥그레 떴다가 웃었다.

"뭐?"

"어─ 기초적인 건요."

"맙소사, 시리."

베라무드는 킬킬거렸고 시그리드는 진지한 얼굴로 말했다.

"그런데 어떻게 그렇게 되는 건지는 모르겠어요."

베라무드는 긴장이 탁 풀리는 걸 느꼈다. 대신 그는 허기진 욕망을 느꼈다. 하지만 서두르지는 말고, 느리게.

"어떻게 되냐고?"

되묻고 베라무드가 씩 웃었다.

"그건 내가 알려 줄게."

베라무드는 다가가 시그리드에게 키스했다. 얕게 시작한 입맞춤은 점점 더 농밀해졌다. 깊게 들어오는 혀에 시그리드는 숨이 막히는 것 같았다.

"음—"

작게 신음을 흘리며 그녀가 헐떡였다.

실크 슬립 아래로 느껴지는 체온이 감질나서 베라무드는 그 안으로 손을 집어넣었다. 맨살을 어루만지는 손에 시그리드는 숨을 삼켰다. 간질간질한 무언가가 온몸을 내달렸다.

그녀를 침대 위로 끌어 올리며 베라무드는 침대 옆의 줄을 잡아당겼다.

사르륵.

가벼운 소리를 내며 침대의 사면에 휘장이 내려갔다.

신혼부부는 일주일간 침실에서 나오지 않았고, 시종들은 역시 마스터는 다르구나 하는 깨달음을 얻었다.

7 장
에필로그

나스가 책상을 정리하며 말했다.

"결혼하고 결국 은퇴라니 아쉽군요."

"할 수 없잖아? 영지 일이 바쁜데."

베라무드가 어깨를 으쓱했다. 나스가 한숨과 함께 말했다.

"저야 1부대 대장으로 승진이니 좋기는 합니다만 말이죠."

"그런데 왜 한숨이야?"

"두 사람이 한꺼번에 빠지니 아쉽네요. 마스터는 희귀한데 말입니다."

"뭐, 나중에 돌아와서 다시 자리 내놓으라고 할지도 몰라. 영지가 안정되면."

그 말에 나스가 미소 지었다.

"쉽게 내놓지는 않을 겁니다."

"하하, 그게 좋지."

베라무드가 고개를 끄덕였다. 그가 으쓱하고 대장임을 알리는 핀을 나스에게 던져 주었다.

"그럼, 수고하게. 대장."

"수고하시죠, 백작님."

베라무드는 웃고 근위대실을 나왔다. 근위대실과 연결된 구름다리를 지나 바로 황궁으로 들어가니 세리오스가 기다리고 있었다.

세리오스가 아— 하고 말했다.

"널 좀 더 부려 먹어야 하는데."

"반년이면 실컷 부려 먹었잖아? 사표도 계속 반려하고."

"그래도. 아직 본전을 못 찾은 기분이야."

"넌 내가 죽어도 '본전은 못 찾았어.'라고 말할걸."

베라무드가 비아냥거리자 세리오스가 눈을 찌푸리며 "너 진짜 불경하다." 하고 말했지만 입은 웃고 있었다.

"시그리드는? 잘 지내?"

"잘 지내지. 영지 일에도 슬슬 적응하는 것 같고. 서부는 조용해?"

"아직까지는."

세리오스가 의미심장하게 말했다. 베라무드가 신음을 흘렸다.

"징집당할까 무섭군."

"그거야 어쩔 수 없잖아. 내게 충성을 맹세했으니까. 신하 여러분."

"그야 두고 볼 것도 없이 시그리드는 맨 처음 달려 올 거야. 왜? 야만족들이 이상해? 아니면 마수가?"

"음, 오히려 지나치게 조용해서 더 걱정되는 상황인 것 같아. 자기들끼리 세력을 규합하고 있는 게 아닐까 하는."

"경비를 좀 더 늘리는 게 좋겠군."

"그렇지."

세리오스가 깍지 낀 손을 뒤통수에 대고 다리를 쭉 펴며 말했다.

"아, 이런 얘기를 이제 누구랑 이렇게 편하게 하냐."

"아예 궁을 떠나는 것도 아닌데, 뭐."

"그야 그렇지만. 그래도 부르면 달려올 거리에 있는 거랑 부르면 사나흘은 걸릴 거리랑은 다르지."

"갑자기 떨어져서 매우 기쁘군."

베라무드의 말에 세리오스는 피식 웃었다. 그가 손을 바로 하며 말했다.

"하여간 그동안 고생했다."

"별말씀을. 말이 아니라 금전적으로 해 줘."

"돈 없어."

"와, 나쁜 자식."

"진짜 치도곤으로 맞아 볼래?"

세리오스의 말에 베라무드는 무서워라 하고 일부러 부르르 떨어 보였다. 세리오스가 피식 웃고 툭툭 손가락으로 팔걸이를 두들기다가 물었다.

"아웬은?"

"잘 지내고 계셔. 지나치게 건강해지셨지. 황자라기보다 저건 산골 소년이 아닐까."

진지하게 베라무드는 팔짱을 끼고 중얼거렸다.

"시그리드는 기본적으로 방목해서 키우는 스타일이니까 말야. 마치 야생마처럼 잘 지내고 계시지."

"안심해야 할지 걱정해야 할지 모르겠는데."

"안심해도 돼."

"그럼, 안심하지."

세리오스가 미소 지었다가 진지한 표정을 하고 되물었다.

"그런데 마스터는 종일 가능하다는 게 진짜야?"

같은 시각, 같은 질문을 받은 시그리드는 "그게—" 하고 고개를 갸웃했다.

"여러 번 하기는 하지만, 난 비교해 볼 다른 사람은 없으니까……."

"여러 번?"

마리쉐즈의 눈이 반짝였다. 에리얼도 흥미진진한 얼굴이다. 시그리드가 얼굴을 붉히며 고개를 끄덕였다.

"몇 번이나 하는데?"

"그게—"

시그리드가 양손으로 숫자를 펴 보이자 에리얼은 "맙소사."

하고 털썩 소파에 몸을 기대며 말했다.

"나도 마스터랑 결혼했어야 했나 봐."

"아니, 그 전에 그쯤 되면 지치지 않을까요? 시리도 마스터니까 상대해 주고 있는 것 같은데요."

시그리드가 손을 내저으며 말했다.

"이, 이런 대화는 이제 그만해요."

라뒤레가 능글맞은 웃음을 지어 보이며 물었다.

"마지막으로 하나만 더. 어때요? 잘해 줘요?"

시그리드는 고개를 끄덕였다. 아주 깊게.

모두가 다시 꺄아 하며 웃음을 터트렸다. 로웬그린이 말했다.

"나도 얼른 결혼해야겠어. 시그리드를 보니까 빨리 하고 싶어지잖아? 좀 더 길게 약혼 기간을 가질 생각이었는데."

"할 거면 빨리 하는 게 좋죠. 일리생 후작 영식도 오래 기다렸으니까요."

에리얼의 말에 로웬그린이 고개를 끄덕였다.

"네, 그래야겠어요."

"아, 짝 없는 사람은 서럽네. 어디 괜찮은 왕자님이라도 안 나타나나."

마리쉐즈가 푹푹 한숨을 내쉬었다. 로웬그린이 물었다.

"전에 사귀던 그 사람은?"

"음, 아냐. 별로였어."

그녀가 손을 획획 저었다. 라뒤레가 말했다.

"근처에서 찾아보는 게 어때요? 의외로 등잔 밑이 어두울 수도 있잖아요?"

"근처요?"

"그래요. 데포레스트 경이나, 대넘 경 같은."

"아, 두 사람은 너무 가까워서 좀 그런 것 같은데요."

마리쉐즈가 손을 젓자 에리얼이 갸웃하며 말했다.

"모리스 데포레스트 경이라면 괜찮지 않나요? 성실하고, 작위도 있고, 봉록도 나쁘지는 않죠."

"하지만 시리를 좋아했었잖아요. 그건 이상해요."

그 말에 여자들은 고개를 끄덕였다.

"그것도 그러네요."

몇 가지 이야기를 더 나누고 시그리드는 자리에서 일어났다. 로웬그린이 가볍게 볼키스를 하고 말했다.

"만나서 반가웠어. 자주 올라와. 저택 너무 오래 비워 두지 말고."

"알았어."

"맞아. 수도의 그 큰 저택을 비워 두는 건 아까워."

마리쉐즈가 고개를 끄덕였다. 시그리드가 웃으며 말했다.

"좀 더 영지가 잘되면, 그때는 자주 올게."

"그래."

아쉬운 인사를 나누고 시그리드는 빠른 발걸음으로 얼른 황궁 입구로 나갔다. 베라무드가 기다리고 있다가 손을 들었다.

"시리, 이야기 잘 끝났어?"

"응."

시그리드가 대답하며 얼른 와서 베라무드의 손을 잡았다. 결혼한 후로 사적인 자리에서 그녀는 반말을 쓰고 있었다.

베라무드가 허리를 숙여 가볍게 키스했다.

"섭섭하지 않아?"

그의 물음에 시그리드가 갸웃했다.

"뭐가?"

"부대장직을 그만둬서."

"괜찮아. 그걸 그만둬도 난 기사인걸. 하지만 베라무드는……? 대장직 그만둘 필요까지는 없는데."

"아냐. 나도 너랑 시간 같이 오래 보내고 싶으니까."

그의 말에 시그리드가 헤헤 웃으며 바싹 붙어 섰다.

마차 없이 느긋하게 이야기를 나누며 걸어서, 둘은 저택에 도착했다. 아르카나는 영지 일을 대행하느라 함께 올라오지 못했고, 대신 세리아가 같이 올라왔다.

"저녁 준비해 뒀어요."

"고마워, 세리아."

"아니에요. 그보다 내일은 외출을 좀 해도 될까요?"

"외출?"

"네. 요리책을 사고, 샘이랑도 만나고 싶어서요. 진짜, 이번에는 내려가서 그 고지식한 인간의 머리에 그 책을 던져 주고 말거예요!"

세리아가 팔짱을 끼며 목소리를 높였다.

기존 콘월스 영지 영주관에 있던 요리사는 예상외로 젊은—

이십 대 중반의 남자였는데 여섯 살 때부터 칼을 잡았다고 했다.

고지식한 그는 전통적인 요리 방법을 고집했고, 세리아는 수도에서 가져온 새로운 요리 방식을 사랑했다. 당연히 두 사람 사이에 견해차가 나타날 수밖에 없었다.

'난 둘 다 맛있지만.'

시그리드는 그렇게 생각하며 고개를 끄덕였다.

"알았어, 호위를 붙여 줄게. 내일 하루 종일 쉬어도 좋아."

"감사합니다!"

활짝 웃으며 세리아는 인사하고 안으로 들어갔다. 베라무드가 말했다.

"돌아가면 또 한바탕 설전이 벌어지겠군."

"요리는 둘 다 잘하는데 말이지."

"방식이라는 건 중요하니까, 그보다 맛있는 냄새 나는데?"

"그러게. 저녁 맛있겠다. 그리고 디저트로 날 먹는 건―"

베라무드가 시그리드의 말에 빵 터져서 물었다.

"그건 어디서 배워 온 거야?"

"전부 다, 사랑하는 제 남편에게 배웠지요."

"아, 그렇군."

베라무드가 혀로 가볍게 시그리드의 입술을 훑고 말했다.

"디저트 먼저 먹고 싶은데, 그러면 저녁을 못 먹겠지."

"그러니 일단 먹자고요."

"그러자고."

대답하며 베라무드는 식당으로 시그리드를 가볍게 밀어 넣으며 슬그머니 엉덩이를 만졌다. 시그리드가 웃으며 그의 손등을 탁 쳤다.

저녁 후 디저트는 물론 훌륭했다.

*　　*　　*

"베라무드!"

아웬이 후다닥 달려와 베라무드에게 매달렸다. 베라무드가 그를 번쩍 들어 올렸다.

"잠시 사이에 무거워지셨군요."

"정말?"

"네. 열심히 연습하셨나 보네요."

"응, 열심히 했어. 나중에 꼭 대련해 줘야 해?"

"알겠습니다."

베라무드가 웃고 그를 내려놓았다. 아웬이 시그리드에게 가서 손을 꼭 잡았다.

"어땠어?"

"똑같았습니다. 알케르토는 아웬 님이 오지 않으셨다고 아쉬워했어요."

"응, 하지만……."

올라가고 싶지 않았다. 시그리드는 고개를 끄덕였다.

"다음에 알케르토가 놀러 온다고 했습니다."

"진짜?"

"네, 정말로요."

"와—!"

폴짝 뛰며 아웬은 후다닥 달려서 안으로 들어가 버렸다.

"정신없군."

베라무드의 말에 시그리드는 쿡쿡 웃었다. 리반스는 언제나처럼 두 부부를 환영했다. 아르카나의 보고를 듣고, 딱히 별일이 없었다는 걸 확인하고서야 시그리드는 쉴 수 있었다. 아르카나가 물었다.

"세리아가 뭔가 짐을 잔뜩 들고 돌아왔던데?"

"아, 책이랑 요리 기구랑, 멀리서 들여온 향신료 같은 거 샀나봐."

"또 레이먼이랑 한바탕하겠군."

아르카나의 말에 시그리드가 씩 웃었다.

"원래 싸우면서 발전하는 거야."

"그 두 사람이 어느 쪽 음식이 맛있는지 말해 달라고 하기 전까지는 말이야."

"그랬어?"

"시리에게는 안 가지."

아르카나가 웃으며 말했다. 베라무드가 고개를 끄덕였다. 시그리드가 억울한 얼굴이 되어 말했다.

"하지만 예전보다는 많이 좋아졌는데. 입맛이 고급스러워졌다고."

"하지만 아직 요리사들에게 영향을 미칠 정도는 아닌가 보지."

베라무드의 말에 시그리드는 잠시 눈을 찡그렸다가 곧 고개를 끄덕였다.

"하긴, 덕분에 그 소동에서 벗어날 수 있는 거니까. 생각해 보니 이게 더 낫네."

시그리드의 말에 두 남자는 시선을 마주쳤다가 가볍게 한숨을 내쉬었다.

"맞아."

"그게 나아."

그 정도야? 하고 시그리드가 킥킥 웃었다.

아르카나가 말했다.

"그러고 보니 전에 이야기했던 거 말야."

"마법 방어 시스템이라는 거?"

시그리드가 진지한 얼굴을 하며 물었다. 베라무드 역시 고개를 기울였다. 아르카나가 고개를 끄덕이고 말했다.

"내가 몇 가지 안을 생각해 봤는데 말이야. 난 군사적인 건 잘 모르니까, 한번 봐 봐."

아르카나가 그렇게 말하며 책상 위를 가리켰다. 서류철이 놓여 있는 게 보였다. 시그리드가 고개를 끄덕였다.

"알았어. 검토하고 알려 줄게."

"그래. 얼음탑에서 마법사들이 나오고 있으니, 마법은 점점 더 흔해질 거야. 미리미리 대비해 두는 게 좋겠지."

아르카나의 말에 베라무드는 고개를 끄덕였다. 몇몇 마법사들이 벌써 대륙 여기저기서 출몰하고 있다는 소식을 그 역시 들은 것이다.

아르카나가 자리에서 일어났다.

"그럼 난 이만 가 볼게. 피곤할 텐데 오래 붙잡고 있었다."

"아니야."

"야식 보낼까?"

"그건 좋아."

시그리드의 말에 아르카나가 씩 웃으며 "그럼." 하고 인사를 하고는 방을 나갔다. 베라무드가 턱을 괴며 말했다.

"마법이라……. 점점 알 수 없는 것들이 들어오는군. 전쟁에서 어떤 역할을 하게 될지……."

"넓은 범위의 공격 마법은 없다고 들었어. 그러니까 괜찮지 않을까?"

"그게 개발되지 않으리라는 법은 없고, 그런 공격 마법이 없다고 해도— 전에 아르카나가 했던 순간이동 같은 거로 암살자를 성안으로 넣을 수도 있잖아? 방법이 다양해지는 거지."

"하긴. 편리한 것을 발견했으니 무기로 쓰지 않을 리가 없겠지……."

시그리드는 동의했다.

베라무드가 의자에 앉아 있는 시그리드 뒤로 다가가 그녀의 머리카락을 치우고 목덜미에 키스했다. 시그리드가 간지러운 듯 고개를 돌려 킥킥거리다가 물었다.

"그런데 베라무드."

"음—?"

"아이는……. 괜찮은 거야?"

베라무드가 그 말에 키스를 멈췄다.

"괜찮아. 아직 젊은걸 뭘. 게다가 난 좀 더 신혼을 즐기고 싶고."

게다가 영지 일도 안정되지 않아서 시그리드도 바쁘다. 앞으로 이삼 년은 더 걸리리라.

시그리드가 자신의 앞쪽으로 오라고 손짓해서 베라무드는 그녀의 앞쪽으로 향해 무릎을 꿇고 눈높이를 맞췄다.

"왜?"

시그리드가 그의 양 뺨을 감싸고 말했다.

"내가 나중에 다섯 명 낳아 줄게."

"뭐?"

"기다려 줘서 고마워."

"아냐, 그렇게 많이는 아니어도 괜찮아. 게다가 딱히 손해 보는 것도 아니고. 나도 신혼을 느긋하게 즐겨서 좋은걸."

"아냐. 약속할게."

"아니, 하지 마. 다섯은 너무 많아."

베라무드가 웃음 섞인 진지한 목소리로 말했다. 시그리드가 갸웃하고 물었다.

"그래?"

"응."

"알았어."

시그리드가 고개를 끄덕였고, 베라무드는 속으로 안도의 한숨을 내쉬었다.

똑똑.

가벼운 노크 소리와 함께 시종이 야식을 가지고 왔음을 알렸다.

"들어와."

시종은 쟁반을 들고 들어왔다. 주인 부부의 다정한 모습에도 전혀 당혹하지 않고, 시종은 쟁반을 테이블 위에 놓고 공손히 인사를 하고 나갔다.

둘이 붙어 있는 모습은 너무 봐서 이제는 익숙한 모습이었다.

"먹고 자자."

베라무드가 자리에서 일어나며 말했다. 시그리드가 따라 일어나며 폴짝 베라무드에게 안겼다.

"사랑해."

"응, 나도 사랑해."

"내가 더 사랑해."

"아니, 내가 더야."

번갈아 말하고 둘은 웃음을 터트렸다. 베라무드가 허리를 숙여 키스하기 시작하자, 시그리드는 오늘 야식은 내일 아침 먹겠구나 하고 생각했다. 그의 입술이 시그리드의 목덜미를 가볍게 빨아들이자 익숙한 쾌락을 기대하며 몸이 즉각적으로 반응하기 시작해 시그리드는 떨리는 숨을 내쉬었다.

'다섯이 아니면 넷은 낳아 줘야지.'

속으로 그런 결심을 하며 시그리드는 베라무드가 자신을 안아 드는 대로 그에게 매달렸다.

그녀는 삼 년 후 그 결심대로 했다.

대마법사 아르카나와 흑기사 베라무드와 함께했던 은기사 시그리드 앙케르트나에 대해서 말하자면 책이 한 권으로는 모자란다. 그녀가 대대로 마스터를 배출한 무가인 앙케르트나 가문의 시조라는 것은 이미 말하지 않아도 너무 유명한 사실일 것이다. 동시에 앙케르트나 가문은 훌륭한 마법사를 배출하기도 했다.

그녀는 같은 근위대 동료였던 흑기사와 결혼하는데, 정치적인 이유 때문이라고 하기에는 두 사람의 금슬이 매우 좋았다고 알려졌다. 둘 사이 아이의 수가 그것을 말해 준다.

또한, 역사적으로도 그녀는 꽤 흥미로운 존재인데, 평민 기사인 그녀의 주변에는 당시 사교계의 명사였던 사람들이 모여 있다는 것 역시 주목할 만한 점이다.

당시 사교계의 여왕으로 불리던 마리쉐즈 잉글렛이나, 다양하게 집필한 책 중에서「자유에 대한 의지」라는 책의 저자로 널리 알려진 로웬그린 알세키드나가 대표적이다. 여성들의 활동이 드디어 나타나던 시기의 여성 마스터란 상당히 눈여겨볼 만한 존재였던 것으로 느껴진다……

―앙케르트나 가문의 출현 중 발췌

＊　　　＊　　　＊

"설마 너와 협력하게 될 줄은 몰랐는데……."

베라무드가 피곤에 가득 찬 얼굴로 중얼거렸다. 어두운 실내라 표정이 잘 보이지 않았지만, 그의 말끝에서도 피로감이 묻어났다.

"저도 마찬가지입니다."

담담한 대답이 돌아와 베라무드는 상대방을 바라보았다.

그가 죽인 사람의 피에 물들었다는, 붉은 머리카락이 눈에 들어왔다. 모두가 악마라고 속삭이는 대마법사.

"추락한 흑기사와 손잡게 될 줄은 몰랐죠."

아르카나의 말에 베라무드는 웃었다. 아니, 웃으려고 했지만 잘 웃어지지가 않았다. 마지막으로 웃은 것이 언제인지 기억도 나지 않는다.

에리얼이 죽고, 세리오스가 죽고, 루디날이 자살하고—

이어진 숙청에 루나틸 공작가는 숨을 죽였고, 가문에서는 세리오스의 측근이었던 자신을 추방했다. 제국의 지명 수배자가 되어 모든 게 끝나나 했는데, 손길을 뻗어 온 것은 의외의 곳이었다.

바로 눈앞의 마법사.

"설마 제 말을 믿어 주실 거라고는 생각을 못 해서요."

"시간을 돌린다는 바보 같은 소리를 하니까 오히려 믿어지던데."

"그런가요?"

"그래. 단지, 왜 돌리고 싶은지는 모르겠군. 나야 보다시피 모든 걸 잃은 빈손이지만 모든 걸 쥐고 계시는 대마법사님께서는 무슨 이유지?"

"죽이고 죽여도 괴롭기만 해서요."

"복수의 왕좌에 오른 사람만 할 수 있는 이야기군."

그 말에 후 하고 아르카나가 가볍게 웃었다.

"그렇습니까."

"아닌가?"

"그럴지도 모르겠군요."

아르카나가 대답하고 눈을 내리깔았다.

죽여도 전혀 나아지지 않았다.

귀족에게 부모님을 잃고, 여동생을 지키기 위해 복수도 버렸는데, 여동생 역시 귀족에게 잃었다.

실종된 여동생의 엉망이 된 시체가 하수구에서 발견되었을 때 느낀 감정은 뭐라고 해야 할까?

증오라는 단어는 너무나도 가벼웠다. 복수가 끝났는데도 아무것도 나아지지가 않는다. 그러니 잃은 것을 되찾을 생각이었다.

베라무드가 물었다.

"그래서, 어떻게 시간을 돌릴 거지?"

"마법으로요. 하지만 제 마력으로는 부족합니다. 그래서 소드 주얼을 구했지만, 하나로는 부족해서 말이죠."

베라무드가 눈썹을 휙 올리자 아르카나가 소매에서 주홍색으로 빛나는 아름다운 마름모꼴의 보석을 꺼냈다. 베라무드는 신음을 내뱉었다.

"시그리드……."

"아는 사이인가요? 하긴 마스터끼리 알고 지내지 않는 것도 이상하군요."

아르카나가 코어를 테이블 위에 내려놓았다. 희미한 빛을 뿜어내며 코어는 반짝거렸다. 안쪽의 일렁이는 기류들이 보이다가도 사라져 버린다.

"이것만큼 순도 높은 오러 코어는 구하기가 어려워서요."

"그래서 죽인 건가?"

베라무드의 물음에 아르카나가 갸웃하고 이어 말했다.

"그건 아닙니다. 당신도 보셨잖습니까? 폐하가 저지른 더러운 일들을 전부 뒤집어써 준 고마운 기사죠."

"그렇게 죽을 사람은 아니었어."

"빈민굴에 불을 질렀는데 말인가요?"

"아니, 그거야 그렇지만. 그게 아니라—"

자신을 구하러 온 적이 있었다.

죽었다고 생각했는데 거짓말처럼 나타나서, 마지막 숨통을 끊을 작정인가 했더니만 자신을 끌고 그곳을 탈출하기 시작했다.

맡겨진 임무니까 수행한다면서, 목숨도 아끼지 않고, 필사적으로 자신과 거기서 탈출했다.

"선도, 악도 아니었어……."

"그런 사람은 없습니다."

아르카나의 말에 베라무드는 웃었다.

"그냥, 모르겠다. 다른 길이 있었다면 어땠을까, 다르게 만났다면—"

말하다 그는 고개를 저었다.

"아니, 이미 끝난 이야기지."

"시간을 돌릴 테니 끝난 이야기는 아니죠."

아르카나의 말에 베라무드는 천천히 오른손에 낀 건틀릿의 버클을 풀었다. 그가 건틀릿을 벗자 손등 위에 흑요석처럼 새까만 오러 코어가 드러났다.

"그래서 내 오러 코어도 필요하다는 말이지? 그 동력에."

"네."

"그럼 어떻게 되는 거지? 너랑 나, 둘 다 과거로 돌아가는 건가? 얼마나?"

"적어도 제 여동생이 죽기 전까지는 돌아가야 하니 최소 6년 전으로는 돌아갈 겁니다."

"에리얼도 살아 있을 때군."

그리고 시그리드도.

시그리드가 처형당한 지 일 년이 넘어가고 있었다. 아르카나가 한숨을 내쉬고 말했다.

"단, 여기에 하나의 문제가 있습니다."

"뭔데?"

"이 마법에 간섭하는 사람 중에 누가 과거로 돌아갈지는 아무도 알 수 없다는 겁니다. 그게 저일지 아니면 당신일지, 그것도 아니면—"

아르카나가 주홍색 코어를 힐끗 보았고 베라무드가 의아한 얼굴을 했다.

"하지만 그녀는…… 죽었잖아?"

"네, 하지만 과거에서는 살아 있는 거니까요. 저도 사실은 정확히 어떻게 될지 모르겠습니다."

"그럼 일단 시그리드는 빼고, 너랑 나 두 사람 중에 한 명만 돌아간다는 건가?"

"네."

"그럼 에리얼과 세리오스를 살려."

베라무드가 낮게 말했고 아르카나는 고개를 끄덕이며 이어 말했다.

"제 여동생도─ 세리아를 부탁드립니다."

"좋아."

"좋습니다."

둘은 거래를 했다. 어느 쪽이 돌아가든 다른 한 사람의 몫 역시 챙겨 주기로 말이다.

아르카나는 다른 방으로 베라무드를 안내했다. 그가 손가락을 튕기자 방 안에 불이 환하게 들어왔다. 베라무드는 숨을 삼켰다.

방의 바닥, 벽, 천장 모든 것이 마법진으로 가득 차 있었다.

"이쪽으로."

아르카나가 방의 가운데에 서서 말했고 베라무드는 그의 앞에 나란히 섰다. 베라무드가 궁금한 점을 물었다.

"그런데 말야."

"네."

"둘 중에 한 사람이 돌아간다고 하면 다른 한 사람은 어떻게 되는 거지?"

"죽겠죠."

"아."

"아니, 시간을 돌리는 거니, 죽지는 않는 거겠지만— 하여간 그렇군요."

"뭐, 좋겠지."

이렇게 더 사느니 죽는 게 나을 듯하다.

아르카나가 손바닥을 펼치자 주홍색 오러 코어가 허공으로 떠올랐다. 아르카나는 낮게 마법을 속삭이기 시작했고 코어는 점점 더 빛나기 시작했다.

"—!"

자신의 오러 코어에서 통증이 느껴져 베라무드는 눈을 찡그렸다. 동시에 오러가 썰물처럼 빠져나가기 시작했다. 지독한 허탈감이 덮쳐 왔다.

아르카나가 마지막 맺음을 하자 세상이 빛으로 뒤덮였다.

그리고 시그리드는 눈을 떴다.

〈완결〉